ことのは文庫

後宮の禁書事情

忍丸

JN103031

MICRO MAGAZINE

Contents

目次

Characters

主要登場人物

劉《りゅう》幽《ゆう》求《きゅう》

大蒼国の新人官吏《かんり》。貧乏士大夫《したいふ》で、難関の科挙にトップで合格し、将来を有望視されていたが、なぜか怪異の相手をする『祝部』へと配属される。

凜《りん》麗《れい》

〝怪力乱神を解き明かす者〟と呼ばれる祝部の長官。年端もいかない少女の姿をしているが、ある秘密が……。

索《さく》骸《がい》

『祝部』に所属する凜麗の義兄で薬師。ひとめで誰もを夢中にさせる美形で宦官《かんがん》として後宮に務める。妹の凜麗にはトコトン甘いシスコン。

玄《げん》冥《めい》

『祝部』に所属する凜麗のもう一人の義兄で料理人。筋肉質で武人のような見かけの胡人《こじん》だが、実は繊細で誰よりも世話焼き。

後宮の禁書事情

一章　怪奇腫瘍事件

——わからない、わからない。どうしてこうなった⁉

俺——劉幽求《りゅうゆうきゅう》は、頭を抱えたい気持ちでいっぱいだった。

今日は大切な日だ。新人官吏《かんり》として初登城する日——。朝から緊張しっぱなしだった。真新しい官服を着込んで意気揚々と家を出発したのが、すでに懐かしい。科挙を突破してようやくなれた官吏。故郷に錦を飾るのだと、気合いを入れて宮城《きゅうじょう》の土を踏んだのだが。

「くそ……」

冷たい汗が頬を伝っていく。ざわざわと木々が不気味な音を立てている。カラスの鳴き声がして身をすくめた。怖い、怖い、怖い！　なにもかもが恐ろしくてたまらない。豪華絢爛《けんらん》、きらびやかな建物が木々の合間から垣間見える。だが、それすらも恐怖の対象だった。

——こんな場所にいるべきじゃない。一刻も早く逃げ出さなくては。

別に、誰かを傷つけたり、盗んだりしたわけじゃなかった。だけど、ここでは〝俺〟という人間が存在しているだけで罪になる。そう、この場にいても許される男はたったひとり。

この世で最も尊いお方だけ。

「なんで俺が後宮に――」

絶望に彩られた声が春先の空気に溶けていく。死の恐怖に怯えながら、どうしてこうなったのかを思い出していた。

＊

俺は士大夫《したいふ》だ。士大夫とは、非貴族出身者で科挙によって官吏の身分を得た人をいう。

劉家は、数代前に科挙合格者を出したものの以降続く者はなく、過去の栄光を取り戻そうと必死になっている……そんな家だ。下町に住んでいてさほど裕福でもない。官吏は世襲制ではないから、高官の子であっても勉学に励まねばならない。合格するのは至難中の至難。学ぶための環境や運がものをいう世界だ。次代が合格できずにくすぶる劉家のような家は少なくない。だが、合格できれば確固たる地位を得られるし、なによりほまれだった。だから誰もが必死になる。年月を科挙の勉強につぎ込み、白髪になってもなお止められない。「五十少進士（五十歳で進士になるのはまだ若い方）」ということわざがあるくらいだ。

そんな中、俺は素晴らしい成績を残した。千人以上もの人間が挑んだ試験で上位に入り、天子《皇帝》が主催する殿試《でんし》で第一番《トップ》で及第《合格》。状元《最優秀者》として認められた。しかも二十代でだ。とんでもない快挙。皇帝陛下から直に祝福の言葉をたまわった時は天にも昇る気持ちだったなあ！

帰り道、るんたったと浮かれきっていたら、うっかり犬を蹴飛ばして大変だった。

親戚連中だって大騒ぎだ。幽求がやったぞと一夜にして情報が駆け巡り、次の日から客が途切れなかった。出世街道間違いなし。劉家の悲願が叶うとみんな興奮しきりだった。

まったく。おおげさだよなあ。……まあ、気分は悪くなかったけど。

俺だって科挙で優秀な成績を残す意味くらいわかっていた。歴代の士大夫たちは、誰もが出世街道を邁進《まいしん》している。明るい未来が待っているのだ。

俺はいったいどこに配属されるんだろう。きっと、誰もがうらやむ部署に違いない……。

なのに！　なのにだ!!

出仕したとたん、俺は絶望の淵に沈んだ。

配属されたのは「祝部《しゅくぶ》」とかいう耳慣れない新設部署。それだけでも衝撃的なのに、わけもわからないうちにとんでもないところに連れて来られたのだ。

後宮——皇帝のための女の花園。皇帝たったひとりの寵を得るため、大勢の妃嬪《きひん》たちが暮らしている場所で、もちろん男子禁制だ。古今東西から美姫が集められているのだから当然である。万が一にでも無関係な男が立ち入ろうものならば——。

——首が飛ぶ……！　物理的に!!　嫌だ。初日で死ぬなんて！

わなわなと体が震えた。美姫に恋慕をした男が、後宮に不法侵入した挙げ句に八つ裂きの刑に処された事件は記憶に新しい。まさか俺も……？　いやいやいや。勘弁してくれよ！

「俺、誰かに恨まれでもしたんだろうか。無礼を働いた覚えはないんだけど」

思わずボヤく。官吏の社会は競争が激しい。邪魔な相手を蹴落とすなんて日常茶飯事だ。

だのに、上司の機嫌を取る前に命の危機。腕にしっかと抱えた土産入りの箱が、もらい先が見つからずに虚しさをかもしていた。

——なにはともあれ、状況を確認せねば。

業務の一環だと連れて来られたのだ。事情を把握できさえすれば……。

だが、俺がこんなにも動揺しているのは、後宮に連れられてきたからだけではない。

上司があまりにも規格外だったからだ。

「あ、あの」

そろそろと声をかければ、先導して後宮内を進んでいた上司が振り返った。

「おや。どうしたんだい、顔色が悪いよ。少し休憩しようか？」

そこにいたのは十代中頃の少女だ。

大きな目は黒真珠を思わせる。肌は磁器のように艶やかで曇りがない。ふっくらした頬は淡く色づき、鼻は小さめ、唇は熟れた桃のごとく柔らかそうだ。墨色の髪は美しくまとめられ、珊瑚の簪《かんざし》が揺れていた。額には朱色で花鈿が描かれている。まさに春風吹き抜ける花畑《かでん》が似合う可憐さだ。特徴を挙げるとするならば、見慣れない形式の服装をしている点だろう。

革帯から身分証明を入れる魚袋《ぎょたい》を下げているので、妃嬪ではなく女官なのだろうが……。

「いえ、大丈夫です。お気遣いありがとうございます」

ぺこりと頭を下げた俺に、少女は頬を緩めた。

「ならいいんだけどね。なにかあったら気兼ねなく言ってくれたまえよ。なにせ私は君の上司なのだからね！」

そう！　そうなのだ。年端もいかないこの少女こそが俺の上司らしい。

冗談だろ？　誰か嘘だって言ってくれよ！　吏部《りぶ》の人間が引き合わせてくれたから、間違いではないのだろうが。……ああ、彼女を紹介してくれた官吏の顔が忘れられない。あの哀れみのこもったまなざし！　なんだったんだ……!?

悶々と頭を抱えていれば、少女——凜麗《りんれい》は気遣わしげに言った。

「初日だからなあ。緊張してる？　大丈夫。君は我が祝部の期待の新人。仕事に慣れるまで私が面倒を見るよ。大船に乗ったつもりでいてくれたまえ……！」

くるり。軽やかに一回転して微笑む。衣装に飾られた組紐がふんわり舞った。瞳が陽光を映してきらりきらりと輝く。花にも似た甘い匂いがして、目も眩《くら》むような愛らしさだ。——異性としては範疇《はんちゅう》外だが。凜麗は親戚の子とさほど年齢が変わらない。

「はあ。ありがとうございます」

年齢はともかく、気遣いのこもった言葉に少しだけ気分が和らいだ。幼いながらも、いい上司であろうとしてくれる姿に、ほんのりと好感を持つ。

「そもそも祝部ってどういう部署なんですか。こ、こんな場所に連れてこられて、混乱しています。俺はなにをさせられるんです？」

後宮に連れられてきた理由を知りたい。必死になって問いかけた。

宮城にはさまざまな部署がある。〝部〟とついているからには、尚書省《しょうしょしょう》下の六部《りくぶ》と同じ扱いなのだろうが、新設されたなんて初耳だ。きちんと仕事内容を押さえておかなければ、今後の業務に差し障るだろう。失敗して、状元《じょうげん》の癖になんて陰口を叩かれたらたまらない。

——それに、俺は出世しなければならない。絶対に。なにを押してもだ!!

そのためには、たとえ少女が上司だろうが教えを請う。なりふりなんて構っていられなかった。懐から竹簡と筆を取り出す。穂先をペロリとなめて、一言一句たりとも聞き漏らさないように意識を向ける。凜麗は聞く姿勢を崩さない俺を見て、

「ははっ！　真面目だなあ。すごくいいね」

ほろりと表情を崩したかと思うと、う〜んと小首を傾げた。

「祝部の仕事内容か。ひとことで説明するのは難しいんだよ。だから、職場見学としゃれこもうと思ってね！　実際に体験してもらった方が話が早い。とはいえ、なにも難しくはないよ。簡単な部類の仕事だ。見ればすぐにわかるだろうね——」

凜麗はおしゃべりだった。小鳥がさえずるように、ベラベラと一方的に語る癖がある。少年のような口ぶりの癖に、少女らしいみずみずしさがあった。変わった子だ。

「だから後宮に連れてきた、というわけですか」

皇帝のために用意された女の花園。この場所で必要とされる仕事らしい。

なるほど、と竹簡に書き付けていれば、凜麗がかぶりを振ったのがわかった。

「う一ん。そうだとも言えるし、違うとも言える。見ればわかると言っただろう？　君は自分を取り巻いている状況をどう思う？」

「……む」

なんでわからないのかなあ？

無邪気に煽られている気がして矜持《プライド》が騒いだ。

——俺を試しているのか……？

必死に感覚を研ぎ澄ませ、歯を食いしばって周囲に間断なく視線を送る。

一陣の風が後宮の中を吹き抜けて行った。

春らしい穏やかな晴天である。淡い色の若葉が心地よさげにそよいでいた。瑠璃瓦《るりがわら》が太陽をきらきら反射している。建物に面した庭には色とりどりの花々が咲き誇っていて、蝶が戯れ遊び、ほのぼのとした空気をかもしていた。美しい場所だ。皇帝の威光を示すかのようにあらゆる建物は贅を尽くした造りをしている。四季を彫り物で表現している格子窓などは、珍しくて仕方がない。思わず気を奪われていると、やがて異変に気がついた。

「……誰もいない？」

後宮では数千人もの人間が寝起きしているはずだ。なのに女官の姿すらない。辺りは静寂に包まれている。……いや、違う。人間の気配はする。誰もが息を潜めて外の状況をうかがっている——そんな感じがした。

「うわ」

ふいに〝あるもの〟が目に入って変な声がもれる。窓が大量の赤札で封印されていた。無秩序に貼られた札には〝辟邪《へきじゃ》〟の文字。邪なものを避けるまじないらしいが——。

「ありえない……」

この国でまじないがおおっぴらに行われるなんて異常事態だ。

——ここは皇帝陛下のお膝元である後宮だぞ……!?

背中を冷たい汗が伝う。なんだか大変な事態に直面している気がする。

まっ青になっている俺に、凜麗が嬉々として声を上げた。

「お、気がついたかい？　先帝陛下によって〝怪力乱神《かいりょくらんしん》禁止令〟が布《し》かれた大蒼国《だいそうこく》で、まじないにすがるなんて大罪だよね！　いやあ、うちの新人は筋がいいなあ……！」

よくできましたと言わんばかりに背中を叩かれる。まるで子ども扱いだ。

「こうもおおっぴらに禁止令を破るなんて。後宮の秩序はどうなっているんですか」

〝怪力乱神禁止令〟とは、三年前に死去した先帝が発令したもので、わが国……大蒼国が徹底している施策だ。〝怪力乱神〟とは——理性で説明がつかないような不思議な存在や現象のたとえ。それを禁止するとは、ひとことで表すなら〝不可思議な現象を架空の存在のせいにしてはならない〟という意味だ。

『怪力乱神を語るべからず』

鬼はもちろん、異形や各地の伝承、迷信、まじないをはじめ、神仙や道士、巫術士《ふじゅつし》、辻占い、宗教——信仰対象や行使している力が真実か定かではないものを語る行為を、先帝は全面的に禁止したのである。今から三十年ほど前の話だ。

禁止令が発せられた当時は、国をあげて徹底した。怪力乱神にまつわるすべての文献を焚《ふん》書《しょ》し、違反した人物は容赦なく引っ立てられて処刑されたという。当時はずいぶんと混乱したようだ。だが、徹底した〝現実主義政策〟は長い年月をかけて実を結んだ。問題を曖昧な存在に押しつけず、根本的解決に向けて動かざるを得なくなったのだから当然だろう。三十年あまりで、学術的、医学的、行政的にも大蒼国はかつてないほどに発展したのである。

まさしく先帝の功績だ。実績を讃え、人々はかの人を〝神帝〟と呼んでいる。

なのに──これはなんだ。辟邪の札？　どうして法を犯してまで怪力乱神にすがるのだろう。紙切れに頼って根本的解決から逃げるなんて──まるで理解できない。

俺が生まれた時分は、すでに怪力乱神禁止令が徹底された後だった。だから、不確かな存在をまるで信じていない。大蒼国の民のほとんどがそうだろう。大蒼国の民は現実をなにより尊ぶ。それが正しいのだと、神帝の時代より徹底的に叩き込まれたからだ。

「まさか」

ごくりと唾を飲み込んで、そっと幼い少女をみやった。

「禁止令に背いた後宮の人間を処するのが仕事……とか言わないですよね……？」

「アッハハハ！　まさか！　私たちが人間を？　そんなことはしないよ！」

凜麗は陽気に笑っている。的外れだったようで安心した。しょっぱなから、他人に恨まれそうな仕事は勘弁してほしい。

「でもね──」

ホッと息をもらした俺の鼓膜を、少女の鈴を転がすような声がくすぐる。凜麗は薄桃色の唇に人さし指を当てて、どこか悪戯《いたずら》っぽいまなざしを俺に向けた。ドキリと胸が鳴る。なんだろう。この年齢にしてはいやに艶っぽい。

「私たちが扱う対象がそっちじゃないだけだ。君の発言は完全に外れてはいない」

とたん、ひときわ強い風が吹いた。宙を木の葉が舞っている。ざあざあ葉擦れの音がして騒がしい。風に翻弄される木々の姿は、俺の心を表しているようだ。

——そっちじゃない？　じゃあ、どっちなんだ。

「それにしても、ひどい札だね」

冷や汗を流している俺をよそに、凜麗は窓をふさぐように貼られた札に触れた。奇妙な絵や文字が描かれた紙だ。普及し始めたとはいえ、安価ではない紙を窓にベタベタ貼るなんてもったいない気もする。

「こんなんじゃ気休めにもならないよ。誰が書いたやら。呪文も適当だし」

「うっわ！」

べりべりべりっ！

凜麗が無造作に札を剥がした。あんまりな所業に、ゾワゾワと悪寒が背中を走る。明らかに誰かの執念を感じる品だ。悪戯をしたら恨まれる予感しかしない！

「さすがにまずいんでは……!?」

「別に構いやしないよ。なんの力もない」

凜麗の瞳が細くなった。ちろり、意味深な視線を俺に向ける。小さな唇が吊り上がっていく。熟れた果実のようにみずみずしい唇の動きに、つい視線が吸い寄せられた。可哀想に。

「辟邪を願う気持ちはわかるけどね、本物の怪異は紙切れくらいじゃ防げない。無知というのは時に人を愚かにするものだね」

小さな口からこぼれた言葉に全身が粟立った。

――コイツ、いまなんて言った？

怪力乱神が禁じられた国、それも皇帝陛下のお膝元である後宮で、まるで怪異が存在しているがごとく振る舞う少女に愕然《がくぜん》とする。相手は自分の上司。それも業務内容に関する話をしている最中の出来事だ。まさか、まさか、まさか。背中に冷たい汗が伝った。冗談だと思いたいのに、目の前の上司の表情はいたって真面目で。

「どうしたの、幽求くん。変な顔をして」

薄い笑みを貼りつけた少女が、得体のしれない存在に思えて心がざわめき立った。

「きゃあああああああああああああっ!!」

絹を裂くような悲鳴が聞こえた。

「なんだ!?」

ギョッとして辺りを見回す。悲鳴は建物の奥から聞こえてくるようだ。

「いやあっ……！　いやよ、いやあああああああっ!!」

「どうか、どうかお気を確かに……！」

悲嘆に満ちた声。これはただごとじゃない！

──助けに……いや、男の俺が飛び込んでどうする!!

皇帝でも宦官《かんがん》でもない自分が行ったとてなにができる。捕まるのがオチだ。躊躇している間にも建物の中からは悲鳴が続いている。放って置けないときびすを返した。どこかに誰かがいるはず。罪に問われるかもしれないが……その時はその時だ！

『幽求、お前は正義感が強すぎるよなあ。少しくらいはズルしたっていいだろうに』

そんな性格じゃ損をするぞ。俺にそう言ったのは、幼少期から世話をしてくれた叔父だ。でも、これればかりはしょうがない。困っている人を放って置けない性分なんだ！

「どこへ行くの？」

「うわっ！」

袖を引かれてつんのめった。振り返れば、不思議そうな顔をした凜麗がいる。

「あの、いや。助けを求めに──」

しどろもどろ答えた俺に、凜麗はますます目を丸くした。

「なにを言っているんだい。彼女を救うのは私たちの役割なのに」

「──!?」

思考が停止する。俺に？　誰をどうやって救えって？

「ああ。仕事内容の説明が途中だったね」

凜麗が優しげに微笑む。動揺する俺とは裏腹に、彼女はどこまでも冷静だった。

「ねえ、幽求くん。神と呼ばれた先帝陛下が三年前に亡くなったのは既知のとおりだ。でも、神帝の死後に後宮で異変が起こり始めたのは知ってるかい？」

どうして仕事内容の話が後宮に繋がるのか。わからないまま、素直に返事をする。

「い、異変……ですか。聞いたことはありませんが」

「だろうね。現皇帝陛下が必死になって隠しているようだから」

つまりは最高機密だ。頭が真っ白になって悪寒がした。

なんの話を聞かされているのだろう。彼女は俺の担当部署の話をしているはずだ。

「異変とはなんですか……？」

そろそろと疑問を口にする。興味を示すと、凜麗はあからさまに喜色を浮かべた。

「聞いて驚くなよ。神帝の死後、後宮内を怪物たちが跋扈《ばっこ》し始めたんだ……！」

目を輝かせた少女は興奮で頬を染めている。ごうごうと葉擦れの音が満ちる中、美しい髪飾りがしゃらしゃらと鳴った。風に翻弄される紅い玉が目に焼き付いて離れない。

「死んだはずの人間が闊歩《かっぽ》し、化け物の不気味な鳴き声が響き、器物は呪いを振りまく。いまや後宮は怪異だらけだ！　それこそ怪力乱神の巣窟になってしまった。後宮で暮らす人々は、神帝が怪力乱神をおろそかにした報いだ、呪いだと騒然としたそうだよ！」

今、後宮は危機に瀕している。

さっきの悲鳴も、怪異が起こした事件が原因なんだよ――。

少女の澄んだ声が、不思議な響きを持って俺の鼓膜を震わせる。

薄目で俺をみやった凜麗は、どこか妖しく笑んで続けた。

「だから、彼女を助けるのは私たちだ。それが祝部の役目なのだからね」

「待って。待って下さい。本当に怪異がいると思っているんですか」

痛み出した頭を必死になだめながら問いを投げかける。〝怪力乱神禁止令〟によって、さまざまな現象の原因が解明されてきた。自分たちが理由もなく怯えていたものの正体が明らかにされるにつれ、世の中にそうそう不思議な現象はないと周知されてきたのだ。だのに、怪力乱神の巣窟？　冗談もほどほどにしてくれ。建物内からは、いまもなお悲鳴がもれ聞こえてきている。一刻も早く誰かの手助けが必要なのは自明だった。

「お、落ち着いて下さい。冗談を言っている場合じゃないでしょう？」

「落ち着くのは君さ。怪異はいる。それは否定しようがない事実だよ」

駄々をこねる子へ諭す母親のような口ぶりだ。憮然としている俺に凜麗は続けた。

「神帝の死後から三年、いまや〝怪力乱神事件〟は宮中にとどまらず、いろいろな場所に伝《でん》播《ぱ》し始めている。困り果てた皇帝陛下は怪異に対応する部署を新設したのさ」

〝新設〟の二文字に俺の心がいままでになくざわついた。

「ま、まさか祝部って――？」

「そう！　祝部《わたしたち》の仕事はね、怪力乱神をおおいに語り、異形や鬼……人々を襲うさまざまな摩訶不思議な存在を無力化すること！　これが君の仕事内容だ！」

ひくり。顔が引きつった。

異形？　鬼？　摩訶不思議な存在……？

その時、俺の脳裏に浮かんだのは、巨大な化け物へ武器を手に立ち向かう自分――。

「そんなの絶対に無理です！」

とっさに否定の声を上げた。こちとらただの文官だ。冗談じゃないと逃げ出そうとする。

が、がっちり手首を掴まれてしまった。「ヒッ」と悲鳴を上げて振り返れば、うさんくさい笑みを浮かべた凜麗と目が合った。

「大丈夫！　そう難しくはないよ。すごく楽しい仕事だ。未経験大歓迎。各種手当てあり。みんな仲がいい《アットホームだ》し、やりがいはあるし、国のために尽くせるし！」

「あああああ！　死ぬまでこき《ブラック》使われる予感《企業臭》しかしない！」

まるで詐欺師である。実態が伴っているかあてにならない。やたら必死なのが怪しさに拍車をかけていた。まっ青になって震えている俺に、凜麗は潤んだ瞳を向けている。

「頼むよ！　君に逃げられたら困る。別の新人もいたけどすぐに辞めちゃったし！」

――すでに逃亡者《前科》あり。嫌な実績聞いちゃったなあ！

気持ちを落ち着けようと長く息を吐いて――真顔で凜麗に問いかけた。

「転属願いは」

「……新人の、それも配属されたばかりで希望が通るとでも？」

ですよねー！

バッサリ斬られて途方に暮れる。ああ、せっかく難関の科挙を突破して状元及第したというのに、どうしてこうなってしまったのか。

辞職の文字が脳裏に浮かんだ。でも、初日で辞めるなんて親戚連中に申し訳が立たない。俺は彼らの希望で救いだ。完全に板挟みだった。

「どうしよう」

悶々と考え続けている俺の肩に、凜麗が手を置いた。

「まあまあ。今後のことは、仕事を見てから決めたらいいじゃないか。君もいままでの努力を無駄にしたくないだろう？」

優しい声色が耳に心地よく響く。凜麗の言うとおりだった。勉学につぎ込んだ十数年間を、むざむざ自分から捨てるのは惜しい。

「な、なら……」

涙目でこくりとうなずいた俺に、凜麗は満足げに笑んだ。

「決まりだね！　百聞は一見にしかず。事件現場に向かおう。〝怪異に見舞われた誰かを救う〟。ワクワクしてきたね！　不安がることはない。ここに頼りになる上司がいるじゃないか。そう、私というね！　君はそばにいてくれるだけでいい——」

本当に大丈夫なのだろうか。不安な心を抱え、手を引かれるままついていく。まるでグズる子どもを引きつれた母親だ。どっちが年上かわかったもんじゃない。

——情けない。

ひとりしょぼくれていると、凜麗が向かっている方向に気づいて足を止めた。

「どうしたんだい？　幽求くん」

まだ抵抗するのかと、胡乱《うろん》げな凜麗に涙声で訴える。

「このままじゃ、俺の首が飛んじゃいます……」

繰り返すが、ここは後宮だ。男子禁制。男子禁制なのである!! 建物の中に入ったら、確実に女官とはち合わせる。待っているのは——死だ。

「あ、そうだったね」

事情を察してくれたらしい凜麗は、可愛らしい顔に苦笑いを浮かべた。

「すっかり忘れてたよ。別にこのまま行ってもらっても構わないんだけど。怖い？」

激しくうなずく俺に、凜麗は袋の中からあるものを取り出した。

「じゃあ、これに着替えなよ」

ひらり。中から現れたのは華やかな色使いをした——女ものの服。女官服である。

——これを俺に着ろと？

「んんんん〜〜〜……」

思わず天を仰ぐ。数度深呼吸を繰り返し、引きつった笑みを浮かべて上司に訊ねた。

「……これは？」

「君の服。男が駄目なら女になっちゃえばいいよね！」

ビシッと天をうがつように親指を突き立てる。名案だと言わんばかりの笑顔だった。無邪気で悪意の欠片もない。嫌がらせではなく、完全なる善意からの提案である。

——嘘だろ……。

確かに女官の恰好をしていれば、多少はごまかしがきくだろう。きくだろうが――男の矜《きょう》持《じ》は死ぬ。なんてこった。できれば断りたい。むしろなにも見なかったことにしたい。

だが、これは上司のすすめなのだ。そして俺は新人。つまり――。

『幽求！　第一印象はなにより大切だ。最初のうちは、上司の命令には逆らわない方がいいぞ。それが社会人ってもんだ！　ワハハハハハ！』

出発前、叔父にかけられた言葉が脳内で反響している。

俺は絶望に心を支配されながら、震える手を凛麗に差し伸べた。

「お、お気遣い感謝します……」

心にもない言葉を口にして女官服を受け取った。だが、心に受けた傷は思ったよりも深く、たまらずその場にくずおれる。

「どうしたんだいっ!?」

動揺する上司の声を背後に、俺はひたすら泣くまいとこらえていた。

――これが社会人の洗礼……!!

哀しいかな縦社会。無力だぞ新人官吏。

劉幽求。官吏一年生初日。出仕からわずか数刻――。正直、すでに挫けそうです。

＊

凜麗が新人の幽求とアレコレやりとりをしている最中――。

札で窓が封じられた部屋の中では、ひとりの妃嬪が寝台に横たわっていた。

「うう、ううう……」

寝台で苦痛の声をもらしているのは、部屋の主たる蔡美人《さいびじん》だ。〝美人〟――正四品の位を持つ妃嬪で、あまりの美しさに花も恥じらうと噂されていた。が、今は見る影もない。頬はやつれ、目の下はくまで青黒く、唇は割れて、痩せ細った体は骨が浮き出ている。

「さ、蔡美人、お食事をお持ちしました。お酒と……お菓子も」

盆を手にした女官が声をかけた。主人に負けず劣らず疲労が色濃く出ている。盆の上にはさまざまな料理が載っていた。粥、肉の煮込みに蒸し物、とろみのある羹《あつもの》……。杏餡が入った饅頭。酒は瓶ごとだ。病人に供するにはいささか多すぎる。

「……そこへ置いて行って」

蔡美人が寝台横の卓を指さした。女官はふるふるとかぶりを振る。

「だ、駄目です。私は蔡美人にお食事をお持ちしたのに――」

キッと顔を上げた女官は、決死の想いで主人に進言した。

「どうかご自身で召し上がって下さいませ。給仕ならいくらでもいたしま――……」

「うるさいわね!!　置いて行けって言っているでしょう！」

「ひっ」

みるみるうちに女官の顔色があせていった。震えながら己の主人を見つめている。

いや、女官の視線が捉えているのは蔡美人の左腕だ。

「そんな目で見るんじゃない！　とっと去《い》ね！　目障りなのよ……！」

「も、申し訳ありませんでした！」

盆を置いた女官が去って行く。

「………」

苦しげにまぶたを伏せた。忌々しげに左腕に目をやる。か細い腕には黄ばんだ包帯が何重にも巻かれていた。彼女がここまで衰えやつれた原因が包帯の下にある。

「う、うう。ううう……」

湯気が立つ食事には目もくれず、包帯を解いていく。鈍い痛みが全身を襲った。高熱が何日も続いたせいで、体力が落ちきっている。指がもつれて包帯すら上手く外せない。

――でも、このままじゃ苦しむだけだ。やらなくては……。

「よろしければお手伝いしましょうか？」

部屋の中から声がかかった。じろりと血走った目を向ける。

「食事をするのでしょう？」

蔡美人の前に進み出てきたのは男だ。

乳白色の長髪が薄闇の中でもまぶしい。涼やかな青灰色の瞳が蔡美人の姿を捉えている。

「わたしたちは、あなたのために遣わされました。なんなりとお申しつけ下さい」

蜂蜜を思わせる甘ったるい声。衣に香を焚きしめているのか、白百合に似た香りが蔡美人の鼻をくすぐる。気がつけば、匂い立つような美男が間近に立っていた。

極上の男だ――。溺れれば美酒のごとく酩酊《めいてい》感を得られよう。しかし、すぐに冷静さを取り戻した。相手の服装が目に入ったからだ。灰色の袍《ほう》。宮城において色は重要だ。身分を証明してくれる。彼らの存在を象徴する濁った色を身につけていいのは宦官だ。

宦官とは、男性の象徴を切り取って第三の性を得た人物。男子禁制の後宮だが、女性だけですべてをまかなうには無理があった。だからこそ生まれた職業だ。

「……結構です。祝部から来たのでしたか。名は？」

すげなく断ると、宦官は意外そうに目を見開いた。己の色香に惑わされなかったのが珍しいのだろう。容姿を武器と心得ているに違いない。

「索骸《さくがい》と申します。あなたを襲った〝怪力乱神事件〟を解決するために参りました」

ちらりと奥に視線を投げる。

「そしてあれは玄冥《げんめい》」

蔡美人の心臓が跳ねた。もうひとりいる？　まるで気がつかなかった。

部屋の最も薄暗い場所に男が佇んでいる。大男だ。眼光鋭く、頬に大きな傷がある。縮れた赤髪は、彼が異国出身だと証明していた。おそらく胡人《こじん》だ。筋肉質の体。戦場が似合いそうな男だった。その見かけとは裏腹に書簡が山積みの背負子を担いでいる。玄冥と呼ばれた男は、足音ひとつ立てずに蔡美人のそばに寄った。

「これを」

竹筒を取り出し椀に中身を注いだ。ふわり、立ち上ったのは食欲をそそる滋味深い芳香。

「鶏白湯……？」

首を傾げた蔡美人に、玄冥はほろっと厳《いか》つい顔をほころばせて笑った。

「おれは飢えているのを見るのが嫌いでね。さっきの女官の言い分はもっともだ。怪力乱神に負けぬためにも、まずは己に力をつけねば」

鼓膜を心地よく震わせる声。力強い癖に柔らかくて安心感がある。

「さあ」

椀を差し出され、一瞬だけ蔡美人は目もとを緩めた。

「い、いらないわ……！」

すぐに顔を背けた。優しさに絆《ほだ》されてはいけない。この男たちだって、〝アレ〟を見たら態度をひるがえすに違いないのだから。

「――ッ！」

途端、激しい痛みが襲った。顔を歪めた蔡美人に索骸が焦った顔をする。

「だ、大丈夫ですか」

「……うう、ううううう……」

脂汗を流しながら左腕に手を伸ばした。中途半端に解いていた包帯を取り除いていく。

「……！」

索骸たちが息を呑んだ。蔡美人の左腕には醜い腫瘍がある。細腕の何倍もの大きさまで膨れ上がっていて、濃い紫をしていた。人体の一部とは思えない色だ。それだけではない。中央部に裂け目があった。しばらく空気にさらしていると――。

「ギャア……」

腫瘍が鳴いた。

蔡美人を苛《さいな》んでいたのは〝生きた腫瘍〟だ。知能はないが、好き勝手に声を出す。腫瘍は日に日に大きくなるばかりで、対照的に蔡美人は痩せ細っていった。

「くうっ……！」

痛みに耐えながら、盆に手を伸ばした。饅頭をわし掴みにして左腕の腫瘍に押しつける。

「ヒヒッ！」

腫瘍が嗤《わら》う。口を開けるように裂け目が大きくなる。――ばくり。くっちゃくっちゃと耳障りな咀嚼《そしゃく》音をさせながら、腫瘍が大きな饅頭ひとつを飲み込んでいった。

「はあ、はあ、はあ……」

じょじょに痛みが引いていく。〝生きた腫瘍〟は、食事を与えれば大人しくなった。発症してからというもの、蔡美人は生贄《いけにえ》よろしく腕のできものに食物を捧げ続けている。

「祝部と言いましたね。お前たちにこれが治せるのですか」

呆気に取られて腫瘍の食事を眺めているふたりに、蔡美人は自嘲気味に笑う。

腫瘍ができてからというもの、なにもかもが変わってしまった。

自分を慕ってくれていた女官も。

共に後宮で生き抜こうと誓った友も。

花のように美しいと褒めてくれた皇帝も。

誰も彼もが、化け物を見るような目を向けてくるのだ。怯えと困惑、好奇心の混じったまなざし……ああ！　もう誰も自分を同じ人間として扱ってくれない。

「これの治療法は誰も知りませんでした。医官ですら匙を投げたのですよ。こんなおぞましいもの、誰が治せるというのです。誰が……誰がこんな……!!」

「ギャッギャッギャ……」

腫瘍が再び鳴いた。癇《かん》に障る声。嘆いている蔡美人を嘲笑《あざわら》うかのようだ。

「あなたたち、皇帝陛下に遣わされたのでしょう。ならば、治して。わたくしを今すぐ治してッ……！　このままでは、わた、わたくし……」

大粒の涙をこぼし、恥も外聞もかなぐり捨てて索骸にすがった。

「誰からも見捨てられてしまう。このままなにもできずに後宮で死ぬのだけは嫌よ！」

〝生きた腫瘍〟に生気をすべて吸われて死ぬなんて！

それだけは絶対に嫌だ。今ここで死ぬわけにはいかない。

どうすればいい。どうすれば生き残れる――？

「まったく。皇帝陛下の寵を競いあう妃嬪らしい言葉だね！」

蔡美人が脳裏で生存を模索していると、やけに陽気な声が寝室に響いた。

勢いよく扉を開けて現れたのは凜麗だ。満足そうな笑みを浮かべている。奇襲《サプライズ》成功と言わんばかりの顔に俺はげんなりした。

——おいおいおい。この人に遠慮ってものはないのか。

破天荒な上司の行動にすでに胃が痛い。あの登場をしたいがため、いままで部屋の外で待機していたのである。

『かっこよく登場した方が盛り上がるだろう？』

得意満面だった。なにが、と問いただしたかったがやめておく。これ以上頭痛の種を増やしたくなかったからだ。

＊

そっと物陰から部屋の様子をうかがう。中では、すでに上司の独壇場《ワンマンショー》が始まっていた。

「君が目指しているのは寵姫の座かな？　陛下にはいまだ子がいないらしいからね。狙うなら今だ。ふふ、実に機知に富んだお方だね。非常に好ましく思うよ。そんなあなたを待たせてしまったのが残念に思えてならない。新人の案内をしていてね……」

ポカンとしている蔡美人相手に、凜麗は一方的に語っている。薄暗い室内には病人独特のすえた臭いと、灯し油の臭いが充満していた。壁にはベタベタと辟邪の札が貼られている。凜麗いわく〝なんの意味もない〟札。それがびっしりと隙間なく敷き詰められた様からは、蔡美人の執念が感じられた。

――腫瘍が鳴くなんて。絶対にありえない！

泣きたい気持ちでいっぱいだ。怪異なんていないと断言した矢先に聞いた、薄気味悪い声。さも真実のように語られる〝生きた腫瘍〟の話――。冗談にしてはたちが悪い。間違いであってほしいと心底願った。ここからは、腕にあるという腫瘍は見えない。だが、寝台の上で青ざめている彼女の憔悴《しょうすい》っぷりは、演技のひとことですまされそうにない。

――本当に怪異は存在しているのだろうか。いや、そんなまさか。

きっと「新種の病気」で説明できるはずだ。あの声も、腫瘍の中の空気が〝たまたま〟〝鳴き声風の音を立てて〟外にもれただけ。いや――そもそも腫瘍に空気ってたまるのか？　新種の病気だったとして、饅頭を食べた件はどう説明すればいいのだろう。

――俺にわかるわけがないだろ。医官じゃあるまいし。

思考を放棄する。科挙に臨むために学んだ五経の中には、腫瘍の知識なんて含まれていなかったのだ。嘆息していると、やけに浮かれた声が耳に飛び込んで来た。

「凜麗！　会いたかった……！」

「私もだよ。索兄様……！」

「はあ？」

思わず変な声がもれた。やたら美人な宦官……索骸と凜麗が、周囲の状況なんておかまいなしに抱き合っている。

「ああ。今日も凜麗は愛らしいですね！」

「いやいや。索兄様の美しさには遠くおよばないよ」

ウフフ、アハハ……と、頬をすり寄せてはしゃぐ姿はまぶしいほどだ。感動の再会——って、なにやってんだあの人たち。

「遅れてしまったね。待たせてしまったかい？」

「いいえ、愛しい妹を待つ時間もまた一興。ああでも、場合によっては、あなたを探して数千里の旅が始まるのかもしれないと……覚悟はしておりました」

青灰色の瞳が涙で滲んでいる。たおやかな仕草で涙を袖で拭うと、床に膝をついた索骸は、いまだ幼く見える少女を見つめた。

「凜麗。あなたがお嫁さんに行くその瞬間まで面倒を見ると決めたのです。どうか、あまり心配させないで下さいね」

にこり。誰もが魅了しそうな笑みを浮かべる。まるで戯曲の一場面だ。

——なんだこれ。臭すぎる。うへえ。

「新人にはちゃんと会えたか？」

次にやってきたのは、薄暗い室内でもそれとわかる鍛え上げた肉体の男——玄冥だ。

「すまなかったな、案内を任せて。大変じゃなかったか？」

「問題ないさ。上司が部下の世話をするのは当然だからね！」

玄冥の眼光に優しさが滲んだ。凜麗が可愛くて仕方がないと、瞳が物語っている。

「それならよかった。凜麗、腹は空いていないか。菓子ならあるぞ。食べるか？」

「玄兄様、お気遣いありがとう。後でもらうよ！」

「そうか」

傷だらけの手が凜麗の頭を撫でた。凜麗も気持ちよさげだ。

——俺はなにを見せられているのだろう。

ホンワカした空気に目がショボショボする。三人はきょうだいらしい。似ていないから義理の関係だろうか。新設されたばかりの部署だから身内で回しているのかもしれない。賛否両論ありそうだが置いておこう。問題は、いまが事件の真っ最中だという点だ。

「…………」

当事者であるはずの蔡美人がポカンとしている。そりゃあそうだろう、悲壮感たっぷりに語った直後に、和気藹々《わきあいあい》とやられたらたまったものじゃない。

——上司も変なら先輩も変だ。なんだこの部署。

年端のいかない少女上司に、感激屋で過保護、美人すぎる宦官。筋骨隆々でやたら他人に食わせたがる巨漢。普通じゃない。奇人、変人の集まりと言われても違和感が——。

「いやいやいやいやいや！」

かぶりを振って己の考えを否定した。違和感に仕事をしてもらわないと困る。最初に配属された部署が〝珍妙〟な人たちの集まる場所だなんて冗談じゃない。きっと彼らもどこかしら優秀な点があるはずだ。そう、怪異に対して特殊能力を持っているとか！

「……う」

瞬間、気持ちがしぼんでいった。祝部は怪異に対処する部署。いもしない相手を対処するのが仕事だ。まともな人間がいるはずもない。凜麗を引き合わせてくれた官吏の表情を思い出す。あれは同情だ。状元及第したのに可哀想にという。

——もしかして、こんな部署にいたらろくな出世は望めないのではないだろうか。

俺の官吏人生、詰んだ……？

さあっと青ざめていると、ふいに凜麗と目が合った。

「ああそうだ。兄様たち。紹介するよ。彼が祝部の新人だ！」

軽い足取りで凜麗が近づいてきた。扉の陰に隠れている俺の手を強く引く。

「うわっ」

ぼんやりと考え事をしていたせいか、体勢を崩してたたらを踏む。気がつけば部屋の中央に立っている。

「名を劉幽求。今年の状元及第者で、とても優秀だそうだよ。仲良くしてやってくれ」

少し浮かれた調子の凜麗の声が室内に響いた。先輩ふたりの表情が強ばる。

——だよなあ。

正直、彼らの反応は納得だった。今の俺は中途半端な女装姿である。女官服を着ているものの、ろくに化粧もしていないから男まるだしだ。ここに来るまでの視線が痛かったこと！不審者だと追い出されなかったのが不思議だった。こんな恰好をするくらいなら、全裸で大通りを駆ける方がマシ——いや、それもどうだろう。どっちもどっちだった。

あまりの羞恥に混乱していると、口もとを隠した索骸がぼそりとつぶやく。

「……素敵な趣味ですね。状元を獲るような人間はひと味違うようです」

「違います!!」

好きこのんでやったわけじゃない。趣味だったらもっと徹底的にやるもんだ！

ふうふうと息を荒くしている俺に、凜麗はクスクス笑っている。

「男の身で後宮を闊歩するのに不安があるようだよ。別にそのままでも大丈夫だって言ったんだけどね。これもあるし」

凜麗は懐からなにかを取り出した。皇帝の玉璽《ぎょくじ》印入りの許可証だ。祝部の人間であれば、男であろうとも後宮内で自由を約束する――そんな内容だった。

……女装は必要なかったのかよ!?

さあっと血の気が引いて行く。なんで教えてくれなかったのか。いや、大丈夫だと言っていた気もするけど！　ああ、仕事だからと無駄に捨てられた矜持が泣いている。

しょんぼり肩を落としていれば、ポンと肩を叩かれた。顔を上げれば、先ほどまで凜麗と感動の再会を演じていた先輩方がいる。

「まあ、余計なもめ事を増やさないためには、よい方法だと思いますよ」

「確かに。どこぞの女官に、襲われたと言いがかりをつけられるよりはマシだな」

「ああ――そういえば。宦官との秘めた恋路のあて馬にされた武官がいましたねえ」

「ソイツ処刑されたらしいな。なのに当の女官は宦官をとっかえひっかえしてるとか。教訓になってるらしいぞ。後宮で隙を見せた方が悪いって」

「後宮って悪党の巣窟かなにかですかっ!?」

まっ青になってツッコミを入れると、索骸がため息をもらした。

「かもしれませんね……」

「後宮怖い！」

「「ブッ!!」」

ふたりが噴き出した。なにごとかと思っていれば「嘘だよ」と肩を叩かれる。彼らなりの冗談だったらしい。……いや、事実にしか聞こえなかったんですけど!?

「まあ、それはさておき。あなたの趣味が女装でないのは理解できました。面白い新人ですね。ともかくよろしくお願いします。わたしは索骸と申します」

「おれは玄冥。同じ部署に配属されたんだ。仲良くしよう。菓子はいるか？」

「あ、いえ。大丈夫です」

菓子は辞退しつつも安堵する。先ほどの光景には度肝を抜かれたが、癖はありつつもなかなかに性格がよさそうな人たちだ。

「挨拶が遅れまして申し訳ありません。劉幽求と申します」

いそいそと用意してきた土産を取り出す。第一印象はなによりも大切だ。たとえそれが奇人変人の集まる部署であったとしても。

饅頭を取り出した瞬間、蔡美人がゴミを見るような目で俺を見た。

「……祝部って空気が読めない変人しかいないのかしら……」

「はっ……!!　そうだった。ここは現場!!」

愕然とした。知らぬ間に変人の雰囲気に飲まれてしまっている。

「問題を解決する気がないなら帰って」

蔡美人が失望の声を上げた。ほのぼのとした空気から一転、しんと室内が静まり返る。

――うわあああ！　やってしまった……！

ざあっと血の気が引いて行くのがわかった。明らかに俺の失態だ。どうしよう、どうすればとオロオロしていると、静寂を打ち破った人物がいた。

「まあまあ。そう言わずに」

「……！　あなた」

凜麗だ。いつの間にやら蔡美人の寝台に腰かけて腫瘍を眺めている。

「ギャッギャッギャッギャ……」

「おや、本当に鳴くんだね。これはすごい。初めて見た！」

「な、なによ。なんなのよ、あなた！」

涙目で腫瘍を隠す。憔悴した様子の蔡美人に凜麗は優しく笑んだ。

「私かい？　私は――〝怪力乱神を解き明かす者〟だよ」

黒曜石のような瞳が妖しく光る。凜麗は嬉しそうに集まった面々を見渡した。

「さて。これで祝部全員がそろったね。ようやく〝怪力乱神事件〟に手を着けられる」

凜麗の言葉に索骸と玄冥が応えた。

「そうですね。頑張って下さい。事件を解決に導けるのはあなたしかいません」

「期待している。いつもどおり、おれは索骸と一緒に控えていよう」

「うん、任せてくれ。私の活躍をちゃんと見ていてくれよ……！」

三人の発言に顔色をなくしたのは蔡美人だ。

「ちょ、ちょっと。わたくしを助けてくれるのは、あなたたちではなかったの!?」

蔡美人の慌てっぷりは当然だ。年若い凜麗に問題解決能力があるとは思えない。素人目から見ても、事件にあたるべきは大の男ふたりだろう。

だが、索骸と玄冥は問題に当たるつもりはないようだった。

「申し訳ありません、蔡美人。事件解決にあたるのはわたしたちではないのです」

「我らも祝部の一員ではあるがな。外部から招かれただけで官吏ですらない。おれと索骸に課せられた役目は凜麗の〝世話役〟。補佐だ。事件に関しては我らの妹と――」

玄冥の視線が俺に向いた。

「そこの新人が担当すると聞いている」

「お、俺ですかッ!?」

あまりにも突然の名指しに動揺する。蔡美人の腫れ上がった腕をみやれば、ちょうど腫瘍がギャッギャと鳴いた。本当に不気味だ。皺が人の顔に見える。これを……俺が？

「いや、無理無理無理無理無理」

勢いよくかぶりを振った。

「俺に医学の心得はありませんし、祈祷の仕方も知りませんからっ！」

とっさに拒否すると蔡美人が苦しげな表情になった。

「なによ」

すうっと涙が頬を伝う。痩せ細った体が小刻みに震えている。ぽろり、ぽろり。透明な雫が彼女の衣を汚していた。

「治療するつもりがないなら出て行って。これは冗談でも遊びでもないのよ――！」

「――あ」

失言だった。あくまで自分の能力を鑑みた上での発言で、蔡美人を馬鹿にしたわけでも、仕事に対して不誠実なつもりでもなかったのに。だが、当事者からすれば、見捨てられたも同然である。さあっと血の気が引いて行った。

「……ごめんね」

俺がなにも言えずにいると、凜麗がそっと蔡美人の手を取った。

「不安にさせるつもりはなかったんだ。部下が失礼な発言をした。謝らせてほしい」

「謝られたって」

腫瘍が治るわけじゃない。

絶望的な声をもらした蔡美人の瞳を凜麗はまっすぐ覗き込んだ。

「大丈夫。たとえ相手が〝龍〟だったとしても、私は君を救ってみせるよ」

「……ッ！」

あまりにも豪胆な発言に蔡美人の瞳が揺れた。

怪力乱神が禁止された大蒼国においても龍の名は知られている。なにせ歴々の皇帝陛下を象徴する瑞獣《ずいじゅう》だ。それを相手取ると断言するなんて——なんて自信だろう。若気のいたりな発言にも思える。だが、凜麗のまとう雰囲気、言葉の説得力は……たかだか十数年生きただけの少女がかもせるものではなかった。

「幽求くん」

「はっ……はいっ!?」

「これは仕事だ。できないなんて簡単に口にするんじゃない。君は今日が初日だろう。自分になにができて、なにができないか……それすらもわからないはずだ。ましてや、怪異で苦しんでいる人を突き放すような発言。看過できないな」

「……す、すみません」

「まあ、次から気を付けてくれればいい。それに誤解しないでくれよ。私はね、医術だの祈祷だのの能力は求めていない。状元及第した君に求めるのは——もちろん頭脳さ」

「頭脳……？」

「そう。私は神秘的な力や暴力で事件を解決するわけじゃないからね！　代わりに優れた知能を持つ人間を必要としているんだ」

——じゃあ、どうやって事件を解決するつもりなんだ？

生き物のように鳴き、時には食事を喰らう。普通じゃない腫瘍を退治するならば、それなりに〝ぶっとんだ〟力が必要だろうに。首を傾げた俺に凜麗は不敵に笑った。

「まあ、今日は職場見学だからね。おいおいわかるさ。ところで幽求くんっ！」

「はっ、はいっ!?」

「この美女は先ほどこう言っていたね。『治療法は誰も知りませんでした』と。どう思う？　確かに奇病のたぐいだろう。だけど、これだけ特徴的なんだよ？　前例があれば誰かが記録していそうじゃないか。ましてやここは大蒼国の宮城だ！　皇帝陛下になにかあったら対応できるように、医官はあらゆる病の情報を残していそうだけどね」

「それは……」

どう答えればいいのだろう。それらしい考えが浮かんでいるものの、正しい答えなのか判断できない。戸惑っている俺に、凜麗は優しく言い含めるように続けた。

「気負う必要はないよ。自分なりの答えを出してくれればいい。間違っていても咎めはしないよ。問題解決のため、考察を正しい方向に導くのは私の仕事だ」

事件解決の主体は凜麗のようだ。ならばと、そろそろと口を開いた。

「あ、あくまで俺の考えですが――先帝陛下が怪力乱神を禁じたからだと思います。鳴く腫瘍が実在するなんて普通は思いませんよ。〝曖昧な〟怪力乱神的存在だと判断され、記載された文献が焚書された可能性があります」

「そのとおり！」

パン！　と凜麗が両手を打った。

「うんうん。なかなかいいじゃないか。幽求くんは優秀だなあ。さすがは状元！」

「……！　あ、ありがとうございます」

請われたまま回答しただけなのに、めちゃくちゃ褒められてしまった……。耳がじんわり熱い。照れ臭くて変な顔になった。孤独と戦いながら、科挙に向けて淡々と勉学に励んできた身としては非常にこそばゆい。照れていると、凜麗は蔡美人に向き合った。

「聞いたかい。幽求くんの言うとおりだよ。大蒼国には、かつて〝生きる腫瘍〟について記載した本が存在していたんだ」

「……！　ほ、本当!?」

蔡美人が喜色を浮かべた。……が、すぐに肩を落とす。

「でも――本は焼かれてしまったのでしょう？」

本が実在していたとしても、内容がわからなければ意味がない。

「大丈夫さ」

凜麗が不安げな蔡美人の手を握る。力強く笑んでうなずいた。

「確かに神秘的な力や暴力的な手段で問題を解決はしないよ？　だけど、私はそれに代わる特別な能力を持っている。そう――……」

黒々とした瞳が自信たっぷりに光る。

「私は、大蒼国にあったほとんどすべての文献の内容を記憶している。もちろん、焚書された文書も含めて。特に怪力乱神的方面に興味があってね。専門家《プロフェッショナル》なんだ……！」

　とたん、沈んでいた蔡美人の表情に喜色が滲んだ。

「本当ですか？　じゃあ、腫瘍の記載がある本も……!?」

「もちろんだ。この能力があるから、怪力乱神事件は私の担当。わかってくれたかい？」

　得意満面の凛麗に、蔡美人は目を輝かせている。確かに、凛麗には〝ぶっとんだ〟能力があるらしい。だが――見逃せない矛盾があった。

「そ、それが事実ならすごいと思いますが……」

　コホン、と咳払いをする。いささか気まずい気持ちを抱きながら上司に問いかけた。

「怪力乱神禁止令が出されたのは三十年も前の話です。書物が焚書されたのも同時期だったかと。あの……あなたはまだ生まれていないのではないかと思うのですが」

　はたしてこれは振っていい話題なのだろうか。新人が上司の粗を指摘するなんて。まずい予感しかしないが、新人官吏の俺には判断がつかない。

「おやおや」

　凛麗は眉尻を下げると、俺の眼前に顔を寄せて言った。

「幽求くん。女性に年齢の話を振るなんて。君ってば野暮な子だね……」

　ポッと頬を赤らめる。ツンツン。なぜか俺の腹を指で突く。野暮。もしかしてこれは、非常に繊細な話題だったのだろうか。たとえば女性が恥じらうような。

「なっ!?　す、すすすすみませんっ!!」

顔を真っ赤にして後ずさる。やってしまった。俺はなんて思いやりのない人間なんだと頭を抱えていれば、凜麗がケタケタ楽しげに笑い始めた。

「冗談だよ！　幽求くん、君ってば可愛いねえ！」

「勘弁して下さい……」

からかわれたようだ。本当にやめてほしい。対人能力に自信はないのだ。脂汗を流している俺に、凜麗は小さく肩をすくめた。

「とりあえずは、だ。年齢の件は置いておこう。実に繊細な話でね。おいおい説明する機会もきっと来るだろうさ」

「それでいいんですか……？」

「いいんだよ。私の話が真実かどうかは問題じゃない。重要なのは、〝生きた腫瘍〟が私の中にある〝失われた文献〟によって解決できるかという点だ」

確かにそうだった。事件さえ解決できれば些細な問題である。

「まずは実証してみようじゃないか。私の知識が腫瘍に通用するかどうか。試して損はないだろう。それで腫瘍が治ったらめっけものだ！　いいだろう？　蔡美人！」

「……！　は、はい」

蔡美人がこくりとうなずいた。沈んでいた瞳にわずかな期待感が浮かんでいる。

「――では。怪力乱神をおおいに語ろう」

凛麗のまとう雰囲気が変わった。

索骸が持ち出した椅子にゆったりと腰かける。優雅に足を組む凛麗の姿はいやに様になっていた。少女らしい溌剌《はつらつ》さはどこへやら、自信たっぷりに笑む姿は妖艶さすら感じさせる。

隣では玄冥が小さな香炉を手にしていた。ゆらりと糸のような煙が漂い始める。甘い香の匂いが辺りに満ちて、場の空気まで塗り替えられて行くようだ。

――なんなんだ、これ。

玄冥は、自分たちは〝世話役〟と言っていたが、まさにそのとおりだった。索骸は甲斐甲斐しく世話を焼き、玄冥にいたってはお茶と菓子まで出してくる始末。索骸も玄冥も種類は違えど惚れ惚れするような美形である。女王にかしずく麗しい侍従のようで、耽美《たんび》な雰囲気に飲まれそうになった。独特な雰囲気をかもす光景になにも言えずにいれば、

「どこから語ろうかな。そうだな――〝生きる腫瘍〟を人間が理解しえない邪鬼……祟り、物の怪や怨霊のたぐいと仮定するとしよう」

――からららっ！

凛麗が一巻きの竹簡を開いた。竹がぶつかる音が室内に響き渡り、無意識に凛麗に注目する。これからなにが起きるのだろう。三人の様子は期待感をいやが上にも誘った。

「幽求くん。君が邪鬼の被害に遭ったらどうする？」

びしりと指されて、反射的に背筋が伸びた。

「え、お……俺ですか」

ウロウロと視線をさまよわせる。今日ここに来るまで、俺の世界には〝曖昧な〟正体不明の存在などいなかったのだ。問われても困る。

「たっ……たとえばですが。その道の専門家にお願いします。大昔にはいたそうじゃないですか。巫覡《ふげき》だの道士だの呪術師だの……怪力乱神事件の際に駆り出された人たちが」

「おお！　よく知っているね。君くらいの年じゃ知らなくても当然なのに」

「うちの叔父が昔語りが好きな質《たち》でして……」

「話が早くて助かるよ。以前は大蒼国にもそういう人たちが大勢いたのさ。禁止令が出たせいで軒並み姿を消したけれどね——。さて、彼らはどうやって邪鬼を祓ったと思う？」

「そ、そりゃあ。不思議な能力で気功を飛ばしたり、見えない敵を剣で斬ってみたり」

「ふははっ！　うん、夢があってすごくいいね……！」

——笑われてしまった。

今度は的外れだったようだ。羞恥で頬を染めていると「そういうのを売りにしていた人もいただろうから、あながち間違いではないけどね」と庇ってくれた。

「じゃあ、私の中の〝失われた文献〟はなんと語っているか？　訊ねてみよう」

すうっと凜麗の瞳が細くなった。筆を手に取り、勢いよく墨壷に突っ込む。

「……さて」

深呼吸をした凜麗は、竹簡の上に怒濤の勢いで筆を滑らせ——同時に語り始めた。

「これは、春秋時代に存在した哲学家が記した書籍だ。『老子中経《ろうしちゅうきょう》』。古代の道教修行法を記した本だね。老子いわく――『百邪百鬼および老精魅を制せんとほっせば、常に符・利剣を持ちて水甕《みずがめ》の上に停め、中においてその形態を視るべし』とある。なるほど、道教では〝まずは相手がどういう邪鬼であるかを知る〟行為を重視したようだ」

――なにをしているんだろう。

そろそろと凜麗の手もとを覗き込むと、驚愕のあまりに言葉を失った。

竹簡上に文字が並んでいる。凜麗が語った本の内容だ。凜麗は、大蒼国にあったほとんどすべての文献の内容を覚えている……らしい。記憶の中の文章を書き写しながら、中身を吟味しているようだ。彼女が語った言葉以外にも文字が続いている。転写をしながら必要な情報だけを抜き出し、わかりやすいように語っているのだ。つまり――。

――複数の思考を並行に走らせている。なんだコイツ。普通じゃない……！

ひとり戦慄していると、凜麗は語りを再開した。

「人に禍をもたらす邪鬼は、正体を看破され、名を知られるとたちまち力を失うそうだよ。〝それがなんであったか〟がわかれば、退治は容易であるそうだ。『諸精・鬼魅・竜蛇・虎豹・六畜・狐狸・魚鼈亀《ぎょべつき》・飛鳥・麏鹿《くんろく》・老木もみなよく精物となる』。実にいろんなものが化けるのだね。みんな同じ方法を用いて正体を探ったのかな。水が用意できない場合もあるだろうに。ああ――葛洪《かっこう》の『抱朴子《ほうぼくし》』に記載がある」

――かららららっ！

新たな竹簡を玄冥が渡す。凜麗は夢中になって文字を書き付け始めた。

「興味深いね。道士が山に分け入る際、背に銅鏡を担いだそうだ。そうすれば老魅もあえて近寄ってこない。鏡——わかりやすいねえ。相手の正体を看破するのにぴったりだ。なるほど、鏡も実に有用なようだね」

ふと凜麗が顔を上げた。額にはうっすらと汗が滲んでいる。

「さて。幽求くん」

「は、はいっ!?」

「『老子中経』や『抱朴子』に記述のあった内容は、道教の修行に生涯を費やした人々が行った方法のようだ。君は、私にもできると思うかい?」

「えっと。凜麗……さんは、道教の修行をされたりは」

「してないね」

「なら無理でしょう……。一般人じゃないですか」

「ぶはっ!」

凜麗が噴き出した。玄冥は背中を摩《さす》ってやり、なぜか索骸は苦い笑みを浮かべている。まずい発言だっただろうか。さっきも失言をしたばかりだ。オロオロしていれば、凜麗は目尻に浮かんだ涙を拭って笑った。

「一般人。ああ……最高だね!　君を祝部に招いてよかった」

「はあ。どうも」

なにが彼女の琴線に響いたのだろう。首を傾げていれば凛麗は話を再開した。

「幽求くんの言うとおり、たとえ本の通りに我々が水甕を用意しても無意味だろうね。いくらウンウン唸っても腫瘍の正体は一向に見えてこないだろう」

「じゃあ、どうすれば……」

「『抱朴子』には、視鬼《しき》と呼ばれていた人々の記述もある。儀式を必要としなくても、特殊な目で相手の正体を看破できるそうだ。『男にありては覡《げき》となし、女にありては巫《ふ》となす。まさにおのずから然るべきものにして、学びて得べきものにあらず』……あらら、生まれ持った才能みたいだ。じゃあ、これも私たちには再現不可能だろうね」

「……そんな」

蔡美人の表情が沈んだ。凛麗の知識をもってしても駄目なのかと落胆している。

「おおっと。焦ってはいけないよ、お嬢さん」

すかさず凛麗が声を上げた。

「失礼した。少々回りくどかったようだ。すまないね、なにせ今日は新人がいるだろう？基本的な話をしておこうと思ったんだ」

「え、俺のせいです？」

「誰のせいでもないよ。しかし、怪力乱神を語るにあたって押さえておくべき知識だ」

凛麗は瞳をきらりと輝かせて続けた。

「さあ、思考を発展させよう。人間は記録する生き物だ。そうだろう？　幽求くん」

「そうですね……？」

「動物には絶対にありえない知的行動だ！　本能的に人はなにかを記録する。集合知によって更なる進化を遂げるためだろうね。誰かが見聞きした情報を読書によって追体験し、あわよくば再現さえする。うん、実に面白いね。人間が書き残す内容はさまざま。歴史、伝説、創作の物語、料理の作り方から日記……」

「──あっ！　もしかして」

思わず声を出すと、いっせいに注目が集まる。

「過去の人々は、正体が看破された邪鬼の話を書き残しているんじゃないですか？」

「正解」

「……やった！」

喜ぶ俺をよそに、凜麗は玄冥から新たな竹簡を受け取った。

──かららららっ！

「我々は道士や巫覡のように特別な能力を持ち得ないが、先人たちが遺した知識を活かすことならできるんだ。そう、それが私の真骨頂──」

ゆらり、凜麗の瞳が妖しく輝いた。

「私は情報を自由自在に頭から引き出せる。誰かが文献にさえ遺していれば──どんな奇奇怪怪な事件であろうとも解決方法を先人から学べるわけだ！」

どこか恍惚とした表情で語る。その手はすでに文字を綴り始めていた。

「唐の随筆集に『酉陽雑俎《ゆうようざっそ》』がある。前集二十巻、続集十巻にもおよんでいて、唐代に起こったさまざまな出来事が描かれている。当時の風俗を知るにはもってこいの文献だ。『酉陽雑俎』には、〝人面瘡《じんめんそう》〟という腫瘍についての記述がある。江東《こうとう》の商人の左腕に〝人の面〟のような腫瘍ができたらしい。戯れに飯を与えてみたところ、よく食べたのだとか」

「そ、それです……！」

興奮のあまり蔡美人が体を乗り出した。

「これもよく食べるのです。なにかを与えていないと痛くて……」

「『酉陽雑俎』の商人も似た状況みたいだね。痛みよりしびれが出ていたようだけど──」

スラスラと動かしていた筆を凜麗が止めた。ニッと不敵に笑う。

「なるほどね。腫瘍に困り果てた商人は、とある名医に泣きついたようだよ。『金石草木、諸薬をことごとく試せ』。……いろんなものを食わせてみろと指示されたようだ」

「で、では。わたくしも──」

焦った蔡美人が立ち上がろうとした。止めたのは凜麗だ。

「おっと、おまちよ。大丈夫、あなたが実験台になる必要はない。『酉陽雑俎』には、ちゃんと顛末《てんまつ》まで描かれている」

再び凜麗の手が動き出す。『酉陽雑俎』の内容を詠うかのように諳《そら》んじた。

「『貝母《ばいも》にいたって、その瘡《できもの》すなわち眉を聚《あつ》めて口を閉ざす。商人喜びていわく、この薬かならず治せしなり』」

一息吐いて筆を置く。疲れた様子の凜麗は、くったりと椅子に背を預けて笑った。

「……玄冥。貝母だ。貝母を用意してほしい」

「貝母？　生薬のか？　漢方を煎じる際に使ったりする……」

「そうだ！　咳止めや痰を切るのに使う貝母だ！　搾り汁がほしい。ちょうど花が咲く季節だろう。早く用意するんだ！」

「わ、わかった！」

玄冥が急ぎ足で寝室から出て行く。凜麗は索骸に葦《あし》の茎を用意するようにも伝えた。

「そ、それをどうするのです……？」

不安げな蔡美人に、凜麗が柔らかな笑みを向ける。

「人面瘡は貝母を前にするとかたくなに口を閉ざすらしい。搾り汁をにっくき腫瘍の口に流し込んでやるんだ。そうすれば、数日の後に腫瘍は縮んでしまう」

「……ッ！　ほ、本当ですか」

「ああ。少なくとも……『酉陽雑俎』はそう語っている」

「そう、ですか」

蔡美人が脱力した。寝台の上で呆然としている。

「失礼いたしますっ……！」

部屋の中に女官たちが駆け込んできた。手には、白く可憐な花を咲かせた貝母があった。

貝母は観賞用にも重宝される草花だ。庭に生えていたのを抜いて来たのだろう。葉はみずみずしく、はにかんだように頭を垂れる白い花弁は薄闇の中で光って見える。

「蔡美人様……」

ひとりが蔡美人に貝母を差し出した。先ほど食事の膳を運んできた女官だ。手は震え、顔は青ざめている。しかし――それは恐怖由来ではない。

「どうかお健やかな姿を取り戻せますように」

祈りにも似た言葉。涙で瞳を滲ませる姿には、主への温かな気遣いであふれていた。

「……！」

蔡美人の唇が震えた。か細い手が貝母に伸びる。『酉陽雑俎』の記載が正しければ、貝母を前に腫瘍は口を閉ざすはずだ。指先で貝母を摘み、そろそろと腫瘍に近づけていった。

「ギャア……」

途端、不愉快そうな声を腫瘍が上げた。饅頭を差し出した時とはまるで違う。中央部の裂け目を固く閉ざし、くぐもった悲鳴をもらしている。まさに『酉陽雑俎』の通りだ！

「……これは……!!」

蔡美人の顔が華やいだ。歓声を上げた女官たちが慌ただしく動き出す。

「誰か。早く薬研《やげん》を用意するのです！」

「腫瘍を退治してやりましょう。ご主人様の苦しみを一刻も早く和らげねば……！」

先ほどまで凛麗ただひとりの声が響いていた室内が、あっという間に賑やかになった。

道具を用意する者、泥だらけのまま大量の貝母を抱えて駆け込んで来る者。誰も彼もが忙しそうにしている。先ほどまでの暗い表情はまるでない。瞳には爛々と希望の灯火《ともしび》が宿っていた。途方に暮れた人々に活気が戻っている。祝部の——凛麗が明らかにした知識は、〝生きた腫瘍〟という謎めいた存在に確かな効果を発揮したのだ。

＊

「これにて一件落着。よかったねえ」

凛麗がゆるんだ声を上げた。辺りはすでに夕方。世界は薄闇に包まれようとしている。後宮での一仕事を終えた俺たちは、女の花園を離れて祝部の官舎を目指して歩いていた。

「ご苦労だったな、凛麗」

「ありがと」

玄冥が労りの声をかけると、わかっているとばかりに少女は手をひらひら振った。

「ありがと。人面瘡については、もう少し調べが必要だろうけどね」

「今日のところはやめておけ」

「そうですよ、凛麗。いくらなんでも体がもちません」

「はあい。わかってるよ、玄兄様、索兄様……」

おざなりに返事をした凛麗は、くったりと玄冥の背に体を預けている。事件を解決した後、張り詰めていた糸が切れたように倒れかけたのだ。

——なるほど。あれはけっこうな重労働なんだなあ。

頭の中にたゆたう知識を引き出し、必要な情報を選び取るという行為は体力を使うようだ。先ほどまでの利発的な雰囲気はどこへやら。凜麗は甘えた声を出した。

「玄兄様。甘い物が食べたいなあ！　お肉でも可。とろとろになるまで煮込んだ奴！」

「わかった、わかった。帰ったらたんまり食わせてやろう。今はこれで我慢してくれ」

玄冥が取り出したのは、笹に包まれた蒸し菓子だ。

「ふふ。兄様は優しいなあ。これも美味しい！　幸せ……」

切糕《せっこう》……蒸した餅米の間になつめや餡を挟んだ菓子をほおばった凜麗はご満悦だ。モグモグ菓子をほおばる姿はまさしく年相応である。

――まったくすごい一日だった。

まだ興奮が冷めやらない。歩きながら、俺はしみじみと今日という日を振り返った。

医官ですら匙を投げた蔡美人を、見る間に治癒してしまった凜麗の手腕。知らない情報をスラスラ語る姿は異様で、普通ではなかった。大蒼国にあったほとんどすべての文献を記憶しているそうだが嘘ではないようだ。彼女の頭の中には大量の情報が詰まっている。

『――では。怪力乱神をおおいに語ろう』

雰囲気が様変わりした少女。絶え間なく動き続ける筆。鬼気迫る様子に圧巻された。それだけじゃない。異形や鬼……人々を襲うさまざまな摩訶不思議な存在を解き明かし、無力化する……。そんな部署が実在するなんて！

――いや、それ以前に。

『ギャッギャッギャ……』

人面瘡を思い出すと、全身が粟立ったのがわかった。

生まれてこの方、この世に不思議な存在はいないと教育されてきた。実際、幽鬼や怪異と呼ばれる存在に遭遇した経験はない。世界に説明できない事象はなく、いまだ解明されないものも、いずれはすべて理性的に説明できると考えてきたのだ。なのに……あの腫瘍は？食事を要求し、貝母を前に表情を変える様はまさに〝生きている〟と言っても過言ではなかった。あれを怪異と言わずしてなんと言おう。

――本当に怪異は存在しているのか……？

凛麗の言葉どおりに、後宮内にはあらゆる異形が跋扈していて、祝部はそれらを対処するために作られたのだとしたら。俺がいままで信じてきたものはなんだったのだろう。現実がすべて虚像だったと明かされた気分だ。常識がいとも簡単に打ち壊され、世界の見え方まで変わってきそうな気がする。

深く嘆息した。怪異の存在にも驚かされたが、もうひとつ悩ましい点があった。

「俺はこれからどうしたら」

凛麗の活躍は素晴らしかった。誰も解決の糸口すら掴めなかった事件を華麗に解決した姿にはしびれもした。あれは彼女の能力がいかんなく発揮された結果だ。

だけど――俺は？　なんの特殊能力もない俺が祝部にいて、なにができる？

「……大丈夫？」

玄冥の背の上で凜麗が俺をじっと見つめていた。

「やっていけそうかい？」

不安な気持ちを見抜かれた気がして、目をそらしてしまった。どう答えればいいかわからない。正直、自信なんて欠片もなかった。

——くそっ……！　俺は絶対に出世しなければならないのに!!

くすぶっている場合じゃない。確実に成果を積み重ねて次の段階へ行かねば。だのに、祝部で活躍している未来が見いだせない。焦燥感で胸が焼けつくようだった。

「君は真面目さんだねえ」

凜麗がクスクス笑った。困った風に眉尻を下げている。

「質問が不躾だったようだ。すまない。君が我が部署で活躍できるかどうかは、上司である私にかかっているのに。不安にさせてしまっただろう。私もまだまだ未熟だな」

「……そ、そんな」

かぶりを振った俺に、凜麗は柔らかく笑んだ。

「君は生まれたばかりのひな鳥も同然だ。広い世界へ飛び立つための準備をしている。なにができるか、なにをなし得るか。わからなくて当然だよ。幽求くん、なにも不安がることはない。君は無限の可能性を持っているんだから」

「……ッ！　は、はい」

少女の言葉がいやに沁みた。泣きたい気分になって唇が震える。

凜麗はまっすぐに感情をぶつけてくる。なんの思惑もない表情、温かな思いやりにあふれた言葉だった。思わず声を詰まらせていると、ふいに誰かが隣に立ったのがわかった。甘い花のような香り。索骸だ。

「とりあえず、祝部《うち》でなにができるかを探してみたらどうでしょう？　ごらんになったように、怪異担当といっても剣を交えたりするわけじゃありません。凜麗が持つ知識でもって問題に対処する。そういう部署ですから、あなたが活躍できる場面もあるはずです」

「索骸さん……」

「そうだぜ、新人。不安ならおれらも補佐するからっ……よ！」

バアン！　玄冥は俺の背中を強く叩くと、豪快な笑みを浮かべた。

「ゲホッゲホッ！　玄冥さん、あ、ありがとうございます……」

痛みに咽《む》せながら、先輩からの温かな言葉に泣きそうになった。

最初はこんな少女が上司だなんて勘弁してくれと思ったし、奇人変人ばかりの部署だなんてと絶望したりもしたけれど――なかなかどうして頼りになる。

トクトクと心臓が鳴っていた。祝部の仕事はまだまだわからないことだらけ。不安がないとは言えない。だけど、この人たちとなら。目指す場所に近づくための道筋を見つけられるかもしれない――。

「……ああ、ここだ。幽求くん、到着したよ！」

俺の中で、ひとつの結論が固まりつつあった時だ。凜麗が声を上げた。

気がつけば目的地に到着している。空は星々に彩られ、太陽はすでに山際に顔を隠していた。明かりひとつ灯っていない建物がそびえ立っている。祝部の官舎らしい。

「どうぞ。散らかっておりますが。すぐに明かりを用意しますので」

索骸が面々を中に招き入れた。当たり前だがまっくらだ。ここが今日から通う職場だと思うと感慨深い。奥にある扉の前に到着すると、玄冥が凜麗を下ろした。

「幽求くんにお願いしたい仕事があるんだ」

「仕事、ですか」

――どんな仕事を任されるのだろう。

背筋が伸びるような思いだった。凜麗の後をついて部屋の中に入る。強烈な墨の臭いが鼻をついた。窓を閉め切っているからか、空気が肌にまとわりつくような感覚がある。

部屋の中央部分にまで進むと、凜麗がこちらを振り返った。月明かりが凜麗の輪郭を浮かび上がらせている。暗闇の中で爛々と光る瞳は、およそ人とは思えなくてドキリとした。

「怪異の知識がない新人に、どの程度の仕事を任せようかと悩んでいたんだけどね。でも、君と会ってみて感心したよ。科挙で好成績を残すためには、数万字にもおよぶ五経をすべて暗記し、理路整然と理論を展開していく必要がある。さすがは状元及第者。君の思考能力はずば抜けているようだね！」

「は、はあ。ありがとうございます。たいしたことはしていないですが」

「いやいや！　初めて怪異を見ただろうに、自分なりにいろいろな意見を出してくれたじゃないか。誰にでもできることじゃない。自信を持ってくれていいよ！」

べた褒めである。戸惑いを浮かべていると、索骸が室内の灯籠に明かりを入れ始めた。蛍火が闇夜に浮かび上がるように、ぽうっと温かな光が灯っていく。

「素敵な出会いに感謝したいくらいだ。確かな記憶力に理性的な思考！　それこそ私が求めてやまない能力。君のような人物を待ち望んでいたんだ……！　というわけでっ！」

頬を紅潮させた少女は、大きく手を広げて声高らかに言った。

「幽求くんっ！　君には私の助手を務めてもらいたい。手始めに、ここにある書簡すべての内容を把握してほしい！　一言一句違えずにだ……！」

瞬間、最後の灯籠に火が入った。暗闇に沈んでいた室内の様子が明らかになる。浮かび上がったのは、壁一面に設えられた本棚だ。中には、びっしりと書簡が収められていた。いったい何巻あるのだろう。これほどの数は初めて見た。隙間なく詰められた巻物たちは、泰然と俺という矮小《わいしょう》な存在を見下ろしている。

「これを？　ぜ、全部……？」

震える声で訊ねた俺に、凜麗は嬉しげにうなずく。

「そうさ！　これらはね、かつて焚書されてしまった本の写本だ。怪異を打ち倒し、存在を明らかにするために必要な本。うちの部署に必要な道具たちだよ」

凜麗が俺を見つめている。まるい瞳に灯籠の明かりが映り込んで、きらきらまぶしいくらいだ。彼女は満面に笑みをたたえると、無邪気な口調で言った。

「全部の内容を覚えてほしい。そして〝怪力乱神を語る〟手伝いをしてほしいんだ、幽求くんっ！　君には期待しているよ。一緒に祝部を盛り立てていこう！」

ひくり。口もとが引きつる。意識が遠くなりかけて、慌てて自我を保った。

――いったいどれだけの分量を覚えねばならないのだろう。

科挙なんて比べものにならない。下手な肉体労働よりも大変じゃないか……!?

さあっと全身から血の気が引いて行った。

『上司の命令には逆らわない方がいいぞ！　それが社会人ってもんだ！』

再び叔父の言葉が脳内に響いた。だけど、だけどだけどだけどっ！

これはあんまりだ!!

「そ、そんな無茶なあああああ……！」

情けない悲鳴を上げてうずくまる。俺の嘆きの声は、宮城を包み込み始めた薄闇に、淡く溶けて消えていったのだった。

二章　樹木流血事件

新しい朝が来た。小鳥のさえずりが響き渡り、格子窓から薄日がもれている。爽やかな晴れ間が顔を覗かせていた。洗濯日和だ。きっと心地いい一日になるに違いない。

——そう。俺以外の人間には。

「うう……」

重いまぶたをこじ開けて、ノロノロと寝台から下りる。床に足がついた瞬間、胃の辺りに激痛が走った。お腹を抱えてうずくまる。すぐに立てそうにない。最悪だ。

「幽求《ゆうきゅう》、大丈夫か？」

耳慣れた声がして顔を上げた。俺の寝室を誰かが覗き込んでいる。

「叔父さん……」

育ての親である叔父は、息も絶え絶えな俺を見つけたとたん、表情を曇らせた。

「なんだなんだ。具合が悪いのか。今日は休んだ方がいいんじゃないか」

実に魅力的な提案だったが、ふるふるとかぶりを振る。

「いや、行くよ。疲れているだけだし。やらなきゃいけない仕事が山積みなんだ」

ゆっくりと立ち上がる。深呼吸を繰り返しているうちに、じょじょに痛みが治まってきた。これなら大丈夫。登城途中に力尽きさえしなければ……だが。

「……ならいいんだけどよ」

叔父は苦虫を噛みつぶしたような顔になると、朝食の準備ができたと告げた。

「揚げ麺麭《パン》じゃなくて粥にしといた。その方が胃に負担がかからないだろ」

「助かるよ。本当にありがとう」

弱々しく笑顔を浮かべた俺に、叔父は複雑そうな表情をしている。

「まあ、新しい部署っちゅうのは……なんだ。大変なんだな。辛かったら少しくらい愚痴れよ？　ため込むとろくなことがない」

叔父の言葉に苦笑いを浮かべた。愚痴るなんてとんでもない。俺の配属された祝部《しゅくぶ》は〝とても特殊〟で、仕事内容は機密事項なのだ。そのせいで叔父の心労は募るばかりだった。

――たとえ話す許可をもらったとしても、自分から明かすつもりはないけど。

大蒼国《だいそうこく》では怪力乱神《かいりょくらんしん》はいないものとされている。信じてもらえるはずがない。

「あ、叔父さん」

怪訝そうな顔をした叔父に、俺はすっかり習慣になってしまった問いを投げた。

「……母さんは？」

とたんに叔父の眉間に皺が寄る。遠くをみやった叔父は、

「具合が悪いらしい。安静にして寝ているそうだ。頑張れって言っていたぞ」

今日も今日とて優しい嘘をついた。

「そっか」

ざわざわと感情が騒いだ。乱れた情緒を押し隠して薄く笑みを貼りつければ、叔父が安堵の表情を浮かべたのがわかる。彼も気づいているのだ。さして上手くもない嘘が、大人になった甥に通じていない事実くらいは。

だけど俺たちは優しい嘘を繰り返す。

なにかに取り憑かれたかのように、朝日が昇るたびなんべんもなんべんも。

――まるで〝呪い〟みたいだな。

大蒼国では廃れたはずの概念。ありえないと思いつつもしっくり来る。

「叔父さん、俺――頑張って出世するよ」

ふと思いついて決意表明する。

出世さえすれば、俺はまがまがしい〝呪い〟から逃れられるはずだった。

「お？　おう」

唐突にやる気を見せた甥に叔父は驚いた顔をしている。

「偉くなって、誰もが認める男になる。そうしたら……」

俺は祈るような気持ちで言った。

「母さんも現実を見てくれるよね？」

叔父が顔をくしゃっと歪めた。目端に浮かんだ涙を拭ってうなずく。

「……ああ。そうに違いない。俺はお前を応援しているよ」

ポンと肩を叩かれて、俺はやっと笑顔になった。

「支度する。すぐに行くから」

素早く動き出す。前向きな姿を見せた甥に叔父は安心したようだ。「飯が冷める前に来いよ」と言い残して部屋を出て行った。

「…………」

手を止めて眉根を寄せた。窓の外は朝の訪れを言祝《ことほ》ぐように、穏やかな陽光で充ち満ちている。だが――俺はため息を吐かずにいられなかった。

――ああ、今日も仕事が始まる。

*

大蒼国、宮城《きゅうじょう》――官吏《かんり》たちが行き交う官舎の中、俺は声を張り上げた。

「これ、頼まれた書類なんですが。お～い。書類を届けに来たんですけど！」

いくら声をかけても反応がない。たまらず眉をしかめた。

そこは喧騒でやかましいくらいだった。誰も彼もが忙しそうで、資料はどうした、書き損じがあるからやり直せだのと、怒号に近い声が飛び交っている。宮城内でも中枢に近い区域にある官舎で、皇帝陛下へ奏上する書類を一手に担っているから当然だ。午後いちばんから開始される会合に向けて準備の真っ最中なのだろう。

――だからといって、俺という存在を無視しても許されるわけじゃないけど。

俺は凜麗《りんれい》に頼まれた書類を届けに来ていた。ただそれだけなのに、すでに四半時は放置されている。どうせ、俺の階級が低いからと優先順位を後回しにされているのだ。官服の色を見れば階級はすぐにわかる。偉くない人間は、雑な扱いをされても致し方ない……それが官吏社会だ。ほんと、早く出世したいなあ……。

「ああ、ごめん。気がつかなかった！　書類？　確認させてくれるかい」

ようやく、人のよさげな官吏が取り次いでくれた。素早く書類に目を通す。担当部署の欄に目を留めると、瞳が好奇心に染まったのがわかった。

「祝部？　君があの新人くんか！　へえ……」

瞬間、いっせいに注目が集まった。

――うっ……。

嫌な予感がして顔を引きつらせていれば、案の定、趣味の悪い物好きがコソコソ噂話を始めたではないか。

「アイツだろ？　祝部に配属された可哀想な状元《じょうげん》って」

「ああ。貧乏くじ野郎だ。才能の無駄遣いってもっぱら噂の」

「皇帝陛下には困ったもんだ。祝部なあ……。後宮のお姫様たちの機嫌取りに、どれだけ金をかけるつもりなんだか。アイツの給金だってそうだ。けっして安くはない」

「そのうち民に蜂起されそうだな。血税を浪費するなって」

「違いない」

聞こえよがしに笑い声がもれる。いたたまれなくなって下を向いてしまった。

官吏になってからというもの、俺にはふたつの誤算があった。

ひとつは祝部という新設部署に配属されたこと。

もうひとつは――祝部という部署の宮城における認識だ。

怪力乱神禁止令がいまだ解かれていない大蒼国において、祝部の仕事内容はいわば禁忌《タブー》だ。存在すら許されない。おおやけに怪力乱神はいないとされているからだ。もちろん、皇帝陛下や一部の人間は怪異の存在を知っている。だからこそ、祝部を新設したのだし、潤沢な予算を割り振ってもくれていた。だが、本来の役目をおおっぴらに公表するわけにもいかない。だから祝部の表向きの名目はこうなっている。

『後宮の妃嬪《きひん》たちの御用聞き』

召し上げられた女性たちを補佐する仕事だ。誰もが容易に入れない後宮に自由に行き来できて、特殊能力を持った凜麗という少女を役職に据えるのには都合がよかったのだろう。だけど。だけどだ！　もっと他にやりようがあったと思う!!

事情を知らない下っ端官吏からすれば、祝部は皇帝の私的な目的のために作られた部署に見えるらしい。更には、神帝の死後に即位した新皇帝の地盤はいまだ強固ではなく、ひとたび気を抜けば他勢力に取って代わられる恐れもあった。つまりは軽んじられている。先ほどの官吏たちの言葉からもわかるはずだ。

怪力乱神が跋扈《ばっこ》している後宮から、すぐさま女性たちを引き上げられない理由もそこにあった。皇帝として正しくあるためには、〝正当な理由〟もなく歴史ある後宮を空けるわけにはいかず、怪力乱神は大蒼国において〝正当な理由〟になるはずもない。結果、根本的な解決にいたることができずに、場当たり的に対処すべく祝部が設置されたのである。

ああ哀しいかな！　政治、政治、政治。すべては政治だ。現皇帝に良感情を抱いていない者からすれば、祝部はかっこうの標的に見えるらしい。新人官吏——それも状元及第者なんて生贄《いけにえ》と同然だ。誰かに侮辱されるなんて日常茶飯事。「状元の癖に、女のご機嫌取りが仕事」と何度笑われたことか。

「クッソ……。馬鹿にしやがって」

これが朝から疲弊しきっていた理由だ。大勢の人間から注がれる悪意。神経がゴリゴリ削られていく感覚がする。まあ、胃を痛めている原因はこれだけではないのだが——。

文句があるならかかってこい。腕っぷしに自信はないが筆記なら負けないんだからな！

心の中で拳を振り回す。暴力事件なんて出世の妨げにしかならないから、あくまで妄想で止めておいた。とはいえ、やられっぱなしは気分がよくない。

「お前、劉《りゅう》幽求ではないか？」

耳慣れた声が聞こえた。

「崔仲《さいちゅう》……」

「どうした、変な顔をして。なにかあったのか」

やってきた男は俺の同輩だった。癖が強い髪をむりやり頭のてっぺんでまとめ、大蒼国人にしては彫りの深い顔をしている。目もとのほくろが特徴で、どことなく品の良さそうな雰囲気を持っていた。

「ああ……」

ちらりと俺を嘲笑《あざわら》っていた官吏をみやる。フンと鼻を鳴らした。

「ろくに仕事もせずに噂話に興じる無能どもに呆れていたのか。わかる、わかるぞ。時間は有限だというのに、なにをしているんだか。天子様より頂戴した官位をなんと心得る。人を嘲《あざけ》る前に己の所業をかえりみるべきだ」

「なっ……！　なりたてホヤホヤの新人が！　上の者への態度を知らないようだな！」

崔仲の声は、件《くだん》の官吏たちまで届いていたらしい。ひとりの顔が真っ赤になる。たまらず崔仲に突っかかろうとした瞬間、もうひとりに止められた。

「やめておけ。アイツは崔家の子息だぞ」

赤かった男の顔がみるみる醒めていった。忌々しそうに舌打ちして仕事に戻っていく。

「まったく。愚か者は本当に救えない」

すごすごと立ち去っていく官吏たちを眺め、崔仲はため息をこぼした。

う～ん。名門ってすごい……。心の中で拍手喝采を送った。

崔仲は貴族階級出身者だ。崔家は、世襲制が廃止され、科挙により官吏《かんり》が選ばれる時代になってもなお、優秀な人材を輩出し続けているまごうことなき名門である。崔家の一族は宮城の中で一大勢力を誇っており、逆らってもろくなことにならない。

「すまない。ありがとう」

礼を言うと、崔仲の眉が吊り上がった。

「言わせっぱなしにしているのに腹が立っただけだ！　まったく情けない！」

ビシリと俺に指を突きつける。

「劉幽求。自分が状元である事実を忘れるな」

「わかってるよ」

ポリポリと頬を掻いて苦笑する。彼とは殿試《でんし》に合格してからの付き合いだ。礼部《れいぶ》が主催する恩栄《おんえい》の宴……いわゆる試験後の祝賀会で隣の席だった。普通ならば貴族階級ではない俺ごときが名門子息の眼中に入るわけがない。だのに崔仲はたびたび俺に絡んできた。崔仲が殿試で榜眼《ぼうがん》……二番目の成績を収めたからだ。

「お前がなめられると、僕まで馬鹿にされたようで腹が立つ。しゃんとしろ。しゃんと！」

崔仲はプリプリ怒っている。

殿試で負けたのがよほど悔しかったらしい。彼はいつものように俺に言った。

「確かに一度は負けた。でもな、僕は絶対にお前よりも出世する。それまで気を抜くんじゃないぞ。全力で仕事に臨め。そして、お前より上役になった僕に顎で使われろ！」

フフンと得意げに胸を張る。どうだと言わんばかりの態度に思わず噴き出した。

「ふはっ！　あはははは！」

「なんで笑うんだ。僕は真面目な話をしてるんだぞ！」

真っ赤な顔で抗議される。俺は息も絶え絶えになりながら笑顔で対応した。

「いや、ごめんな。茶化してるわけじゃないんだ。うん、そうする。肝に銘じるよ」

「……ならいい。まったく、なんで僕はこんな奴に負けたんだ……」

崔仲がブツブツ言っている。俺はこっそりと同輩の横顔を眺めた。

コイツはいつだって挑戦的な言葉を投げかけてくる。だけど裏にはなんの思惑もない。実に気持ちのいい奴である。多少ひねくれてはいるもののまっすぐだ。名門出身の癖に平民と対等の目線で話ができるなんて……これを貴重と言わずしてなんと言おう！

——こういう奴と生涯の友になれたら最高だな。

官吏社会では横の繋がりをなにより大切にする。出世街道を駆け上るためには、上司との関係以上に同輩同士の助け合いが重要だからだ。

——コイツと同輩で良かった。いつか、ふたりで国の中枢を担えたら最高だろうなあ。

思わずニコニコしていれば「なんだその顔は」と崔仲がしかめっ面になった。

「別に。持つべきものは競いあえる同輩だよなあって」

「……そ、そうか」

ほんのりと崔仲の頬が染まる。そういう初心《うぶ》なところも好ましい点だ。

「そういえば」

崔仲が話の矛先を変えた。いやに目を輝かせて俺の顔を覗き込む。

「祝部にものすごい美人女官がいるらしいが、本当か？」

「…………。なんだって？」

ぎしりと顔が引きつったのがわかった。バクバクと心臓が鳴っている。

「とてつもなく美人な宦官《かんがん》ならいるけど？」

「索骸《さくがい》……だったか。ソイツなら知っている。宮中の女たちが騒いでいたからな。俺が言っているのはそっちじゃない。大蒼国の虞美人《ぐびじん》とも評されている女官のことだ」

虞美人とは、秦代末期の楚王《そおう》、項羽《こうう》の愛人だ。虞姫《ぐき》、楚姫とも呼ばれ、四面楚歌の語源になった故事に登場する。いわく聡明で貞淑、幼い頃から書を読み、大義に通じているとされた才女だ。

「とても気が利いて、上官をよく助けているそうだな。花盛りの牡丹よりもみずみずしいと、それはそれは評判だったぞ」

つうっと冷たい汗が額に流れた。崔仲が言う人物は凜麗《りんれい》ではないだろう。俺の脳裏にはひとりの人物が思い浮かんでいる。正直、身に覚えしかなかった。

――ヤバイヤバイヤバイ。どうして崔仲の耳にまで噂が届いているんだ。クソッ。誰だよ虞美人とか言ったの。あああああ。絶対にコイツにだけはバレるわけにはいかない!!

そっと視線を同輩からそらす。

祝部の虞美人。

それは、俺が日々胃を痛めている〝もうひとつの原因〟である。

——ともかく、今はごまかすしかない！

「うちには、愛する人のために自害するような人物はいないと思うなあ。ハハハハ……」

引きつった顔で否定する。怪訝そうな顔をした崔仲は小さく肩をすくめた。

「……まあ、それなら別にいいんだが。多少、興味がそそられただけだ」

ホッと息をもらす。ひとまず危機は去ったようだ。額の汗を拭っていると、崔仲が浮かない顔をしているのがわかった。

「それにしてもだ。状元のお前が、どうして祠部に配属されたのか理解に苦しむ」

崔仲は懐紙と筆を取り出すと、サラサラとなにかを書き付けて俺の手に押しつけた。

「……一応、渡しておく」

懐紙には吏部《りぶ》……人事担当の官吏の名前がいくつか書いてあった。

「必要になったら僕の名前を出してくれていい。いくらかは融通してくれるだろう」

困ったら頼れと言いたいらしい。崔家の力があれば新人の配置換えくらい簡単だ。

「崔仲……！」

驚きに目を見開くと、鼻先をほんのり紅く染めた崔仲がボソボソ言った。

「べ、別に親切でしたんじゃないぞ。お前が落ちぶれたら後味が悪いと思っただけで！」

「お前っていい奴だなあ！　もっと素直だったら最高なんだけどな〜！」

「うるさいな！　なんと言おうが僕の勝手だろう！」

「あははははは……！」

不器用だが温かな気遣いに胸が熱くなる。懐紙の存在を意識するだけで、日々の苦労が報われるような気がした。

――ああ、心配させてしまったなあ……。

叔父にも、崔仲にもだ。

本当はみんなが思うような仕事じゃないのだと、真実を明かせないのが辛い。

祝部。後宮における怪力乱神事件担当。

一般的には〝いない〟――いや。〝いてはいけない〟とされる存在を扱う部署。

実にやっかいなところに配属されたと、俺はしみじみ実感していた。

＊

祝部の官舎は、宮城のいちばんはずれ――鬱蒼とした竹林のすぐそばにある。

「ただいま戻りました！」

官舎に足を踏み入れた俺は、元気いっぱいに声をかけた。

ぎしぎしと床板が軋んだ音を上げる。宮城《きゅうじょう》で鼻つまみものの部署は、どこよりも古い建物が割り振られていた。なんとも味のあるボロさだ。

室内は薄暗く、天窓から朝の弱々しい光がもれている。鼻をくすぐったのは濃厚な墨の臭い。ひび割れた土壁には、一面に木製の棚が設えられている。中には、怪力乱神関係の書簡がぎっしりと収められていた。先日、俺を圧倒した書籍たちである。明るい場所で見るとますます圧がすごい。

調度品の質は割合悪くなかった。漆塗りの艶めいた家具たちは、職人の手によって丁寧に作られた品だとわかる。仕事机がいくつか並べられていて、処理前の書類が山積みになっていた。天井から干されているのは香草や生薬だろうか。日当たりのいい窓辺には、応接用の長椅子と卓が置かれている。

奥の壁が視界に入ってきて、俺は視線を止めた。

壁に美しい女性の姿が描かれている。涼やかな目もとをほんのり桃色に染めた女性が、翡翠の羽衣をまとって微笑んでいた。黒髪は艶めいていて、綺麗に結い上げて色鮮やかな生花で飾っている。宝飾品が多いから裕福な女性なのだろう。躍動感あふれる四肢は今にも踊り出しそうで、しゃらしゃらと宝石がこすれる音がここまで聞こえてきそうだ。

――建物に不釣り合いな美しさだな。

大きな美人画は、まるで祝部を見守るように笑んでいた。

「あっ、幽求くんっ！　ごくろうさま！」

凜麗がはしゃいだ声を上げた。栗色の大きな瞳がきらきら輝き出して、真っ赤な珊瑚の飾りがさらりと揺れた。喜色を満面に浮かべる姿は飼い主を見つけた犬のようだ。

「終わったのかい？　助かったよ。雑用を押しつけてすまないね」

少年を思わせる口調。なのに、はしゃぎようは年頃の少女そのもので、ややチグハグな印象がある。俺に駆け寄ろうとした凜麗は、索骸に止められてしまった。

「幽求さんをだしに逃げだそうとしても無駄です。薬湯を全部飲みなさい」

「ウッ！　索兄様は厳しいな。苦くて嫌なんだ、これ」

「味は関係ありません。ちゃんと飲みきるまで彼に近づくのは禁止ですよ」

「ううう～～～。できる上司として部下を労りたいのに！　索兄様の意地悪」

湯気が立った茶わんを前に凜麗が唸っている。駄々をこねる幼子としっかり者の兄。まさしくそんな光景に、思わず頬が緩んだ。

「幽求さん」

ふと美しすぎる宦官と目が合った。青灰色の瞳をふんわりと和らげる。

「おつかいごくろうさまでした。休憩はいかがですか」

棚からいくつか茶葉を取り出す。鉄瓶を手にしたところで慌てて止めた。

「い、いえ。お気遣いなく。仕事中ですし」

優雅に休憩なんてしていられない。とっさに遠慮すると索骸の瞳が険を帯びた。

「顔色が悪いですね。体調があまりよろしくないようにお見受けしますが」

「うっ……」

図星だった。確かに朝から胃痛に悩まされている。

ため息をこぼした索骸は、ツカツカと近づいてくるなり俺の顔をわし掴みにした。

「貧血の気もあります。吹き出物まであるじゃありませんか。胃を痛めてるのでは？　遠慮している場合じゃありませんよ。休憩なさい。薬と軟膏も用意しますから」

「ひゃ、ひゃい……」

あまりの迫力に青ざめる。俺を自席にむりやり押し込めた索骸は、黙々と茶の準備を始めた。初雪のような白髪がこぼれる。長いまつげで縁取られた瞳に真剣さがうかがえた。

「ご心配おかけしてすみません……」

しょぼくれていると、索骸が小さく笑ったのがわかった。

「構いません。わたしは凜麗の〝専任薬師〟ですから。祝部の健康管理も仕事のうちです。逆に遠慮されては困るのですよ。仕事を怠っていると思われては心外です」

「う。そうでしたね」

一週間前、人面瘡《じんめんそう》事件解決と同時に倒れかけた凜麗だったが、もとよりあまり体が強い質《たち》ではないらしい。索骸は彼女の体調管理を任された薬師だそうで、併せて祝部の面々の管理も担当している。彼は新人の俺の体調の変化も見逃さない。

「君に倒れられては困ります。ともかくわたしの指示に従いなさい。いいですね？」

「わかりました」

素直に返事をした俺に、索骸は「よろしい」とクック笑った。俺の前に茶わんを置くと、無駄にあだっぽい流し目を向ける。

「あなたが可憐なお嬢さんだったら、否が応でも従わせてみせるんですけどね」

……これさえなかったらなあ。

笑ってしまった。人間味が薄く感じるほど容姿端麗な彼は、美しさを武器にするのを楽しんでいるきらいがある。俺が女だったら一発で籠絡《ろうらく》されていたに違いない。だが、彼の妖艶な雰囲気はすぐに霧散してしまった。代わりに現れたのは妹を慮《おもんぱか》る優しい兄の顔だ。

「あっ！　凜麗。ちゃんと飲まないと駄目でしょう!!　ごまかしても無駄ですよ」

「ひいっ！　索兄様、勘弁しておくれよ！」

「駄目です。言うこときかないとお仕置きですからね」

「ううう。それは嫌だ！」

索骸は、複雑そうに見えて実にわかりやすい人物だ。なによりも妹を優先している。

「お兄ちゃんは君が心配なんです！　ああ、わたしのお薬でもっと強くな〜れ……！」

「苦しいよ。索兄様……」

ともすれば天女とみまごうほどの宦官。だのに妹に頬ずりする姿は煩悩でいっぱいだ。妹に過剰な愛情を注ぐ人間を言い表す言葉があった気がするが、今は触れないでおこう。

「おっ！　幽求、戻ってきてたのか！」

玄冥《げんめい》がやってきた。手には大きな蒸籠《せいろ》を抱えている。

「今日は晴明節だろう。晴明果《チンミングオ》を作ってみたんだ。食うか？」

蓋を開ければ、もくもくと湯気が立ち上った。白雲を思わせる蒸気の中から姿を現したのは、もちもちのヨモギ団子だ。艶やかな姿は碧玉のようで、中には濃厚で舌触りなめらかなこしあんが隠れている。戦場が誰よりも似合いそうな姿をしている玄冥は、剣よりも包丁を愛していた。大蒼国人とは少し違う、胡人《こじん》らしい毛色を持った彼は意外と家庭的だ。

「うわ、美味しそうですね！」

俺は甘いものが好きだ。思わず顔がほころぶ。

「生地に使ったヨモギは早朝摘んできた奴だ。晴明果を見ると春って感じがするな」

どうだひとつ、と差し出される。胃に不安があったが、甘いものの誘惑に勝てるはずもない。口に放り込むとほんのり温かい。むっちりした生地を噛みしめれば、青々とした香りが鼻孔を抜けていった。春の匂い。餡子は甘めに作ってあった。疲れた体に沁みる……。

「さすが玄冥さん。そこらの料理人じゃ太刀打ちできない味！」

「だろう！　おれは凜麗の〝専任料理人〟だからな。腕を磨いた甲斐があった」

傷跡のある顔をほろっとほころばせた玄冥は、ぽんと俺の肩を優しく叩いた。

「精をつけて強くなれ、幽求。胃痛なんかに負けるなよ」

「はい」

じんわりと頬が熱くなった。玄冥は、時に父のようでいて兄のような顔をする人だ。

〝専任薬師〟な索骸と、〝専任料理人〟な玄冥。

彼らは官吏ではない。凜麗のために外部から雇われた人間だった。

――専任の世話役がいるだなんて、凜麗さんって何者なんだ？

祝部に配属されてはや一週間。上司の正体はいまだ謎めいていた。

「あ。幽求くん！」

薬湯と格闘していた凜麗の表情が明るくなった。

「怪力乱神の勉強、今日もするよね？」

期待に満ちた瞳が輝いている。「はい」とうなずけば、凜麗の表情がふわふわに蕩けた。

「やった。私もお手伝いするからね！」

「よろしくお願いします」

「んふふ。任せてくれたまえ。時間いっぱい語り明かそう！」

凜麗は実に楽しそうだ。

怪力乱神の勉強とは、出仕初日に凜麗から命じられた仕事である。

祝部が保管する写本を一言一句違えずに暗記しろ――。

そう命じられた時は、絶対に無理だと頭を抱えたものだ。しかしどうだろう。やってみると実に楽しい。祝部に保管された書籍の内容は多岐にわたる。これらはすべて、凜麗の記憶の中にある本を書き起こしたものだ。大真面目に鬼神への対処を語っている秘伝書から、祖霊を祀るための礼儀作法書、中には奇奇怪怪な事件が物語調に記されたものもあった。試験対策として五経を学んでいた時とは違い、文献ひとつとっても驚きとみずみずしさに満ちていて、紐解くのが楽しくて仕方がない。しかも、わからない箇所は手取り足取り凜麗が教えてくれる。至れり尽くせりだ。おかげでずいぶんと怪異に詳しくなった。

どうしてそこまでしてくれるのかと、凜麗に聞いたことがある。

「私はね、摩訶不思議な存在が大好きなんだ。大蒼国ではいないものとされてしまったけれどね。それが寂しくて。だから知識を共有できる仲間が増えるのはすごく嬉しい！」

以来、凜麗という師を迎えて、怪力乱神の書籍を読みふける日々が続いている。やがて得られた知識を生かす場面が来るだろう。俺に課せられた役目は凜麗の助手だ。

胃が痛くなる場面もあるものの、俺の官吏生活は充実していた。幼すぎる少女上司に、美貌の宦官、巨躯の料理人……。祝部の面々は本当に濃い。奇人・変人ばかりの部署かと、最初はがっかりした。でも、そこらの職場よりもよっぽど働きやすい。実に意外だった。

――これで怪力乱神が相手じゃなけりゃなあ……。

「ん～。仲がよくて実に結構だねえ！」

やけに上機嫌な声が鼓膜を震わせた。反射的に眉間に皺が寄る。ああ、そうだ。いい職場と言い切るには、いささか時期尚早だった。だって祝部にはこの人がいる。

ぎこちない動きで声がした方に顔を向けた。いつの間にやら応接椅子に人影がある。

「楽しそうな職場だなあ。どうしてうちはこうじゃないんだろう。部下はいつも怒ってばかりだし、仕事はじゃんじゃん来て途切れないし。正直、うんざりだね」

老齢の男だ。白髪交じりの頭の上に幞頭《ぼくとう》を被り、錦織の紫の袍《ほう》を着ている。魚袋《ぎょたい》には金の装飾が施され、片眼鏡《モノクル》をつけていた。態度はふてぶてしくどこまでも横柄だ。紫の袍は、正一品から正三品までの上級官吏しか身につけられない。いわば雲上人。俺からすれば、本来ならば伏して迎えねばならないほどの階級差がある。だが、敬意を払う気になれない。それもこれも彼の振る舞いのせいだ。

「幽求くん。僕の代わりに仕事してきてくれない？」

「嫌です。ご自分でなさって下さい」

「えええ～！　いけずだなあ。状元及第した癖に。丞相《じょうしょう》の仕事くらいできるって」

「できるわけがないでしょう！」

「おお。幽求くんに怒られた。やだなあ。冗談だよ、冗談」

男の名前は笵平《はんぺい》。大蒼国の丞相である。いわば皇帝の右腕とも呼べる男だ。時間があるとこうやって祝部に入り浸っている。

「ああ、天気がよすぎる。こんな日に仕事だなんて罰みたいだ。帰りたくないなあ……」

我が国の丞相は、心配になるほどちゃらんぽらんだった。実に嘆かわしい。神帝の御代から国の中枢を支えている人物であり、世間的には有能で知られている。だがこの体たらくだ。おそらく部下が優秀なのだろう。いや、絶対そうに決まってる！

……まあ、それはいい。笵平は凜麗の後見人であり祝部の設立者でもあった。彼のおかげで祝部は予算を気にせず活動できている。それよりも、俺がこんなにも苦渋に満ちた思いでいるのは、この人のせいで実にやっかいな業を背負う羽目になったからだ。

――そう、俺が朝から胃を痛めているもうひとつの理由。原因を作ったのは、ほかでもない。笵平丞相その人だ。

「……お仕事に戻った方がよろしいのでは？」

言外に早く帰れと促すと、心外と言わんばかりに笵平は肩をすくめた。

「やだなあ。サボってるように見えちゃった？　これも仕事のうちさ。監督してるの。それに、仕事も持ってきたんだよ。新しい事件」

「本当かい？」

凜麗が立ち上がった。索骸や玄冥の表情に緊張が走る。

「ああ、君たちに嘘をつく理由は今のところないからね。本当だよ」

やれやれとかぶりを振った笵平は、どこか不敵な笑みを浮かべて面々を見渡した。

「――後宮で怪力乱神事件が発生したようだ。出動してくれるかい？」

「わかった！」

即答した凜麗は、すぐさま索骸と玄冥に支度を促す。室内がバタバタと騒がしくなった。

ひとり佇む俺に、笵平は意味ありげな視線を向けている。

「……で。ぼうっとしていていいのかい？　君の支度は時間がかかるだろう。他の面々よりもよっぽど！　だって君は――……わかるだろ？」

ニヤニヤと嫌らしい笑みを浮かべる。

――コイツ、完全に面白がってやがるな。

胃がキリキリしてきた。思わず手で押さえていると、索骸がそばにやってきた。

「わたしがお手伝いしましょう。こちらへ」

「あ、ありがとうございます」

慌ててお礼を言って動き出す。こうなればやけだ。これは仕事。仕事なのだと自分に言い聞かせる。手早く支度を調えた俺たちは、古びた官舎を勢いよく飛び出した。

目指すは女の花園。後宮だ。

「期待しているよ。凜麗にも。ちまたで噂の虞美人にも、ね！」

笵平の声が辺りに響いている。聞こえないふりをして、俺は歩みを速めたのだった。

＊

東風吹き抜ける宮城で、今最も話題になっている女官がいる。新設されたばかりの祝部に配属された人物だ。

そもそも、祝部という存在が注目を集めがちだった。上官が幼い少女である。しかも専属の世話人がふたりもついていた。見るからに育ちもいい。そんな人物が官吏として働くだなんて。なにか事情があるに違いない――。だが、少女の後見人が丞相であったから、誰も深く突っ込めない。代わりに注目を集めたのが、虞美人と評される女官だった。

人々は彼女をこう評している。

女性とは思えないほど理知的。濡れ羽色の髪は輝かんばかりで、薄い白粉をはたいただけの肌は雪のように白い。涼やかな切れ長の瞳。目もとは紅でほんのり赤く染められ、恥ずかしげにまぶたを伏せる様から、言い知れぬ色気をかもす美女だ。すらりとした長身は、美姫ぞろいの後宮においてもとても目立つ。女官になりたてなので、所作がぎこちないのもまたよかった。その聡明さ、主に尽くす献身、美しさ。まさに故事に見る虞美人だ。

大輪の花のような女官。そして状元及第した新人官吏。

ふたりは二大〝祝部なんかにはもったいない〟人材として知られていた。

――が、事実は異なる。そんな女官は祝部に所属していない。今年、祝部に配属された人間はまぎれもなく俺ひとりである。

ならば、なぜ女官の存在が噂になっているのか？

答えは簡単。

祝部の虞美人。その正体は――俺だからだ。


後宮の片隅に、下級宦官たちの住居があった。お世辞にもあまり立派とはいえない。ひび割れた土壁、年季の入った床はともすれば踏み抜いてしまいそうな脆さがある。華やかな雰囲気に包まれた後宮の中、塀と植木でたくみに隠されたうらぶれた建物の一室で、俺たちは怪力乱神事件の当事者と顔を合わせていた。

「わ、わたくしは――王了《おうりょう》と申します。後宮で庭の管理を任されております」

老齢の宦官だ。全体的に太り気味で丸みを帯びた体つきをしている。薄暗く、ろくに調度品のない部屋の隅で体を縮ませた彼は、俺たち祝部の面々を怯えた様子で見つめていた。

「私は凜麗。祝部の長官をしているよ。こっちのふたりは索骸と玄冥。私の世話役だ。事件の解決を担当するのは私と――この子」

凛麗の視線に合わせて軽く頭を下げる。

「ゆうきゅ……幽々《ゆうゆう》とお呼び下さい」

柔らかく笑みを浮かべれば、王了の頬がほんのり染まったのがわかった。

「あなたが噂の……。虞美人と評されるにふさわしい佇まいですね」

「わたしごときがそんな」

見とれるな、笑うな、頬を染めてくれるなっ……!! 全身が粟立っている。悟られてはなるまいと動揺を必死に押し隠すも、顔が引きつるのを止められない。

「どうされましたか。顔色が優れませんが」

「だ、大丈夫です。ホホ、ホホホホ……」

袖で顔を隠してごまかす。泣きたい。ついでに逃げ出したい。

……ああ、どうして俺がこんな目に。

なぜ俺が女装をする羽目になったのか。先述したとおり、すべての元凶は笵平だ。

人面瘡事件の時の話だ。後宮でのやっかいごとを避けるため、俺は女装ともいえない恰好で事件に臨んだ。意味があったのかはわからない。だが、俺が女装したという事実だけは残った。それを聞きつけたのが笵平だ。初対面の俺に奴はすかさずこう言った。

『君、すっごくいい趣味してるねえ！　これから後宮に行く時は女装しなさい』

ガチガチに緊張していた俺は、趣味じゃないと否定する間もなかった。上司――それも宮城のかぎりなく頂点にいる人物からの指示である。思わず承諾してしまった。新人官吏の性《さが》だ。後で死ぬほど後悔したのは言うまでもない。

なんで俺だけ!?　宦官の索骸はともかく、玄冥も同じ状況のはずなのだ。後宮でやっかいごとを避けるためには男だとバレない方が都合がいい。なのに、ありのままの姿で後宮に出向いている。いわく「おれは大丈夫」だそうで――。なんだその根拠のない自信。筋肉か。筋肉はあらゆる問題を遠ざけるのか。クッソ、俺も肉体派になりたいなあ!!

ともあれ、根っからの文官な俺は女装をするしか道はなく――。

女の化粧の仕方なんて知らないゆえに途方に暮れてしまった。

『あなた、やっかいな人に気に入られましたねえ』

救いの手を差し伸べてくれたのは索骸だ。赤子よりも無知な俺に化粧の手ほどきをしてくれた。鏡を覗き込んで驚いたものだ。そこに見知らぬ美女がいたのだから。索骸いわく、俺はとても女装向きの顔をしているらしい。男にしては線が細いのも幸いした。

……いや、男としては複雑な心境きわまりないけどな！

ともかく丞相のせいで、女装して仕事をする羽目になったのである。正直、こんな美女になるとは思わなかった。むしろ、ほどほどの容貌の方が都合がいいと思うんだが――。

『ああ！　なんて磨き甲斐があるのでしょう。美を作る喜び……！　たまりません！』

索骸がなにかに目覚めてしまったようで、なんとなく言い出せずにいる。

以来、たびたび女装して仕事をこなした。女装がバレたら、男としても官吏としても一巻の終わりだ。必死に女として装う。特に崔仲にだけは絶対にバレるわけにはいかない。共に出世しようと誓った同輩に、こんな姿を見られるわけにはいかなかったのだ。

そうしているうちに、いつの間にやら変な評判が立ってしまった。

――虞美人？　冗談じゃない。四面楚歌なのは間違いないけどな!!

今日も胃がシクシク泣いている。この先、俺はどうなってしまうのだろう。

「幽求くん、大丈夫かい……？」

凜麗が声をかけてきた。瞳が不安げに揺れている。彼女は女装が嫌ならやめてもいいと、何度も言ってくれていた。だが、後宮で仕事をするのに都合がいいのも事実である。

「大丈夫です。俺、頑張りますから」

――すべては出世するためだ。

決意を固めた様子の俺に、凜麗は顔をほころばせた。

「わかった。今日は君にとって最初の事件だ。記念すべき日にするために手伝うよ！」

力強い言葉にうなずきを返す。俺は小さな上司のかたわらに控えると、怪力乱神事件に巻き込まれたという宦官に向き合ったのだった。

＊

「それで？　簡単に事件のあらましを聞かせてくれないかい？」

少女の凜とした声が狭い室内に響き渡る。沈鬱な表情を浮かべた老宦官は、額に滲んだ汗を薄汚れた袖でそっと拭った。

王了は語る。

「昨日《さくじつ》の話でございます。後宮で、とある樹木を切れと命ぜられました。妃嬪《きひん》の宮と宮の間をつなぐ廊下に面した、なんの変哲もない木です。なかなか立派でございまして、虫もつかず、木陰が涼しくて心地よいというので皆に愛されておりました――。

わたくしの担当の場所にありましたので、日が変わってから樹木へ向かったのでございます。切られるとは知らず、樹木は泰然とそこにありました。天気も穏やかで特に変わった様子はなく――。上からの命令であれば致し方なしと、思い切って斧を振るったのでございます。コォン、コォンと……最初のうちは順調だったのですが」

ぶるりと宦官が震えた。つう、と一筋の汗が額からこぼれる。

「ある程度、斧を深くまで差し込んだ瞬間――中から血があふれてきたのです」

つまりは樹木流血事件。

血が通っていないはずの植物が、生物のごとく大量に出血したというのだ。

「なにかの見間違えでは？」

老宦官に問いかけた。後宮において、怪力乱神が事件を起こしているのは事実だ。しかし、普通の事件も起こりうる。どれもこれも一緒くたにされてしまっては、根本的解決が難しくなるだろう。見極めが肝要だ。

「そ、そんな。見間違えなどではございません。……あ、あの」

老宦官のぎょろりとした目が、忙しなく虚空をさまよっている。

「今は、なにを言っても問題ないというのは事実でございますか」

禁止令が気になるようだ。怯えた様子の王了に、凜麗は鷹揚《おうよう》にうなずいた。

「大丈夫だよ。君が怪力乱神を口にしようとも衛兵がすっ飛んで来たりしない。なにせ、私たちは怪力乱神に苦しんでいる人々を救う部署だ」

凜麗の目がすうっと細まった。無邪気な――けれども力強い笑みをたたえる。

「たとえ〝龍〟が相手だったとしても、事件を解決してみせるよ。語ってごらん？」

「そ……そうですか」

安堵の息をもらした王了は、それでもどこか不安げに口を開いた。

「血が流れたのはまぎれもない事実。あれは――死んだ女官の〝祟り〟でございます」

「祟り？」

大蒼国ではとっくの昔に廃れた言葉だ。

「怨霊や神仏なんかが、生者に禍を与える行為だね」

怪訝そうな顔をした凜麗は、まっすぐ王了を見据える。

「王了くんだっけ。君は、樹木が血を流した原因がその死んだ女官にあると？」

「そ、そうでございます。なにぶん数十年も前の話です。わたくしのような古参でないと覚えていないでしょうが……あの木をたいそう気に入っていた女官がおりました。故郷の木に似ているからと、いつも木陰で涼んでいたのを覚えております。ですが――」

こくりと、と王了の喉が動いた。

「女官は後宮で陰惨ないじめを受けておりました。人を人とも思わぬ扱いを苦にして、彼女は……ある日、衝動的に」

問題の木の下で、首を刃物で掻ききったのだという。

苦しげにまぶたを伏せた王了は、傷だらけの手を擦り合わせて続けた。

「木の幹が、おびただしい量の血で真っ赤に染まったのを覚えています。それが今回の様子にそっくりで」

「……だから、女官の〝祟り〟だと？」

「女官はあの木が大好きでした。故郷から遠く離れて暮らしていた彼女にとっては、心を預けられる唯一の場所だったのでしょう。己の命を絶つ場に選ぶほど思い入れがあったのですから、切られて恨みに思うのは当然です」

苦しげに眉根を寄せた王了は、どこか確信を持った様子で続けた。

「樹木を傷つけたわたくしには、いずれ恐ろしい〝祟り〟が降りかかるのでしょうね」

幽求は凜麗と視線を交わした。

「……〝祟り〟ですか」

誰かの強い想いが後世に強い影響をおよぼす。以前の俺であれば、一笑に付して終わっただろう。だが、今は違う。脳裏に蘇ったのは人面瘡の醜い笑い声だ。怪力乱神は眉唾ものではない。ならば、場合によっては〝祟り〟もありえるのではないか。

「じゃあ、本当に〝祟り〟かどうか文献を当たってみよう！」

場違いに明るい声が響き渡った。ギョッとして顔を上げれば、どことなく興奮気味に頬を染めた上司の姿がある。

「凜麗さん、さすがに空気を読みましょうよ」

もう少し配慮がほしい。思わず苦言を呈せば、凜麗は照れ臭そうにはにかんだ。

「ごめんごめん。今度はどんな怪力乱神に会えるんだろうと思ったら、ついね」

緩んだほっぺたを、小さな手でムニムニと直す。打って変わって真面目な顔になった。

「ともかく、だ。本当に〝祟り〟なのであれば、事態は急を要するだろう。王了くんのためにも一刻も早く事件に取りかかるべきだ」

「確かにそうですね。では、よろしくお願いします」

拳と手のひらを合わせて拱手《こうしゅ》した。凜麗の瞳がすうっと細くなる。

「君はいい子だね」

蠱惑《こわく》的な笑み。普段のあどけなさとは対照的な妖艶さだ。ガラリと彼女のまとう雰囲気が変わる。これから特殊能力が発揮される合図なのだとわかった。

「――さあ、怪力乱神をおおいに語ろう」

索骸が椅子を持ち出し、ゆったりとした仕草で凜麗が腰かける。ゆらり、玄冥の手もとから漂い始めた香の煙は、夢とうつつの境を表すように妖しげだ。

「こ、これは……？」

美青年と幼い少女が作り出す耽美《たんび》な雰囲気に、王了が呆気に取られている。

口もとを三日月の形に吊り上げた凜麗は、勢いよく竹簡を広げた。

――かららららっ！

「そうだな。木から流れる血を〝祟り〟で起きた超常現象だと仮定して話を進めようか。ゆうきゅ……幽々、〝祟り〟は一般的にどういう状況で起きるのだと思う？」

唐突な問いに、俺は少し考えてから答えた。

「〝祟り〟を発生させる存在にとって、意にそぐわない状態になると起きると思います。いわくつきの場所に足を踏み入れてみたり。知らずに神様を冒とくしていたり」

鬼と呼ばれる霊魂に関する書籍は、この一週間で何冊か目を通した。

彼らは一様に、己の主張する境界《テリトリー》へ踏み込んでくるよそ者に厳しかった記憶がある。

「今回の場合、女官が大切にしていた木を切ってしまったから、でしょうか」

凜麗はにこりと笑むと、竹簡の上で素早く筆を動かし始めた。

「さすがは私の助手だね！〝祟り〟をズバリ言い表した。まずは、具体的にどんな〝祟り〟があるか簡単に見ていこうか。そうだね、『通幽記《つうゆうき》』から知識を借りよう。唐代《とう》に成立した小説集だよ。唐王朝十一代皇帝代宗《だいそう》の時代、牛爽《ぎゅうそう》という男がいたんだが、ロバの鐙《あぶみ》で股間に傷を負ったらしい」

「股間……。えっと、これって〝祟り〟の話ですよね？」

「いやはや、これは実にまっとうな〝祟り〟の影響だよ。傷が恐ろしく痒くなるんだ。指で掻くと、虫のような〝なにか〟が中でうごめくそうだよ……」

「ヒッ……！」

王了が息を呑んだ。股間を押さえている。なくなった宝《パオ》が疼いたのかもしれない。

「そ、それはなんだったんです？」

「蝉だよ。夏にうるさいくらいに鳴く、あの昆虫さ。股間で羽化した蝉は、庭の木で悲鳴のような声を上げたらしい。実に奇怪だね！　気味が悪いと牛爽は震え上がった。ああ、俺の股間から生まれた可愛い子。愛おしや……とは、ならなかったようだ」

「いや、なったら怖いでしょう……」

「フフフ。牛爽は、母性は持ち得ていなかったようだね。まあ、ともかく巫《ふ》を召してどういう状況か訊ねた。聞けば、庭に黒い衣冠を身につけた鬼が見える。巫いわく――〝竈神《そうしん》〟であると。かまどを司る神様だね。神はこう要求したらしいよ。『我を亨《まつ》れば福を致し、我を欺《あなど》れば禍を致して三女に及ばん』……牛爽には娘さんが三人いたんだ」

幽求は、ごくりと唾を飲み込んだ。

「……それで、牛爽はどうしたんです？」

「まったく信じなかった！」

あっけらかんと笑った凛麗に、話を聞き入っていた全員の顔が引きつった。なにせ主題は〝祟り〟である。嫌な予感しかしない。

「案の定、神は怒り狂った。一年の後――まずは長女が死んだ。腰からまっぷたつだ！」

「他のふたりは……？」

「次々と殺された。長女以上にむごたらしい死……可哀想にねえ。やがて、牛爽も病になって死んでしまった。後にわかったんだが、牛爽の自宅の下には古墳があったらしい。寝所を穢された古代の人々の想いが呪いとなって〝祟り〟として顕れたんだね――」

　そこまで語った瞬間、ぴたりと凛麗の動きが止まった。ぽいっと竹簡を索骸に投げて、むうと頬を膨らませている。

「う〜ん。古墳の〝祟り〟か。一族全員が死んじゃうなんて恐ろしいね！　あとは〝祟り〟があった場所に死体が埋まっていた……なんてよく聞く話だね！　唐代の文人、張文成《ちょうぶんせい》が書いた『朝野僉載《ちょうやせんさい》』には、伏屍《ふくし》の話もあるにはあるけど……」

　凛麗が微妙な表情を浮かべた。

「王了くん。死んだ女官の遺体はどこに？」

「墓所に埋められておりますが……」

「だよねえ」

　俺たちは視線を交わしあった。

「凛麗さん、過去の事例を見るに、今回はずいぶん違うように思うのですが」

「同感だね！　〝祟り〟には原因が必要だ。古墳や死体、〝呪い〟の根源が必ず存在している。〝祟り〟の内容は多種多様だが、体調不良を催したり、直接害をなしたり……と、質が悪い。生命を脅かすような話だ。だけど、今回は血が流れているだけだよね？」

「正直、障《さわ》りにしては平凡ですよね。王了さん、樹木は人々の憩いの場になっていたそうですが、以前から変な現象が起きていたなんて話はありましたか」

「い、いいえ。特には。斧で斬りつけるまで、本当に平和でした」

「なるほど。木の下で人が死んだのは確かでしょうが、だから〝祟り〟が起きるというのは、現実的じゃないかもしれませんね。でなければ、戦場跡なんて悲惨なはずです」

「幽求くんの言うとおり。今回は〝祟り〟と定義するには少々弱い気がしないかな？　実際、王了くんはピンピンしてるじゃないか」

「〝祟り〟じゃない可能性があると？」

俺の問いかけに、凜麗は「まさしく！」と大きくうなずいた。

「じゃあ、別の可能性を探ってみましょうか……」

「で、でも――」

王了が声を上げた。全身を汗で濡らし、瞳を揺らしている様は尋常じゃない。

「わたくしは〝祟り〟だと思うのです」

それだけ言うと、口を閉ざしてうつむいてしまった。

――どうしてそんなに〝祟り〟にこだわっているのだろう。別に祟りだろうが、ただの自然現象だろうが王了に関係ないはずだ。むしろ王了の態度は〝祟りであってほしい〟と言わんばかりだった。不思議に思っていれば、

「もしかして。王了くんは呪われているのかな？」

凜麗がとんでもなく不穏な言葉を吐いた。

――〝呪い〟。

ドキリと心臓が跳ねた。

「な、なんてこと言うんですか、凜麗さん！　さすがに失礼ですよ」

むりやり笑みを形作って、困惑している王了に笑顔を向ける。

「上司が大変失礼しました。〝呪い〟はさておき、〝祟り〟ではない方向性も探る必要はあるでしょう。樹木が血を流すなんて異常事態、そうそうないでしょうし」

「そうは言ってもね……。なにかしら手がかりがないと」

凜麗が肩をすくめた。

彼女の頭の中には、あらゆる怪力乱神に関係する書籍の情報が収められている。必要とあらば自由自在に引き出せるものの、凜麗自身がすべての内容を把握しているわけではなかった。いわば巨大な書庫を抱えているようなもので、目的の情報に行き着くまで、なにかしらのきっかけや手がかりが必要なのである。実に難儀な話だ。だが――その手伝いをするのが助手《おれ》の仕事だった。

「凜麗さん。樹木に関して、今回の状況に近い伝承はないんでしょうか。たとえば木そのも

のが赤かったり、樹液だけが赤いものとか」

「う〜ん」

かららららっ！　凜麗は新しい竹簡を一巻き開いた。

「古代の地理書『山海経《せんがいきょう》』に、血を流す樹木の記述がある」

「……！　そ、それって――」

目を輝かせた王了とは対照的に、凜麗は渋い顔のままだ。

「『東始の山……木あり。その状《すがた》は楊《やなぎ》のごとくにして赤理あり。その汁は血のごとし。実らず。名を芑《き》という。もって馬に服すべし』……馬用の薬に使われたようだね。でもなあ。こんな木、見たことも聞いたこともないよ。王了くん、例の樹木は特殊な木なの？」

「いえ。クスノキですから。そう珍しくもありません」

クスノキはそこらで見かけるありきたりな種だ。じゃあ違うかと肩を落としていれば、

「それだああああああああああっ!!」

凜麗がいきなり叫んだ。あまりの大声に耳が痛くなる。思わず顔をしかめていれば、ガクガクと凜麗に揺さぶられた。

「クスノキだ！　クスノキだよ幽求くんっ！」

「な、ななな……なんですか、落ち着いて下さいよ！　今の俺は幽々です！」

「幽々、お前も俺とか言っちゃってるぞ」

「おふたりとも。落ち着きなさい！」

やってしまったと涙目な俺とは対象的に、凜麗は弾けんばかりの笑顔だった。

「ああ！　これが本当なら〝祟り〟なんてとんでもない。私たちはずいぶんと遠回りしてしまったようだよ！　実にやっかいだね。どうも視野が狭くなっていたらしい――」

王了をみやった凜麗は、太陽みたいに朗らかに言った。

「さあ、王了くん！　現場へ行こう」

小さな手を差し出す。

「君の〝呪い〟を解いてあげるよ」

「へ……？」

愛らしい笑顔を向けられた王了は、呆気に取られてぱちくりと目を瞬いたのだった。

＊

大蒼国の宮城の中には、庭師が精魂こめて造った庭がいくつもあった。季節ごとに色とりどりの花を咲かせ、人々の目を楽しませる――中でも後宮の庭は格別だ。皇帝が訪れた時のためにと、湯水のごとく金を注ぎ込み、贅の限りを尽くすのだ。手のこんだ庭は地上の極楽。宮と宮を繋ぐ渡り廊下沿いの庭とてあなどれない。春爛漫。花盛りの庭は美しく、誰もが足を止めずにいられなかった。そんな庭に、件の樹木はある。

「いやあ、こんな見事な血の海は初めて見たよ。君もそうだろ？　幽々！」

「いや、えっと……。そ、そうですね？」

凜麗がはしゃぐ中、俺はビクビクと身をすくめた。クスノキの根元に血だまりができている。赤さびた色ではなく、鮮やかな、いかにも流れたてらしい色。正直、目を背けたいくらい恐ろしい光景だった。

『なにかの見間違えでは？』

過去の自分をぶん殴りたい。これは血だ。血以外の何ものでもない。確かに植物が血を流している！　やっぱり怪力乱神は存在するんだ……！

わかってはいたけれども、やはり現実を目の当たりにすると衝撃がすごい。自分の中の常識が打ち壊されて、新しく形作られていく過程はやたら心に負担がかかる。

「ねえ、王了くん。ひとつ訊いてもいいかな？」

痛む胃を押さえていると、血の池に枝を突っ込んでいた凜麗が顔を上げた。

「この木はどうして切るんだい？　実にいい枝振りだし、中庭の風景にも馴染んでいる。病気をしている風にも見えないけどね」

「さ、さあ……理由までは。木材にして引き渡せとの命でしたので、なにかしらに利用するのでしょう。クスノキは虫がつきませんから、家具を作るのに重宝しますでしょう？」

「確かに。クスノキといえば、怪力乱神禁止前は仏像なんかの彫刻にも利用していたよね。柔らかくて加工しやすい。香りもいいから祈りを託すのにぴったりなんだ――」

凜麗はしげしげとクスノキの大樹を見上げている。つられて俺も視線を上げた。青々とした葉。太い幹に、空を覆わんとするばかりに広がる枝先は力強く、母なる大地の温かみが感じられた。後宮の人々が憩いの場にしていた理由もわかる。

──まあ、女官が命を絶った場所でもあるんだけど。

怖気が走って、大地にできた血だまりからそっと視線を外した。

──ううう。怖い。なんでみんな平気なんだ。

「そ、それで凜麗さん……」

さっさと終わらせようと顔を上げれば、ギョッとして固まってしまった。

「凜麗、よろしいですか？」

袖をまくった索骸が斧を手にしている。手斧ではない。人ひとりくらいならまっぷたつにできそうなくらい大きな斧だ。

「ああ。頼んだよ索兄様！　ドーンと勢いよくやってくれ！」

凜麗は笑顔で索骸をけしかけている。木を切り倒そうとしているらしい。

──いやいやいやいやっ!?

慌てた俺は、とっさに樹木と索骸の間に割り込んだ。

「本気ですか!?　祟りが本当だったらどうするんですっ！　というか、木を切る役なら玄冥さんでしょう!?　なんで索骸さんなんですか、玄冥さんの筋肉がもったいないじゃないですか。筋肉の無駄遣いですよ！　ああああああ、どこからどう突っ込めば」

あまりの状況に早口でまくし立てた。少女上司の思考回路も、人選もなにもかもが理解の範疇《はんちゅう》を超えている。思わず頭を抱えていると、玄冥にポンと肩を叩かれた。

「すまん。おれは包丁より重いものを持った経験がなくてな」

「絶対に嘘だあ……」

どうだといわんばかりの顔にげんなりして、俺は再びため息をこぼした。

「ま、待って下さい!!」

王了だ。いっそう顔色を悪くした彼は、ブルブル震えながらかぶりを振る。

「そ、そんなことをしたら死んだ女官が怒ります。まだ〝祟り〟ではないと決まってないでしょう。なにがあるかわかりません。あ、あなたがたになにかあっては――」

ひどく焦った様子の王了に、凜麗はどこか呆れたように言った。

「まったく。君の中の〝呪い〟は、実に根深いようだね？」

王了が顔を歪める。

「さ、さっきからなんなんですか。あなたは……わたくしが呪われていると？」

凜麗はさも当然と言わんばかりにうなずいた。

「そうだよ。知っているかい？〝呪い〟は感情に由来する。人の感情は尊くて温かいものだ。透明で、時に心に寄り添ってくれる。同時に人の感情は残酷で恐ろしい。粘着質で、ドロドロとまとわりついて簡単には取れない……。実にやっかいだ」

正反対の言葉で感情を言い表した凜麗は、そっと胸に手を当てて続けた。

「人は誰しも感情に囚われ、行動を制限されるんだ。負の感情ならなおさら〝こうしなければならない〟という強迫観念を押しつけてくる。絶対に逃れられない鎖。つまずいて道を踏み外す人だっているだろう。……ああ、まさしく〝呪い〟だ！」

ふっと凜麗が柔らかく笑んだ。

「でも、大丈夫」

ドキリと幽求の心臓が跳ねる。

凜麗が浮かべた表情が、俺の知っている誰かに似ている気がしたからだ。

――たぶんこれは。

祝部の壁に飾られた、天女のような美人画。

「君の〝呪い〟は私が解こう。これは〝祟り〟なんかじゃない――!!」

そう言うと、凜麗は兄ふたりに視線をやった。玄冥が香炉と墨壺、竹簡を用意する。索骸はいっそう強く斧を握りしめた。


「――さあ。怪力乱神をおおいに語ろう！」


――からららららっ!!

後宮の庭に竹簡の軽やかな音が響き渡る。

凜麗は筆を手に取ると、恐ろしい速さで竹簡の上に文字を綴り始めた。

「幽々っ！　先日の事件で話したのを覚えているかい。『老子中経』には『諸精・鬼魅・竜蛇・虎豹・六畜・狐狸・魚鼈亀《ぎょべつき》・飛鳥・麕鹿《くんろく》・老木もみなよく精物となる』とあった。ここで注目すべきは〝老木〟。このクスノキがいったいいつから中庭にあったのかは知らないが、立派な幹を見れば一目瞭然だ。つまり――」

こくりと唾を飲み込んだ。おそらくこの木は〝老木〟だろう。そして〝祟り〟ではないとすれば、それすなわち。

「出血の原因は、クスノキの精……ってことですか」

「正解！」

――かららららっ！

心地よい音を上げて新しい竹簡を開く。凜麗はたっぷり墨をつけて筆を走らせ始めた。

「『白沢図』という書がある。伝説の皇帝、黄帝《こうてい》が瑞獣白沢《ずいじゅうはくたく》から聞いた〝鬼神〟撃退法が書かれた書物だ。実物は過去に失われてしまったが、『捜神記《そうじんき》』に『白沢図』を引用した文が残っている。呉《ご》国の話だ。陸敬寂《りくけいしゃく》という男がいたんだが、人を使ってクスノキを切り倒させようとしたらしい。するとどうだろう！　中から血があふれてきたんだ……！」

まさにその通りの状況に、王了がごくりと唾を飲み込んだ。

「さあ、木の中にはなにが入っていたと思う？」

凜麗が悪戯《いたずら》っぽく笑むと、索骸が大きく斧を振りかぶった。

――コオオオオオオオオオンッ……。

「ヒッ……」

王了が身をすくめた。今にも〝祟り〟が襲ってくるんじゃないかと気が気でないようだ。

「せいやあっ！」

しかし、索骸は手を休めなかった。どちらかというと細身であるのに、巨大な斧を軽々と振るう。刃が幹に食い込むたびに鮮血が飛び散った。ミシミシと幹が軋む音がする。クスノキの悲鳴のようだ。どうっと巨大なクスノキが倒れて行った。大きな地響きを立てて幹が転がる。断面からはドクドクと血が流れ続けていた。

「ああ！　見てごらん」

「……！」

王了が目を大きく見開く。切り株の中になにかいる。牛のように見えるが、顔は人によく似ていて尾がなく、胎児のように体を丸めていた。

「書物は語っている。『これの名は彭侯《ほうこう》』。木の幹から血をあふれさせていたのは――死んだ女官じゃない。木精《もくせい》だ！」

かくりと王了が膝を突いた。信じられないような面持ちで凜麗を見上げる。

「ほ、本当ですか」

そろそろと訊ねた王了に、凜麗は大きくうなずきを返した。

「間違いない。だから安心してほしい。クスノキを切ったとしても、彼女は――君を恨んだり〝祟り〟を起こしたりはしないさ」

じわりと王了の瞳に涙が滲んだ。強ばっていた王了の表情が緩むと、ほろほろと透明な雫がこぼれ落ちる。凜麗は王了に寄り添って肩を抱いてやった。

「どうだい？　君の〝呪い〟は解けたはずだ。数十年……か。長かったねえ」

声をかけると王了は何度もうなずいた。唇を震わせて訥々《とつとつ》と語り出す。

「死んだ女官は、わたくしの妹だったのです」

老宦官が胸に抱えていた遠い日の記憶だ。

「わたくしたちは、あまり裕福ではない寒村で育ちました」

王了が生まれた村は、土地は痩せ、ときおり空風が吹き込んでは、すべての作物を枯らしてしまうような、けっして豊かとは言えない場所だった。それでも人は生きていかねばならない。生きるためには働き手がいる。両親は多くの子どもを作った。

「わたくしの上には五人も兄姉がおりましたが、下はおりませんでした。だからか、弟妹の存在に憧れておりました。母が産気づいた晩は眠れなかったのを覚えております」

王了が四歳の時の話だ。生まれて来たのは、真っ赤なほっぺたをした女の子。

「生まれたばかりの妹は、得も言われぬほどふわふわしていて柔らかく……ああ、なんて可愛い子だろうと感激したのを覚えています」

下の子の世話はすぐ上の子どもの役目だ。忙しい両親の代わりに、王了はつきっきりで妹の世話をした。四歳児には負担が大きいように思えるが、辛い記憶はないという。

「妹の世話は本当に楽しかった。むしろ、わたくしにも守るべき存在ができたのだと誇らしかったのです」

妹は自分が守る。王了は幼いながらも固く心に誓ったという。妹も王了によく懐いた。大勢が暮らす家の中で、ふたりはいつも一緒だ。

「家の近くに大きなクスノキが生えておりました。その下で妹と昼寝をするのが定番でした。小高い丘の上にあったので、ずいぶんと遠くまで見渡せたのを覚えています。あの山の向こうにはなにがあるのだろう。皇帝陛下が住まうお城はどんなところだろう……小さな妹と並んで、妄想を膨らませたのを覚えています」

ある日、妹が王了に言った。

『あたし、お嫁さんに行く時は兄ちゃんに見送ってほしい』

王了の住む村では、他家に嫁ぐ娘を家族ひとりが代表して送り出す習わしがあった。多くは父親が務める役目だ。だが、妹は王了がどうしてもいいという。

『兄ちゃんがあたしを育ててくれたんだよ。あたし、兄ちゃんがいい』

つうっと王了の瞳から一筋の涙がこぼれた。

「わたくしにとって妹がなによりの宝物となりました」

寒村暮らしは楽ではないが、妹の世話をしながら過ごす日々は幸せだったように思う。

だが、それも長く続かなかった。妹が十歳になったある日。冷夏により作物がほとんど実らなかった年のこと。門戸を叩いた人物がいた。人買いだ。

「男と違い、女は大事にされません」

こんな習慣がある。女児が生まれた三日目。寝台の下の土間に転がして、瓦や石ころを握らせるのだ。男と違って女に価値はない。大きくなっても他人にへりくだって辛苦をいとわぬようにしよう、という意味があるという。

「生活苦になったとたん、両親はすぐに妹を売り払いました」

奇しくも神帝の後宮が最盛期の頃。大陸中から美姫が集められた結果、多くの下女が必要となったのだ。

『兄ちゃん！　兄ちゃん、いやだ。あたしは兄ちゃんのそばにいるっ……!!』

「――今でも、妹の声が忘れられません」

後宮に行くのだから、今よりいい暮らしができるはず。両親にはそんな想いもあった。だが、幼い妹が理解できるわけもない。人買いにむりやり腕を引かれた妹は、ひどく傷ついた顔をして王了を見つめていた。

「ひとつ訊ねてもいいかい。どうして君まで後宮に？」

自嘲気味に笑った王了は、どこか遠くをみやって続けた。

「妹を愛しすぎた兄は、愚かにも後を追ったのですよ」

行動を起こしたのは、妹が人買いに売られてから四年後。王了は長男ではないから、家を出て行くことになんら障害もなかった。宦官の需要は常にあり、無事に手術さえ終えられれば採用してもらえるのも幸いした。最大の難関は――手術を乗り越えられるか否か。都には宦官を作る専門家がいた。刀子匠《タオツチヤン》に頼み込み男の象徴を切り落とす。命を落とす危険性がある手術だ。高熱で何日もうなされ、ろくに水も飲めない始末だった。だが、絶対に死なないと耐えきった。すべては妹のためだ。妹に会いたい。会って謝りたい。妹を宝物のように思っていたのに、みずから手放した事実を謝りたかったのだ。

結果、王了は生き残った。

後宮に下級宦官として上がった王了は、下女として働く妹と再会できたのである。

『兄ちゃん』

すっかり背が伸びた妹は、久しぶりに見た兄の顔を見つめて、ほろりと笑った。

『ばかだね。兄ちゃんったら。本当にばか』

王了の瞳に優しさが滲んだ。

「その時の妹の顔！　宦官になれてよかったと心から思ったのでございます」

それからというもの、ふたりは後宮の中で必死に生き抜いた。兄は下級宦官として。妹は妃嬪に仕える下女として――。苦しい時には、クスノキの下で昔のように過ごした。下級宦官の待遇はよくないが、そばに宝物がいる。それだけで辛くともやっていけた。気がつけば下級宦官の中でそれなりの地位にいる。少しずつ苦労が報われ始めていたのだ。

それは妹も同じだったようだ。下働きを主にしていた妹は、その働きぶりから妃嬪付きの女官に取り立てられた。

『兄ちゃん、乾杯しよう！』

『ええ。わたくしの自慢の妹に！』

『やだ、兄ちゃんったら。なにもかも兄ちゃんのおかげだよ』

クスノキの下で、ふたりで杯を交わした日が懐かしい。

幸せな日々は何年か続いた。──だが、運命はいつだって唐突に幸福を奪っていく。

王了が後宮に上がってから数年後、妹が顔に青痣を作って現れた。

『どうしたのですか。その顔──』

『ううん。大丈夫。なんでもないよ』

原因はわからない。妃嬪の不興を買った妹は、凄絶ないじめを受けるようになった。

「どんな仕打ちを受けようとも、妹はクスノキの下で笑っておりました。〝大丈夫〟〝心配しないで〟と。痛々しくて。見ていられなくて。心の底では助けたいと思っておりました。でも、下級宦官のわたくしが高位の妃嬪に逆らうなど……」

土と草木の汁で黒く染まった両手の指先を、王了は強く握りしめた。

「わたくしは再び間違いを犯しました。宝物が傷つけられているのを知りながら、見て見ぬふりをしてしまったのです──」

滴り落ちた涙が地面で弾ける。

年老いた体を小さく丸めた王了は、心から悔いるように声を絞り出した。

「ある日の朝。追い詰められた妹は刃物を持ってクスノキの下に立ちました。後宮は皇帝のための鳥籠。どんなに辛かろうと滅多に出られません。せめて最後は、故郷の風景に似た場所でと考えたのでしょう。妹は……ここで自死を遂げた」

ゆっくりと王了がまぶたを伏せた。眉間に皺を寄せ、苦悶の表情を浮かべる。

「わたくしは……妹が首を掻ききった場に居合わせたのです」

妹は王了にこう言い残したという。

『兄ちゃん。クスノキをお願いね』

地面が鮮血で染まった。甲高い悲鳴が後宮の中に響き渡る。あれは誰の声だったか。女官の声？　それとも——去勢で老婆のようになってしまった自分の声だろうか。

王了が長く息を吐いた。年輪が刻まれた顔は疲れ切っているように見える。

「それから数十年。わたくしは妹の言葉に縛られてまいりました」

「まさに〝呪い〟だね」

「そう言い表していいのなら。妹は、手を差し伸べなかったわたくしを責めなかった。罵ってくれたならどんなによかったか！　あの子は穏やかに笑ったんです。〝お願い〟と。死にゆく妹の望みを叶えなければと……心底、思いました」

「君は、この木を守り続けてきた。雨の日も風の日も。遺言に縛られて一日も休まずに」

「……はい」

「なのに、木を切らなければならなくなった」

「…………。はい」

ざわざわと周囲の木々が騒いだ。約束を違えた王了を責めているかのようだ。

「本当に気が進まなくて。昨日は一睡もできないくらいでございました。だから、血が噴き出した瞬間、妹が怒っているのだと感じて——これは〝祟り〟なのだと確信したのです。約束を守れなかったわたくしへの報いなのだとも」

震えながら顔を上げた王了は、どこか弱々しく笑んだ。

「同時にホッといたしました。これが本当に〝祟り〟なのであれば、わたくしの身には恐ろしい出来事が起こるはず。妹を見殺しにした挙げ句、のうのうと生き延びたわたくしにふさわしい罰が、やっと……と晴れ晴れとした気持ちになりました」

かくりとうなだれる。吐き出すようにぽつりとつぶやいた。

「……でも、違ったのでございますね」

苦しげに唇を噛みしめる。宝物を救えなかった。守れなかった。なにもせずにただ見ていただけ。王了は己の罪を清算できるのだと喜びさえしたのだ。だのに、実際は違った。血を流したのは木精で、なんの禍が降りかかることもない。

「これからわたくしはどうすればいいのでしょう」

〝呪い〟は解け、クスノキはなくなってしまった。〝呪い〟は縛りであり、同時に生きがいだった。それが奪われた今、王了はなにをすればいいかわからない。

「たとえ妹の〝祟り〟がなくとも、わたくしは――……」

己の命を差し出し、贖罪をするべきなのでは？

王了の瞳を目の当たりにした俺は、ゾッとした。あれは生きる希望をなくした人間の目だ。命の価値を見失い、些細なきっかけで命を対価に差し出してしまう自暴自棄の顔。

いつか見た――俺の大切な人と同じだった。

「あなたが死んでどうなるんです！　なんのために後宮へ来たんですか。妹を、大切な人を守りたかったからでしょう。妹さんは、あなたが来て嬉しかったと思いますよ。だけど、自分の後を追って死んでほしいなんて思っていなかったはずだ！」

俺の言葉に王了の表情が曇った。どこか自虐的な笑みを浮かべてすらいる。

「どうでしょうね。死んだ人間の気持ちはわかりません。妹も、本当は一緒に逝ってほしかったのかもしれない。真実は誰にもわからないでしょう？」

「そ、それはそうですが……」

だが、死んだ人間に囚われてどうなるというのだ。終わったものは取り戻せない。たとえどんなに絶望していようとも、死者は死者。自分とは違う。

「思い出して下さい。俺たちは生きてる。生きているんですよ！」

必死に語りかけるも、王了の心には響かない。老いさらばえた宦官の表情はいまだ晴れないまま、目を離せば、なにをしでかすかわからない危うさがあった。

「――そんな時こそ、怪力乱神じゃないかな」

ぽつり。凛麗がつぶやいた。少女上司の瞳は優しさに満ちている。

「死者を悼み、祈りを捧げる。それだってとても怪力乱神的《あいまいな行動》だろう？　大蒼国でもかつては死者を弔うのが普通だった。仏教という宗教を知っているかい？　魂に関して面白い考え方をするんだよ。さまざまな宗派があるからね。一概にこれとは言えないけれど、死後も魂は〝個〟を保ったまま、輪廻《りんね》を迎えるまで存在し続けているという」

「そうさ。大切な人のいる場所に魂が戻ってくるとも言うね。王了くん。こうしている私たちの姿を、妹さんの魂が今も見ているかもしれないよ」

困り顔になった王了に、凜麗は続ける。

「君は〝死んだ人間の気持ちはわからない〟と言ったね。確かに正論だと思うよ。だけど、人間は正論だけじゃ語れない。簡単に割り切れるわけがないじゃないか。大切な人だよ。自分の命を懸けても守りたいと思った妹だもの！」

老いて小さくなった体を震わせた王了に、凜麗はそっと寄り添ってやった。

「確かに死者の気持ちはわからないよ。でもね、〝大丈夫〟〝心配しないで〟。死んだ妹はそう言っていたんだろう？　それが彼女の気持ちのすべてだよ」

「すべて……？」

「高位の妃嬪に逆らえるはずもないと言ったね。彼女も同じだよ。だからこそ耐え続けた。命を絶たねばならないほどギリギリまでね。下級の宦官な君に、自分を助けられるとは考えてなかったんじゃないかな」

だからこそ恨み言を吐かなかった。妹からすれば気遣いのつもりだったのだ。それが数十年間も〝呪い〟として兄を縛るとは欠片も想像しなかった。因果な話だ。

「苦しみ抜いた後宮の生活の中で、クスノキの下は彼女にとっての宝物だったんだ。故郷の風景に似ている以上に、宦官になってまで追いかけてくれた兄と過ごした場所だからね。だから君に託した。〝クスノキをお願いね〟って。ああ、もしかしたら」

凜麗はきらきらと目を輝かせた。

「今日という日に私たちを巡り合わせてくれたのは、君の妹だったのかもしれないな」

「……え？」

「死者が生者の手助けをする逸話もいくつかあるんだよ。怪力乱神的だからと、この国じゃ忘れられてしまったけどね――……」

ポカンと固まった王了に、凜麗は朗らかに言った。

「これからは、妹をときどき思い出してあげればいいと思う。追悼するんだ」

「追悼……ですか？」

「ああ。死を悼み、生前を想う。祭壇を作って、妹が好きだった花を飾って、酒や飯を捧げるんだ。死者に対する礼儀だよ。庭だって、これからも美しく保っていけばいい。彼女の魂《こん》魄《ぱく》がふらっと遊びに来るかもしれないじゃないか。その時、昔と同じ景色が広がっていたら嬉しいんじゃないかな」

じわりと王了の瞳に涙が浮かぶ。ぽろぽろ、あふれ出した涙は止まらない。

「はい……。はい……！　そうします。あ、ありがとうございます……！」

地面に額がつきそうなほど頭を下げる。

瞬間、一陣の風が中庭を吹き抜けて行った。

「……あ……」

俺は呆然として立ちすくんだ。王了の背後に誰かが立っている。女官だ。先ほどまで誰もいなかったはずだった。袖で顔を隠していて誰かはわからない。だが、その人の正体はすぐにわかった。

『兄ちゃん、お疲れ様』

風に紛れて囁くような声が聞こえる。

『大好きだよ。これからもずっと。ずうっと！　ありがとう兄ちゃん……』

女官は地面にうずくまった王了に声をかけると、凜麗に向かって深く深く拱手した。

ぱちり。瞬きをする。

次の瞬間には、女官の姿はかき消えていた。

＊

「本当にお世話になりました」

お礼を述べた王了が去るのを見送った俺は、ほうと息をもらした。

あの女官はなんだったのだろう。凜麗の言うとおりに死んだ妹の魂だったのだろうか。

瞬く間に消えてしまったせいで、王了は気づかなかったようだ。なんとなく言えずに別れてしまったが、教えてあげた方がよかったのだろうか……？

モヤモヤしていると、凜麗が俺の隣に立った。

「お疲れ様。初めての事件、無事に解決できてよかったよ！」

「そうですね」

晴れやかな笑顔にうなずきを返す。なにはともあれ今は喜ぼう。ありもしない〝呪い〟に苛《さいな》まれたひとりの人間が救われたのだ。

――そう。王了の〝呪い〟は解かれた。

樹木流血事件というきっかけはありつつも、こんなにも簡単に。

サラサラと心地よい風が頬を撫でている。中庭の木々を眺めながらぽつりと言った。

「仏教……でしたっけ。少し感動しました」

「どうして？」

「だって、すごく優しい考えじゃないですか。死んだ後も人の魂が残っているだなんて。もっと早く知っていたら、王了さんも気持ちが楽だったろうにな」

死はすべての終わりだ。大切な人であればあるほど衝撃は強い。残された人間は悲嘆にくれる。冷たくなった骸に絶望して、未来に大切な誰かがいない事実に打ちのめされてしまうのだ。心が強ければ、現実を飲み込んで未来へ歩めるだろう。だが、死の衝撃を受け止められない人間は？　あまりにも強い悲しみは、人の歩みを止める。心も体もなにもかもを壊して未来に背を向けてしまうのだ。

そんな時、死後も魂になって存在しているという考えがあればどうだろう。故人の意識を持った魂に見られていると思えば、ただ悲嘆に暮れてばかりはいられなくなる。大切な人を悲しませないためにと、前向きな意識が生まれるのではないか。

――そうだ。大蒼国で怪力乱神が禁止されてさえいなければ。

あの時、あんなことにはならなかったのかもしれない。

ふいに凜麗が口を開いた。

「宗教は心を救うために存在しているからね」

ハッとして顔を上げれば、黒曜石のように磨かれた瞳と目が合った。

「死はなにも特別な出来事じゃない。日常の一部分だよ」

「に、日常……ですか」

「そうさ。人はいずれ死ぬ。人間が群れで暮らしている以上は、確実に遭遇してしまう事象だ。だから人々は宗教を求めた。傷ついた心を癒やすためにね。いや、宗教だけじゃないな。迷信だって、民間信仰だって、簡単なおまじないだって……すべてとは言わないけれど、曖昧な存在《かいりょくらんしん》は辛すぎる現実から心を守るために存在していたんだ」

だのに、大蒼国では怪力乱神に頼れない。禁止されているからだ。

凜麗は肩をすくめて、呆れたように言った。

「怪力乱神が排除された三十年で、いったいどれだけの人が苦しんだんだろうね」

「そう……ですね」

目が覚めるような思いだった。大蒼国はいまだかつてない発展を見せている。だからこそ、神帝が成した功績は素晴らしいと盲目的に信じてきた。だが、ひずみも生じている。人間にとってご都合主義的な存在だからこそ、怪力乱神は必要とされてきた。禁止されてしまっては、痛みから逃げることもできずに、心の傷を抱えたまま生きなければならない。

「怪力乱神が人々に寄り添える日が来たらいいのに」

ポロリと本音がこぼれた。ハッとして慌てて口を閉ざす。官吏がしていい発言じゃない。

背中に冷たい汗が伝う。なんてこった！　凛麗に聞かれてしまった……！　上司《じょうし》に関わる大問題になるだろうか。ヒヤヒヤしながら凛麗に目をやれば――。

出世に関わる大問題になるだろうか。

「そうなったら嬉しいなあ」

予想と反して凛麗は笑っていた。頬をふんわり紅色に染めて、目をきらきら輝かせた姿に虚を突かれる。呆気に取られていると、凛麗は上目遣いで俺を見つめた。

「幽求くん。君ってすごくいいね！」

ドキン。

なぜだかわからないが、心臓が激しく跳ねた。

花がほころぶかのような笑みを浮かべた凛麗は、小走りで兄たちの元へ向かった。

「…………。なんだあれ」

脱力して立ち尽くす。いまだ心臓がトクトク鳴っていた。

いや。どうした俺。なんだこの感情は。わけもわからずにいると、

「幽求くんっ！　内侍省《ないししょう》に援軍を頼んでもらえないか。切り倒したクスノキの後片付けをしなくちゃいけない」

「は、はい……！」

慌ててその場を後にする。宦官を統括している内侍省に話を通すためには、一度後宮を出なければならない。外廷と後宮を繋ぐ門を抜けて、ようやく一息をつく。

瞬間、俺は勢いよくかぶりを振った。

「……いや。ないないないないない！」

びっくりした。凜麗にときめくなんてどうかしてる!!

「たぶんアレだ。事件が解決できたから気が緩んだだけだ」

俺に幼女趣味はない。ムッチムチでボインアハーンなお姉さんが好きなはずだ。

「凜麗さんは真逆だもんな。いやはや、早とちりするところだった……」

己の趣味を再確認してホッと息をもらす。

ともかく、初仕事は無事に終わった。初めてにしては上出来ではないだろうか。あまり時間をかけずに解決までいたれたのだから上出来だ。まだまだ凜麗任せになっている部分が多いものの、工夫と俺の努力次第で変わって行くだろう。

「うん。頑張ろう。出世のために」

グッと拳を握りしめて進む。無事に一仕事終えた爽快感に一気に気が抜けた。ふわふわと気持ちが弾む。助手として仕事をやり遂げられた事実が嬉しくてたまらなかったのだ。

——だからだろうか。俺は女装していたのをすっかり忘れていた。

みんなから注目を浴びていても、視線の種類がいつもと違う事実に気づけない。

「……あっ！　崔仲!!」

あまつさえ、見知った顔に声をかけすらしたのだ。生涯の友になりたいと願った同輩。彼の顔が、予想外の感情で染まっていくのを見て、ようやく事態に気がついた。

「美しいお嬢さん。なにか御用でしょうか。どうして僕の名を？」

――しまった。今の俺は幽々だった!!

己の失態に青くなって後ずさる。すでに後の祭りだった。気がついた時には、崔仲にがっちり手を握られてしまっている。近い近い近い！　同輩の目が潤んでいる。鼻息が荒い。顔が近い！　やめろ、熱い視線を俺に注いでくれるな！

「なにかお困りでしょうか。違う？　なら、これからお茶でもいかがですか」

「ひいっ！　しししし、仕事中ですのでっ……！」

「では勤務後などは！　よい酒楼を知っております」

「しつこい男は嫌われますよ!?」

――胃がッ……!!

劉幽求、官吏生活一週間目。

初仕事を終えたものの、胃が痛くなる原因を新たに作ってしまったのだった……。

閑章　少女上司の禁書事情

この目に映った世界をすべて記憶してきた。

美しいものも。汚いものも。好きなものも。嫌いなものでさえ。

大切な人がこぼした涙の軌跡だって、私は鮮やかに思い出せる。

＊

「幽求《ゆうきゅう》くん、今日もお休みなのかな」

ぽつりとつぶやいた声が、祝部《しゅくぶ》の官舎の中に響いて行った。

穏やかな春の日だ。窓から見える澄み渡った空はどこまでも高く、悠々とツバメが飛んでいる。厳しい冬から逃げおおせた世界は、安心しきったように緩んだ温度で包まれていた。

だのに私の気分は沈んだままだ。仕事机につっぷしてぼんやりと室内を眺める。出仕時間はとうにすぎたというのに、新人官吏《かんり》の彼の席は空いたまま。幽求くんがいないだけで、やけに部屋が広く思えるから不思議だ。

「体調が悪いと聞いておりますが」

索骸《さくがい》……索兄様がお茶を淹れながら答えた。白い湯気が空気に溶ける。木製の窓格子からもれた光が鉄瓶に注ぐ。兄様が鉄瓶を動かすたび薄暗い室内に陽光の粒が弾けている。

「ずいぶんと胃を痛めたみたいだからな。無理がたたったのだろう」

豆の筋を取っていた玄冥《げんめい》……玄兄様が続いた。鮮やかな緑のさやが、ざるの上に山盛りになっている。ほのかに青い匂いがした。春らしい芽吹きの匂いだ。

「新人はなにかと気を遣うからな。慣れた頃に体調を崩すなんてよく聞く話だ」

我が部署の新人、劉《りゅう》幽求がやってきてから二週間ほど。そろそろ疲れが出てもおかしくない頃合いだった。

「幽求くん、大丈夫かなあ」

机につっぷしたまま、ジタバタと手足を動かす。幽求くんは一昨日から体調不良で休んでいた。さすがに三日連続ともなると心配になってくる。

「お見舞いに行った方がいいのかな。いやでも上司がいきなり家に来たら嫌だよねえ」

いろいろと思考を巡らせるも、上手い考えが見つからない。ため息をこぼして、山のように積み上がった書類を薄目で見る。駄目だ。こんなんじゃやる気が出ない。

「はあああ……」

再び深く嘆息した。兄たちが呆れたような声を出す。

「そんなに気を揉まなくても。きっと明日には来ます」

「そうだぜ？　すぐによくなって、元気な顔を見せてくれるさ」

祝部の仲間が不調だというのに、ふたりとも平然としている。

とはいえ、それが虚勢なのはバレバレだった。

「索兄様。それって、きょう何杯目のお茶だっけ？」

「うっ」

「玄兄様も。そのお豆、何人前？」

「ぐうっ」

「……あの子を心配してるのは私だけじゃないよね？」

ズバリと指摘すれば、兄ふたりの顔が引きつった。作業の手を止めて落胆する。

弱りきった顔で視線を交わした。三人の心を苛《さいな》んでいる懸念はひとつだ。

「「「幽求（くん）（さん）が辞めたらどうしよう……」」」

祝部には、幽求以前にも新人がいた。みんなとても優秀な人で、丞相《じょうしょう》である笵平《はんぺい》お墨付きだった。なのに一週間も保たない。場合によっては初日に行方をくらませる始末。どうも、祝部という特殊性が普通の感性では受け入れがたいようだった。

幽求くんが配属されて二週間。これまで入った新人の中では最長記録だ。笵平にもいい加減に新人を定着させてくれと言われていた。機密情報が外にもれないよう、辞めた新人にアレコレするのが大変らしい。

「あの子が辞めたら、さすがにいじけるからね」

ブチブチつぶやきながら唇をとがらせる。よい上司であろうと、今まで以上に一生懸命やったつもりだ。これで駄目ならお手上げ感がある。なにかやらかしてしまっただろうか。己の行動を必死に振り返っていれば、ぽつりと玄冥がつぶやいた。

「初日からいきなり後宮に連行したのがよくなかったのかもなあ」

「えっ」

息を呑んだ。嘘だあ⁉　なるべく早く現実を知った方が仕事がしやすいと思ったのに！

「幽求くんが来なくなったのは私のせい……？」

ふるふるとかぶりを振った。そんなの信じたくない。

「そ、それを言うなら玄兄様だって。樹木流血事件の後、嫌がる幽求くんにむりやり怪異料理を勧めていたじゃないか……！」

「うっ！　いや、最初は嫌がってたけど。幽求も食ってたじゃねえか」

樹木流血事件の原因でもあるクスノキの精・彭侯《ほうこう》は食べられる怪異だ。黄帝《こうてい》が残した『白《はく》沢図《たくず》』には、怪異の具体的な味まで記してあった。彭侯も煮て食べられるとあったので、研究欲をそそられた玄兄様が調理してみたのだ。

「美味しいとは言ってなかったよ？」

ズバリと指摘をすれば、玄兄様がなんとも言えない顔になる。甘辛く煮付けた彭侯を、将来有望な新人官吏は愛想笑いを浮かべて食べていたっけ。

「あなたのせいでしたか。まったくこれだから玄冥は」

呆れ顔の索兄様がため息をつけば、犬歯を剥き出しにした玄兄様が噛みついた。

「なにを言う。お前だって乗り気じゃねえ幽求にウキウキで女装させてただろうがよ！」

「そ、それは。求められたから仕方なくですね……」

「あんなに美人にする必要ねえだろう。上等な化粧品をポンポン追加で買いやがって。笵平が笑ってたぞ。『楽しそうだよねえ』って！」

　幽求くんが後宮に行くための装いに女装を選んだのは笵平である。だが、幽求くんがなにも言わないのをいいことに凝りに凝ったのは索兄様だ。

「「………」」

　部屋の中に沈黙が落ちた。どうやらそれぞれに問題があったらしい。

「別の新人を迎える準備をしなくちゃいけねえかもな」

　玄兄様の言葉に、私は肩を落とした。

「……それでも幽求くんがいいな」

　ぽろりと本音をこぼした私に、兄たちの注目が集まった。

「あの子は怪力乱神《かいりょくらんしん》を理解しようとしてくれている。他の子みたいに鼻で笑わなかった。懸命に努力もしてくれているよ。慣れないなりに意見もくれる」

　祝部に来るまで、彼の世界には怪力乱神なんて存在すらしなかったはずだ。常識を覆されたようなものなのに、必死に励んでくれている。しかも「怪力乱神が人々に寄り添える日が来たらいいのに」とまで言ってくれていた。貴重な人材だ。

それに――。

「後にも先にも、私を一般人なんて言ってくれたのは幽求くんだけ」

たとえ、なにも知らないがゆえの発言だったとしても。

彼は私を普通の女の子として扱ってくれた。

「あれは嬉しかったなあ。すごく胸が温かくなった」

思い出すだけで心が浮き立つ。幽求くんは相手を思いやれる優しい子だ。頬を緩めていると、大きな手がクシャクシャと頭を撫でた。玄兄様だ。索兄様もなんだか嬉しそうだった。

「やめてよ。髪型が崩れるじゃないかっ！」

「いいだろ。うちの妹は可愛いなあって思ったんだから」

「そうですよ。凜麗《りんれい》の可愛さは国宝なみです」

「なんだい、それ……」

ぷうと頬を膨らませれば、兄たちふたりは朗らかに笑った。

「楽しそうだなあ。おじさんも交ぜてくんない？」

「うっわ！」

思いも寄らぬ声が間近でして、反射的に小さく飛び上がった。

「び、びっくりしたあ……」

現れたのは、丞相である笵平だ。

ドキドキする胸を必死になだめていると、笵平がカラカラ笑った。

「ああ、ごめんごめん。話に夢中になってるみたいだったから、驚かせないように機会をうかがっていたんだけど。いやあ、僕ってばびっくりするほど愛嬌があるからさ。いたいけな少女の心をときめかせちゃうよね。仕方ないよね……」

なにやらブツブツ言っている。笵平は自分に酔いがちだ。まあ、いつものことだった。

「おや」

ポカンと呆気に取られている私に気づいた笵平は、どこか飄々とした口調で訊ねた。

「元気がないようだけど、どうかした？　体調が悪いのかな。それともなにか不便していたりする？　ほしいものがあるならなんでも言いなさい」

別にほしいものも不便もなかったから首を横に振る。笵平は満足そうに笑った。

「それならいいんだ。君の幸せは僕の願いだ。なにかあったらすぐに言うんだよ。祝部が君にとって過ごしやすければいいんだけどね」

「わかったよ……」

じんわりと頬が熱くなってうつむく。彼は私の後ろ盾だ。住居の手配から、下働きをさせる奴婢《ぬひ》の確保、生活に必要なこまごまとしたものまで気を配ってくれている。付き合いは長い。空白期間はあれど――三十年以上にもなるだろうか？

「いつもありがとう」

目を合わせないままお礼を言えば、彼が笑ったのが気配でわかった。

ちゃらんぽらんに見せかけて笵平はかなり有能な人物だ。なにせ神帝の時代からこの国を支えていて、実際に成果を出している。丞相派は崔《さい》家を含めて中枢の過半数以上を占め、地盤が弱い新皇帝を支えつつ、現役で政治の手腕を振るっていた。

――幽求くんあたりは、駄目オヤジって思ってそうだけどね……。

誤解を招きやすい男だが、彼が本気の顔を見せれば印象が変わるだろう。普段はあえて軽薄を装っている。生まれた時から私を知っている数少ない知り合いだった。彼のおかげで私は大蒼国《だいそうこく》で生きていけている。それだけじゃない。笑ったり、泣いたり、驚いたり……人間らしく扱ってもらえる。そんなの人生で初めてだった。今の私はとても満たされている。

「あっ。そうだ」

ハッとして顔を上げた。ほしいものはないが懸念材料ならひとつある。

「幽求くんが……」

顔を見せない新人官吏の名前を出せば、笵平が苦笑いを浮かべた。

「君たちが会いたがってた子なら、そこにいるけど？」

「えっ？」

勢いよく振り返れば、幽求くんが所在なさげに立ち尽くしていた。

「お、おはようございます……」

赤くなった顔に照れ笑いを浮かべる。真新しい浅青の官服、大きな墨色の瞳、キリリとした眉。男性にしては細身の体型。……ああ、まぎれもなく幽求くんだ！

「幽求くんっ！　具合は大丈夫かい!?　顔が赤いけど熱があるの？　お薬は飲んだ!?」

勢いよく駆け寄って額に手を当てた。じんわり汗で湿っている。熱はないようだけど、と索兄様に目をやれば、彼はすでに薬の準備を始めていた。

「そこにおかけなさい。まったく。無理をしたら駄目でしょう！」

「まあ、仕事を連日休むのは気が引けるよなあ。無理をしたくなるのもわかるぜ」

「あ、いや、そうじゃなくってですね、別に具合が悪いわけじゃ」

幽求くんが慌てている。ますます汗の量が増えてきた。

なんだか様子がおかしい。どうしたのかと思っていれば、

「別に熱があるわけじゃないよ。誰だってあんなに求められたら赤くなるよね～」

「え？」

予想外の方向から答えが出た。ニヤニヤ笑った笵平は、さもおかしそうに言う。

「ちょうどふたりで官舎に入ろうとした時にさ、君たちが話してるの聞いちゃって」

「「…………」」

「それでも幽求くんがいいな、だっけ？　いやあ、僕まで照れ臭くなっちゃった」

「～～～嘘！」

勢いよく幽求くんを見つめる。彼は真っ赤になった顔ではにかんだ。

「光栄です」

かくりと膝を突く。純粋な言葉ほど、うっかり聞かれて恥ずかしいものはない。

「でもまあ、よかった」

不意打ちで恥ずかしい思いはしたけれど、幽求くんがまた祝部に来てくれたのだ。

それだけでも、曇っていた気分が晴れやかになっていく。

「今日も来ないから、てっきり嫌になったのかと……」

「昨日まで胃痛で休んでいたのは確かです。ちょっと衝撃的な事件がありまして」

なにがあったのかと視線で問いかける。幽求くんはどこか気まずそうに言った。

「……親しい同輩が、女装した俺に一目惚れしたらしく」

うわあ。

「連日、こ、恋文を渡そうと待ち伏せしてまして」

うわあ。うわあ。うわあ……！

「どう逃げようかと思ったら、胃がキリキリしてたまらなくなりました」

——合掌。

あまりにも可哀想で仏教風に手を合わせてしまう。索兄様や玄兄様も同じ気持ちだったようで、幽求くんを囲んで慰めてやっていた。

「それは胃が痛くなるな」

「休むのも当然です。むしろよく復活しましたね。褒めてあげましょう」

「うっうっうっ……。わかってくれますか。友人を傷つけたくない気持ちと、彼の純情を弄んでしまった罪悪感で乱れに乱れた心を」

こてり。索兄様が首をかしげた。

「それはわかりませんが。美は力です。相手を翻弄してなんぼでしょう」

「唐突な裏切り！」

幽求くんが切なげな悲鳴を上げた。玄兄様はクックッ笑いを噛み殺している。

「いやはや。考えることがえげつねえなあ」

「本当ですよ、玄冥さん。美形は思考回路から凡人とは違うんですね」

「なんですって。聞き捨てなりませんね。そこに直りなさい、ふたりとも！」

男三人は楽しそうにじゃれている。

いつもの日常が戻ってきた気がして心底ホッとした。

「心配させてしまったみたいだね。許してほしい」

笵平が苦笑している。幽求くんの出仕がこんなにも遅くなったのは、彼が関わっているからのようだ。

「ちょっと彼を借りてたんだ。意思を確かめるためにね」

「意思？」

笵平はおおげさな仕草で肩をすくめ、意味ありげな視線を幽求くんに向けた。

「彼が来てから二週間だ。事情を説明してもいい頃合いだと思ったんだよ」

「事情って……」

「この国になにが起きていて、どうして祝部ができたのか。まだ打ち明けていない部分の話だ。これぱっかりは、すぐ辞めるような人間には話せない。一度聞いたら無関係ではいられないからね。その点、幽求くんは合格だ。だから早めに囲い込んでおこうと思って」

幽求くんは笵平のお眼鏡に適ったらしい。本格的に自分の陣営に引き込むつもりのようだ。

ちらりと私をみやった笵平は、どこか意味ありげに笑んだ。

「凜麗。もちろん君の話も含まれるよ。僕は彼に事情を説明してもいいと思った。後は君の承諾だけだ。……どうする？」

笵平の瞳が悪戯《いたずら》っぽくきらめいている。私は彼に正直な気持ちを伝えた。

「答えなんてわかっている癖に。私は幽求くんがいい！」

「よしわかった。じゃあ、彼に決めよう」

朗らかに笑って手を打つ。パン！　と軽やかな音が響くと、幽求くんと視線が合った。

幽求くんは最敬礼の拱手《こうしゅ》をした。

「劉幽求。これからも祝部でお世話になります」

顔を上げた彼の瞳は、以前よりもいっそう輝きが増しているようだった。覚悟はできているらしい。やる気に満ちあふれていて、なんだか以前とは雰囲気が変わった気がした。笵平となにか取引でもしたのかもしれない。

「じゃあ、とりあえず移動しようか」

笵平の飄々とした声が響く。瞬間、ドキリと心臓が高鳴った。

幽求くんにすべての事情を話す。それは私の過去を打ち明けるのも同意だ。

――受け入れてもらえるだろうか。

不安になって幽求くんを覗き見る。彼は私に気がつくと、ふんわりと優しく笑んだ。柔らかで、それでいてとてもまっすぐな心根を表すような笑顔だった。

＊

どうして、大蒼国の後宮に怪力乱神が現れるようになったのか？

もちろん、私や兄たちは事情を知っている。これからも一緒に仕事をしていくつもりなら、彼にも説明をしておくべきだろう。いつどんな異変が起こるかわからないし、簡単に説明できるほど単純な事情でもない。ならば、さっさと明かしてしまった方が気が楽だ。

長話をするのにぴったりの場所があった。祝部の官舎の最奥には天女が描かれた壁画がある。そこには秘密があった。隠し扉になっており、奥に行けるようになっているのだ。

きい、と軋んだ音を立てて、粗末な造りの部屋が姿を現す。床にはぽっかりと穴が空いていて、はしごがかけられていた。行灯《あんどん》をかざして中を覗き込む。ぼんやりと黄みがかった光が広がるものの、穴の底までは届かない。

「行こうか」

私の言葉に幽求くんはこくりとうなずいた。

はしごの下は地下通路に繋がっている。地面を荒く削っただけの地下道はひどく蒸す。ポタポタと水が滴る音がして、じっとりと濡れた地面は滑りやすい。索兄様と玄兄様が先導してくれた。ときどき羽音が聞こえる。コウモリでも棲み着いたのかもしれない。

「ど、どこへ続いているんですか？」

幽求くんの疑問に答えたのは笵平だ。

「後宮の真下だよ。この通路は三十年ほど前に作られたものだ」

「……怪力乱神禁止令が出たあたりですね」

「話が早くて助かるよ」

にこりと笑んだ笵平はおもむろに私を見た。始めろと目が語っている。こくりと唾を飲み込んだ私は、慎重に言葉を選びながら話を引き継いだ。

「幽求くん！　祝部に入ってからの二週間で怪力乱神の存在を実感できたと思う。眉唾ものでも妄想でもない、現実に存在しているのだと」

「は……はい。とても驚きましたが、実際にこの目で見てきました」

「だけど、大蒼国に住む多くの人々はそうではないよね？」

「実際、怪異なんていませんから。噂すら聞きません。後宮がおかしいんです。外では腫瘍が鳴いたり食べたりしませんし、木を切っても血が噴き出したりはしません」

「それは確かに」

クスクス笑うと、幽求くんが目もとを和らげた。私はどちらかというとおしゃべりだ。興が乗るとついつい口数が多くなる。彼と話しているとなおさらだ。幽求は柔らかい雰囲気を持った青年だった。理知的でどんな話題を振ってもスルスルと会話が繋がる。頭の回転が速いのだ。だから会話が楽しくて仕方がない。官吏としてはどうかと思うが、考えている内容がすぐ顔に出るのも好ましかった。

「でもね。三十年前までは、どこにだって怪異はいたんだよ」

ひくり。幽求くんの顔が引きつる。怪力乱神にまったく触れてこなかった彼からすれば衝撃なのだろう。わかりやすいなあと思いながらも真実を口にした。

「怪異は〝いない〟んじゃない。神帝によって〝いないものにされた〟んだ」

「――神帝が怪異をどこかにやったとでも？」

肩をすくめて答えを保留する。順を追って説明していけば、いずれ結論にいたる話だ。

「幽求くんは、神帝がどうして怪力乱神を禁止しようと思ったのか知っている？」

「知りません。下々が天子の御心を推し量るのは無礼だとされていますし」

あんまりな発言に思わず眉をひそめた。

「民衆ってさあ、こういう時だけ謙虚だよね。自分たちに都合のいい結果だけを求めて原因には目もくれない」

「え？　それってどういう――？」

驚きの声を上げた幽求に、私は話を続けた。

「それより、三十年くらい前に水害があったのはわかる？」

「し、知っています。ひと月ものあいだ大雨に見舞われたとか。ほうぼうの村が水に飲まれたそうですね。作物が採れずに、食べるのにも苦労したと叔父が語っていました」

幽求くんが眉をひそめた。おそるおそる口を開く。

「もしや……それが怪異のせいだったとか？」

伝承では天変地異を引き起こすとされる怪異もいる。それを危惧したのだろう。

「いや？　これは普通の天災だよ。だけどね。天災を怪異のせいにしたい人々がいたんだ。怪力乱神的な存在をでっち上げ、邪魔者を排除するのに利用しようとした」

「いったい誰がそんなこと……」

「後宮の妃嬪《きひん》とその一族だ。彼女の親は地位も財産もある高官でね。欲深くて有名だった。娘が皇帝の寵を得ればもっと利権が獲得できる。なんとかして皇帝の気を引きたかったようだよ――でも、それには邪魔な存在がいた。神帝には誰よりも愛する姫君がいたんだ。彼女はあらゆる意味で特別だった。神帝の功績で最も大きいとされているのはなにか、幽求くんはわかるかい？」

「は、はい。長らく交戦状態にあった隣国を滅ぼしました。結果、大陸の覇権を我が国が握ったのですよね？」

「それも彼女がいたからこそだ。むしろ寵姫が国を獲ったと言っても過言じゃない」

「なっ……！」

驚きのあまり言葉も出ない幽求くんに、私は続けた。

「彼女は特別な力を持っていた。視鬼《しき》は知っているよね？」

「相手の正体を、特別な儀式を必要としなくとも看破できる人でしたっけ」

「そう！　彼女は視鬼だった。すべてを見通す目を持っていたんだよ。たぐいまれな才は邪鬼精魅だけに止まらず、嘘や企みまで見抜く。政《まつりごと》に利用しない手はないよね」

寵姫のおかげで国はますます栄えた。神帝の寵姫への依存度が高まっていく。他の妃には目もくれず、毎夜毎夜、寵姫を寝所へ呼びつけて蜜月を過ごしていた。

「彼女が持つ特別な力は、人々の目に魅力的に映った。いつしか〝天女〟と呼ばれ、民衆から信仰を集めていたそうだよ」

不思議な力で天子を支える美姫は人々の憧れだ。だが、それが仇《あだ》となる。

「いまだ止まぬ雨に人々が悩んでいると、とある噂が囁かれるようになった」

『長雨は神々の怒り。原因は、天子《皇帝》が地上に天女を留め置いているからだ。天女と謳われた寵姫を大河に。娘を生贄《いけにえ》に捧げよ。さすれば雨は止む』

噂の発端は権威ある巫覡《ふげき》が口にした託宣だ。衝撃的な内容は、寵姫の神秘性も相まって実に説得力があった。瞬く間に大蒼国全土に広がっていったのである。

「……そんな」

幽求くんは思い詰めた表情をしていた。かぶりを振って嘆きの声を上げる。

「人の命で雨が止むわけがないでしょう！　非現実的すぎます。誰が信じるんですか！」

「それがね、信じてしまったのさ。今と違って、怪力乱神はすぐそばにあった。神も化け物も奇蹟も存在しているなら、生贄を差し出せば事態が収まりそうだろう？」

幽求くんの表情が曇る。

「……俺にはわかりません」

私は苦く笑った。

「わからなくてもいいと思うよ。こればっかりはね」

誰もが救いを求めていた。長雨でことごとく生活基盤が壊され、未来に希望が持てないでいる時に降って湧いた生贄の存在は、天から垂れた救いの糸に見えたのだろう。糸を垂らした存在が、欲望にまみれた人間だと気づけないほど人々は疲弊しきっていたのだ。

「一刻も早く天女を生贄にしろと、大勢の民衆が宮城《きゅうじょう》に押しかけたそうだよ」

もちろん皇帝は一笑に付した。押し寄せる民衆を退け、大勢が反逆罪で殺されたという。人々の中に神帝への鬱憤がたまっていく。いつしか巫覡が告げた託宣は、真実が如く語られるようになり、生贄を出し渋る皇帝は悪し様に罵られるようになった。そして、民による蜂起すら心配され始めた頃。

「寵姫はみずから生贄になると申し出た。これ以上、民が殺されるのは見過ごせない。自分の命で人々の気持ちが収まるのならってね」

生贄の儀式は実行された。荒ぶる大河の中に寵姫は身を投げたのだ。

「天女という呼び名にふさわしい献身だ。たったひとつしかない命なのにね。馬鹿みたいだろう？　妄執に取り憑かれた群衆よりも大切にするべきものがあっただろうに」

――そうだ。あの人が命を投げ出す必要なんてなかった。

苦い感情が胸に広がって行く。眉をひそめていれば、幽求くんが気遣わしげに自分を見つめているのがわかった。慌てて表情を取りつくろう。

「コホン。というわけで、だ。民衆の求めに応じて生贄は捧げられた」

「雨はどうなったんですか？」

「止んだらしいよ。不思議とね」

幽求くんはパチパチと目を瞬いた。

「じゃ、じゃあ、その人は本当に天女だったんですか!? 託宣は真実だった……？」

私は物憂げにまぶたを伏せると、ふるふるとかぶりを振った。

「そんなわけがない。寵姫はまぎれもなく人だった。だが、雨が止んだことで民は安堵したようだよ。寵姫を生贄に捧げた神帝の英断を讃えさえしたんだ！ ……でも、愛する者を失った神帝は――少し……いや、かなり混乱していてね」

託宣を広めた巫覡を見つけ出しすぐさま処刑する。寵姫を陥れようとしていた企みを暴いて、関係していた人物の一族郎党を殺しつくす。愛する者を奪った人間の首を、城壁にひととおり並べ終わった神帝は、後にこう宣言したのだ。

『怪力乱神を語るべからず』

寵姫が死ぬ直接的な原因になったのは〝曖昧な〟神々の怒りという言葉。

神帝は、怪力乱神的存在そのものを排除すると決めた。

「それが怪力乱神禁止令を作るきっかけ……」

以来、人々は曖昧な存在を語れなくなった。本は燃やされ、違反者は城に引っ立てられて処刑される。現実主義時代の始まりである。

「まあ、神帝がやったのはそれだけじゃないけどね」

キョトンとしている幽求くんに、私は続けた。

「思想を制限するだけじゃ飽き足らず、神帝は根本的解決に取りかかったんだ。異形がいるかぎり同じ悲劇が繰り返されるだろうってね。巨額の資金を投じて、優秀な道士や仙人を大勢招いたそうだよ。〝物理的に〟怪力乱神を封印しようとしたんだ」

怪異の特性を思い出してもらいたい。邪鬼精魅は正体を看破され、名を知られるとたちまち力を失う。これを利用して、あらゆる怪異の名前、対処法、姿、形を記した書――〝禁書〟を作り出し、怪力乱神が存在しない国を作ろうとしたのである。

「でもね、あまり上手くいかなかった。怪力乱神は数え切れないほどいるし、資料をまとめるにしても膨大な数にのぼる。保管も大変だよね。竹簡も木簡も紙だって、朽ちてしまったらおしまいだ。半永久的に保存できる方法が必要だった」

足を止めた。目の前に朱塗りの扉が見えてきたからだ。索兄様から行灯を受け取る。前方を照らせば、扉にベタベタと札が貼られているのがわかった。封邪の札は薄汚れ、カビがこびりついていて汚らしい。何枚かは剥がれてしまっていた。私にとっては見慣れた扉。何年も見続けた――忌々しい扉だ。

「神帝はどうしたと思う？」

ゆっくり息を吐いて、そろそろと幽求くんをみやった。この扉の先に私の秘密があった。

彼は受け入れてくれるだろうか。

「簡単さ」

こみ上げてくる不安を払拭するように思い切って扉を開けた。

「紙でも竹簡でも木簡でもない記録媒体を使えばいい。君も知っているだろう？　一度見たものを忘れず、頭の中に膨大な情報を蓄積できる人間を」

部屋の中に足を踏み入れると、異様な光景が目に飛び込んで来た。

さして広くない室内には祭壇が設えられている。濃厚な香の匂い。祭壇を取り囲むように天井から数多《あまた》の黒縄が吊り下げられていた。ぬめぬめと黒光りする縄は人毛により編まれた呪物だ。縄に括り付けられた赤札がゆらゆら揺れている。すべてに封邪の文字があった。祭壇の上には簡易な寝台が置かれている。使い込まれた寝具の中に主はいない。

「まさか――」

サッと顔を青ざめさせた幽求に、努めて淡々と解を提示した。

「そうだよ。私が禁書になったんだ。神帝と寵姫の娘で――人とは違う〝特別な〟力を持った私を、父は封印に利用したんだよ」

私はいつだって特別だった。

父は神と呼ばれるほど高貴な存在で。

母は天女と謳われた美姫だ。

生まれた瞬間から他とは違う道を歩いてきた。

母ゆずりの異能を持っていたから、なおさらだ。

ひとめ見たものを寸分違えずに覚えられる完全記憶能力――。

この目に映った世界をすべて記憶してきた。

美しいものも。汚いものも。好きなものも。嫌いなものでさえ。

大切な人がこぼした涙の軌跡だって、私は鮮やかに思い出せる。

『化け物みたいね』

誰かがそう言った。確かにな、と泣き笑いを浮かべたのを覚えている。


「どうして」

幽求くんが悲痛な声を上げた。

「血の繋がった娘に、どうしてそんな仕打ちを？」

――からんっ……。

幽求くんが動くと、体に触れた深紅の木札が軽やかな音を上げる。人を嘲笑《あざわら》う声によく似ていて好きな音ではなかった。意識を向けないようにして肩をすくめる。

「あまり関係なかったのではないかな。父はいつだって母に夢中で、娘の私と会う機会はまれだったからね。為政者としては最良の判断だと思うよ。必要な人材があれば使うべき。たとえそれが娘であったとしてもね。親子の情なんて二の次さ」

部下を安心させたくて強がりを口にした。みるみるうちに幽求くんの眉間に皺が寄る。視線をあちこちさまよわせた彼は、あえぐように言葉を吐き出した。

「だとしても、俺は嫌です」

幽求くんの言葉に涙腺が熱を持った。

――ああ、君って奴は！

胸がポカポカして温かい。衝動を必死に耐えた。身内だったら抱きしめていただろう。それだけ彼の言葉が胸に沁みた。沁みてしまった。枯れた大地に雨水が染みこむように。

幽求くんの手を取る。男性にしてはほっそりとした指。それは、長い時間を勉学のみに注いできた証拠だった。困り顔になってしまった彼に微笑みかける。

「ありがとう。その言葉だけで救われる」

じんわりと幽求くんの耳が赤くなる。にっこり笑んで気持ちを切り替えた。

さあ、湿っぽい話はさっさと終わらせよう。私は彼と未来の話をしたい。

「父はね、私に怪力乱神に関するすべての書籍を読ませた。焚書《ふんしょ》された本の内容まで覚えているのはそのせいだ。あらゆる書物を記憶に刻み込んだ私は呪術を施され、封印された」

きらり。目を輝かせる。

「さて、幽求くんっ！」

「は、はい!?」

「以前、君は私に疑問を投げかけたね。完全記憶能力を披露しようとした時だ。怪力乱神禁止令が発布された時期と私の年齢が合致しない。矛盾するんじゃないか……と」

「そういえば、そんな質問をしましたね」

幽求くんが動揺を見せる。私は疑問の答えをようやく口にした。

「私が生まれたのは、間違いなく怪力乱神禁止令が出たよりも前だ。矛盾なんてないんだよ。若く見えるのは禁書として封印されていたから。あらゆる怪力乱神の情報が詰め込まれた私は、呪術が施された日からひとつも歳を取らずにいる」

仙人と道士の技術の粋が集められた奇蹟の術は、私から老いを奪ってしまった。

忌々しい。時と共に老いて行くことこそ〝生〟の象徴だろうに。これこそ〝呪い〟だ。

「——つまり！」

びしりと幽求くんを指差した。

「体は少女、心は熟女《おとな》！　それが私なのだよ。わかってくれたかい？　幽求くんっ！」

幽求くんが固まった。ほっそりした顔が引きつり、だらだらと汗が流れている。

「ど、どう反応すればいいか……」

適当な言葉が見つからずに困っているらしい。私はにこりと笑んだ。

「君の完璧な女装を見た時、私もそう思ったよ」

「…………。なんかすみません」

しょんぼり肩を落とした幽求くんと顔を見合わせる。とたん、同時に噴き出した。クスクス肩を震わせて笑う。ああ、まったくもってお互い普通じゃないなあ。そうつぶやくと、幽求くんは本当にそうですねと笑ってくれた。なんだかすごく嬉しい。

ひととおり笑い終えた私は、ゆっくり体の力を抜いた。

「というわけで。これが神帝が怪力乱神を禁止し、異形を排除するにいたったいきさつだ。以降、大蒼国では怪力乱神が出没しなくなった」

「でも、ここ最近は状況が変わったんですね？」

「ああ。禁書として封印された私がこうしているのが証拠だ」

きっかけはおそらく神帝の死だ。国を挙げた盛大な葬儀が行われた直後から、後宮の中でさまざまな異変が起こり始め、眠りについていた私も覚醒した。ずうっと夢うつつをさまよっていたのに、ここまで意識がはっきりしたのは三十年ぶりである。

「私が目覚めたせいで、怪力乱神を封じ込めておく力が落ちているようなんだ。原因は不明。術をかけた道士や仙人にも問い合わせたが、誰も原因究明にはいたっていない」

「そうなんですか……」

幽求くんは思案に暮れる様子を見せると、パッと顔を上げた。

薄墨色の瞳がまっすぐに私を射貫いている。

「以前、凜麗さんは言いました。祝部の仕事は、怪力乱神をおおいに語り、異形や鬼……人々を襲うさまざまな摩訶不思議な存在を無力化することだと。もう一度、聞きますね。怪力乱神を無力化した後はどうするんですか？　また、封じ込めるつもりなんでしょうか」

再びこの陰湿な部屋に戻るのかと、彼の瞳が訊ねている。私はかぶりを振った。

「いいや。前にも言ったように、怪力乱神は人の心を救う存在でもあったんだ。必要だから生まれたわけで、ない方が不自然なんだよ」

人の生活を脅かす怪物もいれば、心に寄り添ってくれる存在もいる。それが怪力乱神。すべてが悪、不要な存在だと断定するには多様すぎる。

「怪力乱神を憎んでいた父はもういない。もうこの部屋に戻るつもりはないよ。現皇帝も認めて下さっていてね。禁止令もおりを見て解禁する手筈になっている」

「そ、それは大変な事態になりそうですね……」

幽求くんが息を呑む。彼の危惧はもっともだ。薬にもなるが、怪力乱神のほとんどは毒だ。曖昧な存在を利用して金儲けに走ろうとする輩、混乱に乗じて好き勝手しようとする人間だって出てくるはず。怪力乱神から断絶された大蒼国は、ある意味で純粋培養だ。確実に国内が混乱におちいる。

「大丈夫。そのための祝部だよ。私たちは大蒼国の未来を守るためにある」

「祝部が？」

「そうさ。さまざまな怪異に対処していれば、経験値が蓄積されていくだろう？　報告書をまとめておけば対応が容易になる。同時に、私の中の知識を文書化しておき、わかりやすいように内容をまとめておくんだ。誰でも手に取れる〝禁書〟を作るんだよ。対処法がわかっていれば、どんな怪異だって怖くない。記録による知識の共有は人間の最も得意とするところ！　我々の仕事は、未来の大蒼国を護っているも同義なんだ！」

しゃべっているうちにじょじょに気持ちが固まってきた。

今なら言える。幽求くん、君に私の心からの気持ちを知ってもらいたい。

そうだ、私は――。

「いずれ、怪力乱神が人々と寄り添いあえるような世界にしたい！　摩訶不思議な存在と隣人のように親しくできて、好きなものを信じられる世界に!!」

へらっと笑う。

「人に害を為す怪異には容赦しないけどね。たとえそれが〝龍〟であったとしても」

ひととおり語り終えると、幽求くんが安堵の息をもらしたのがわかった。

「そうですか」

幽求くんの表情が緩む。彼は私の前にひざまずくと、そっと見つめた。

「今まで、俺が怪力乱神を知らないで済んでいたのは、凜麗さんのおかげだったんですね」

私の手を取る。うやうやしく頭を下げた彼は手の甲に額を当てた。

「ありがとうございます。本当に感謝しています」

顔を上げた。薄墨色の瞳に行灯の明かりが差し込んでいる。ちか、ちか、と星のように瞬いた光から目が離せない。

「誠心誠意、助手として頑張らせて下さい。どうぞよろしくお願いします」

幽求くんがふわりと笑んだ。

――あれ？

顔が熱くなって、きゅう、と心臓が締めつけられるように苦しくなる。

動揺していれば視界が闇に覆われた。誰かが私の目をふさいだのだ。

「話は終わったかな？」

犯人は笵平だ。乾いた手がくすぐったい。「なにをするのさ！」手を退けようと必死にもがく。なかなか外せないでいると、飄々とした口調で笵平が言った。

「気持ちが固まったようでよかった。もちろん、成果に応じてそれなりの報酬は用意するつもりだよ。栄転・昇進なんでもござれ。僕は丞相だからね！」

「約束は守って下さいね。絶対ですよ」

幽求くんの瞳が剣呑《けんのん》な色を帯びた。今までとは違う。野心あふれたまなざしだった。

「君は出世がしたいの……？」

官吏としては当然の望みなのだろうが、やけに真剣なのが気になった。

「俺にもいろいろとありまして」

それ以上、幽求くんは話してくれなかった。彼にも秘めた事情があるらしい。

――いつか、君が抱えた事情を打ち明けてくれるのかな。教えてくれたら嬉しいな。

そんな風に思いながら、私は幽求くんを見つめた。

とある晴れた春の日。幽求くんが本当に祝部の一員になった日だった。

三章　寵姫離魂事件

祝部《しゅくぶ》の、ひいては大蒼国《だいそうこく》が抱える秘密を打ち明けてもらった時分より、少し遡る。

胃痛で二日間寝込んだ俺が、ようやく出仕できそうだと安堵していた朝。

我が家にとんでもない人物が現れたのだ。


がちゃがちゃ、がたん。

とんでもない音を立てて、茶器が机の上に置かれた。

「どどど、どうぞ。粗茶ですが……」

まっ青になった叔父が引きつった笑みを浮かべる。さほど綺麗でもない、狭っ苦しい応接間に現れたその人は、やたら優雅な仕草で茶器に手を伸ばした。

「ありがとう。やあ、いい香りだ。粗茶だなんてとんでもない」

ニコニコ笑いながら茶器を口へ運ぶ。

「は、はは。そうですかい。そりゃよかった……」

高級でもなんでもない茶葉を褒められた叔父は、今にも死にそうな顔をしている。

俺はため息をこぼすと、無言で叔父に退室を促した。このままじゃ叔父の胃に穴が空いてしまう。胃痛で苦しむのは俺だけでじゅうぶんだ。

「じゃ、じゃあ。ごゆっくり……」

叔父がいなくなると、俺は引きつった笑みを浮かべて訪問者と対峙《たいじ》した。

「いらっしゃるなら、事前にご連絡を下さればよかったのに」

庶民の家には高級官吏《かんり》を受け入れる余裕も準備もない。突然の訪問者——范平《はんぺい》は、片眼鏡《モノクル》の向こうのまなざしを和らげて言った。

「そうかい？　悪かったね！　僕は自分を偉いと思ったことがなくて。どこへでも自分の足で行っちゃうんだ。部下にはめちゃくちゃ怒られるけどね！　いやあ、僕の悪い癖。いずれは治さなくちゃと思ってるんだけど」

「アッハッハ。そうですか。大変ですね……」

——部下の人が。

思わず遠い目になった。

どうして朝っぱらからお偉いさんと対峙せねばならないのだろう。

胃が再び痛みだしている。治ったと思ったのに！　ただでさえ、女装した俺に懸想している同輩のことで頭を痛めているのだ。これ以上は勘弁してほしい。

「いやはや、それにしても狭い家だね！　本当にここで暮らしているの。うわ。外の音が丸聞こえじゃないか。塀は低いし、壁はひび割れてるし！　隙間風やばくない？　ちゃんと寝られる？　君の胃痛って家のせいじゃないの」

笵平は物珍しげに室内を眺めている。丞相《じょうしょう》ともなれば、そりゃ粗末な生活からは縁遠いだろうが、失礼千万きわまりない。ボンボンはこれだから困る。こういう感覚の人間が上にいるから、下々の人間が苦労するのだ。

「過不足なく暮らしておりますので、お気遣いなく。ところでなんの御用ですか。仕事の件なら宮城《きゅうじょう》で聞きますけど？」

いささかぶっきらぼうに問いかけた。

「実はちょっと気になる点があってね。凜麗《うちの子》には聞かせたくなかったからさあ」

懐からなにかを取り出した。現れたのは懐紙だ。なにか書き付けてある。どこかで見たことがあるような――。

「ああああああああああああっ!!」

すっとんきょうな声を上げて手を伸ばす。が、ひらりと躱《かわ》されてしまった。

「幽求《ゆうきゅう》く～ん」

笵平が猫なで声を出す。正直、低音で渋めな声の笵平がやると気味が悪い。

「これはどういうことかなあ？」

丞相の瞳が剣呑《けんのん》な色を帯びる。冷や汗を流した俺は引きつった笑みを浮かべた。

笵平が取り出したのは、崔仲《さいちゅう》からもらった懐紙である。吏部《りぶ》の官吏の名前が書いており、いざとなったら頼ってくれていいと約束してくれたものだ。机の奥深くにしまっておいたはずだった。どうしてそれが笵平の手に……!?

「……君。祝部を辞めようとしてる？」

ずきん、胃が悲鳴を上げた。

「べ、べべべ別に他意はありませんよ。友人にもらっただけで」

慌てて否定する。まぎれもない本心だった。今のところ異動したいとは思っていない。お守り代わりに保管していただけだ。

「俺は祝部でやっていくって決めてます。これは嘘じゃありませんっ！」

冷たい汗が背中を伝った。よりによって丞相閣下に見つかるだなんて。評価が下がった予感がして吐きそうになった。上司の覚えがめでたい方が出世に有利なのは当然だ。だのに、あからさまに仕事に不満を持っているような証拠があがったら――。

『なんだコイツ。使えないな』

そう思われたって仕方がない。

「どうしよう。どうすれば。どうしよう……」

ブツブツつぶやいて頭を抱える。途方に暮れている俺をよそに、笵平はいつもと変わらず飄々としていた。

「ふうん。君、祝部でやっていこうと思ってるんだ。変わってるねえ」

「はい……？」

意外な言葉に顔を上げた。怒るわけでもなく、笵平は茶器を手の中で弄んでいる。

「怪力乱神《かいりょくらんしん》なんて変なものを扱う部署だよ。他部署からは冷遇されてるし」

「気づいてるなら、なんとかして下さいよ」

「嫌だ。めんどくさい。どうせ多数派になれなかった負け犬が吠えてるだけだ」

「バッサリですね……」

「当然でしょ。こっちが出世したら、ペコペコへりくだってくるような奴らだよ。気にした方が負けだね。むしろ都合よく使ってやるくらいの心づもりじゃないと」

老丞相がこちらを見た。

「官吏なんだよ、君もこれくらい利己的に考えられなくちゃ。特に君の場合は——」

黒い瞳が剣呑な色を帯びる。

「どうあがいても、出世せざるを得ないようだから」

ちらりと離れがある方向をみやる。意味ありげな視線だった。

——コイツ、俺のなにを知っている?

「あ、あの」

思わず立ち上がった俺に、笵平はにこりと笑む。

「大変だね。君も」

瞳はまったく笑っていない。すべてお見通しと言わんばかりの態度だった。

——まずい。

全身からドッと汗があふれてきた。落ち着きをなくした俺に笵平は淡々と続ける。

「僕はね、君に期待しているんだ」

優雅な仕草で安物の茶杯を掲げる。一般庶民の家には似つかわしくない錦織の官服が、薄日の中でもやたら艶めいていた。

「凛麗《りんれい》あたりから聞いたかな。なかなか祝部に腰を落ち着けてくれる新人がいなくてね。だけど、あの子の仕事を考えれば優秀な人物が必要で。悩ましいよねえ。後見人としてできることをしてあげたいのに……」

笵平の視線が俺をまっすぐに射貫いた。

「そんな時だよ。君の存在を知ったのは。真面目な性格で正義感が強い。状元《じょうげん》及第者で頭のできは折り紙つき！　しかも事情持ちと来た。まさしく逸材だね！」

――コイツ、なにを言いたいんだ。

品定めされている気分だった。宴席に供される家畜はこんな気分なのだろうか。痛む胃をさすって必死に圧に耐えていれば、唐突に笵平の顔から表情が消えた。

「だから。君に辞められたら困るんだよね」

あまりにも冷え切った声。いつもの飄々とした雰囲気はどこへやら、言葉ひとつで他人の運命を左右できる為政者の冷酷さを垣間見た気がする。

青ざめたまま固まっていると、笵平の表情が解けた。

「やだなあ、怯えちゃった？　ごめんごめん。つい、いつもの調子に戻っちゃった。凛麗には見せないようにしてるんだけどね。外だとどうしても出てしまう」

クックッと喉の奥で笑う。笵平は本気とも冗談ともつかない口調で続けた。

「君、出世したいんだろう？」

そろそろとうなずくと笵平の表情が緩んだ。

「君の望みが出世でよかったよ。どうとでもできるからね」

「そ、それはどういう……」

おそるおそる訊ねれば、笵平は頬杖をついて笑った。

「僕の裁量でいくらでも融通できるって話さ」

ハッとする。笵平は丞相だ。天子様に直接意見を述べられる立場は貴重で、大蒼国のほぼ頂点にいると言っても過言ではない。

――この人についていけば望みが叶うかも。むしろ、出世の近道の可能性だって。

離れがある方向をみやって、救いを求めるように笵平を見つめた。

「すべては君次第だよ。ねえ、祝部を辞めたりしないよね？」

笵平は実に楽しそうだった。さすがは丞相。駆け引きに慣れている。相手の都合を押しのけ、すべて自分の希望を押し通してきた強者の目だった。

「……わかりました」

拳を強く握りしめる。強ばった顔を叱咤《しった》して不敵な笑みを浮かべた。

「そもそも辞めるつもりはなかったんです。与えられた仕事はきちんとこなしますよ。凜麗さんの助手として身を粉にして働くと誓います。だから――俺を出世させて下さい。ちゃんと結果は残しますから」

　ふてぶてしく言い放てば、笵平はおもむろに手を差し出した。

「もちろんだ。君が相応の地位にふさわしいと証明してくれたなら、絶対に願いを叶えてあげるよ。これは約束だ。契約書を取り交わしてもいい――」

　手を握り返す。意外にも温かい。対して、俺の手は冷え切っていて震えていた。顔色をなくしている俺に、笵平は悠然と笑みをたたえている。

「賢明な判断だね。これで取引成立だ。これからもよろしく頼むよ」

「…………はい」

　ホッと胸を撫で下ろした。死ぬかと思った。寿命が縮んだ気がする。

　――一週間やそこらで祝部を逃げ出した奴らの末路なんて、考えたくもないな。

　ひやりとしたものを感じていれば、笵平はウキウキした様子で席を立った。

「よかった、よかった。わざわざ出向いた甲斐があったよ。じゃあ、諸々を進めて行こう。詳しい事情の説明もしたいしね。あっ！　言っておくけど、凜麗たちを裏切ったら覚悟しておいてね。僕の持つ権力を最大に使って、君を追い詰めるつもりだから～」

「いちいち発言が怖いんですよ……」

「アハハハハ！　そうかなあ。よくわかんないな！」

　機嫌のよさげな笵平に思わずため息をこぼす。

「裏切ったりはしませんよ。祝部の人たちは好きですしね……」

「ほう?」

「あの雰囲気は気に入ってるんです。出世させてもらえるなら、他部署の人間から軽んじられたって構いません。ギスギスした人間関係のただ中に放り込まれる方が、よっぽど嫌ですから! それこそ四面楚歌ですよ……」

やれやれとかぶりを振れば、笵平の瞳が悪戯《いたずら》っぽく光ったのがわかった。

「虞美人《ぐびじん》だけに?」

「アンタねえ!」

思わず声を荒らげれば、笵平は楽しげに笑った。

「いやいや、ごめんごめん。感謝してるんだ。状元を及第した君にも、女装して超絶美人になっている君にもね。おかげで凜麗が目立たなくて済んでいる。あの子が大勢の悪意にさらされるのは避けたいからね。いやあ、一石二鳥……三鳥かな?」

女装を要求されたのは、そういう事情もあるらしい。

隠れ蓑にされたというわけだ。なかば脅してから打ち明けるのは卑怯だと思う。

「……丞相は凜麗さんを大切にされているんですね」

言葉の裏に嫌味を滲ませて言えば、笵平の瞳が柔らかく細まった。

「当然だよ。あの子は僕の娘のようなものでね」

普段は飄々としていてちゃらんぽらん。だのに、裏ではやり手な政治家。笵平は霧のような人だ。手を伸ばしても触れられず真実を覆い隠してしまう。

でも凜麗を語る時だけは違った。

「凜麗には誰よりも幸せになってほしいんだ」

虚飾に彩られた笵平の表情の中で、唯一の真実を垣間見た気がした。

*

祝部の事情を知った翌日。

俺はいつもどおりに祝部の官舎へ向かっていた。

ドロドロした国の暗部とも言える事情を聞かされて、混乱しなかったとは言えない。神帝の悲しみ、怪力乱神禁止令を出すきっかけ、凜麗の事情、祝部の展望……。あまりの情報量に頭が混乱していたが、それでも気持ちは変わらなかった。理解度が上がったおかげで、いままで胸に抱えていたモヤモヤを解消できた気さえする。

『いずれ、怪力乱神が人々と寄り添いあえるような世界にしたい！　摩訶不思議な存在と隣人のように親しくできて、好きなものを信じられる世界に!!』

凜麗の目指すべき場所も知れた。ならば俺がやるべきことはひとつだ。

助手として彼女の補佐をしながら、来たるべき日に備えて〝禁書〟を編纂《へんさん》する。

怪力乱神禁止令が解かれても、曖昧な存在が人々の生活に馴染むように。脅威となる怪異に人々が怯えずに済むように——ともかく今は仕事を頑張ろう。がむしゃらにやっていれば、努力を認めてもらえるはず。国の未来がかかっている。大出世だって夢じゃない。

「それに……曖昧な存在が許される国になったら」

心を救ってくれる怪力乱神が認められるようになれば……。

きっと俺の母さんも——。

小さく笑んで顔を上げた。朝露に濡れた木々がきらきらと陽光を反射している。爽やかな朝だ。風は心地よく頬を撫で、すべてを祝福するかのように透き通っていた。空は高く視界は広い。俺はやる気に充ち満ちている。

「おはようございます!!」

「おはよう、幽求くんっ！」

官舎に入るなり元気いっぱいに挨拶をした。凜麗が顔を輝かせる。まるで小動物だ。表情にはありありと「ちゃんと来てくれた！」と書いてある。転がり落ちるように椅子から降りた凜麗は、俺の前に立つとニコニコ上機嫌で声をかけた。

「今日も頑張っていこうじゃないか！」

「はい。よろしくお願いします」

笑顔で答えてから躊躇する。こんな態度でよかったんだろうか。

昨日の話が事実なら凜麗は公主だ。神帝の子どもは現皇帝を含めて何人かいるが、公主はいずれも大蒼国に侵略・吸収された国の有力者に降嫁されていて、統治に一役買っている。大蒼国の文化を他国に広めつつ、逆に異文化を大蒼国へ輸入しているのだ。相互発展にも繋がる重要な仕事。つまり、身分的にも政治的にも公主は大切にされるべき存在だ。もちろん、一般人からすれば雲上人も雲上人なわけで。

「あ、あの。……り、凜麗様って呼べばいいんでしょうか……」

おそるおそる訊ねれば、凜麗がぷくりと頬を膨らませた。

「なにを言い出すかと思えば。公的に私の存在は抹消されてるからね。いきなり公主扱いされたって困るんだよ。いつもどおりにして。私は君の上司で君は私の部下。そうだろ？」

にっこり。屈託のない笑顔はまぶしいくらいだった。彼女の表情には、自分を犠牲にして国を護ってきた気概も、長年閉じ込められていた過去に対する偏屈さも見受けられない。どこまでも純真な姿は春の陽だまりに似ていた。

「わかりました」

「よかった！　じゃあ、書類仕事でもしてこようかな。ずいぶんため込んでしまった」

笑顔を浮かべた凜麗は、己の机に戻って行った。

――健気だな。辛いだろうに。

昨日から、神帝の印象は様変わりしている。

今までにないほど我が国を発展させた有能な君主から、実の娘を犠牲に平穏を得やがったクソ野郎に。凜麗はどこからどう見ても幼気な少女で、己の傷心を癒やすためだけに利用していい存在じゃなかった。生きていたらぶん殴ってやりたいくらいだ。

――娘をなんだと思ってんだ！

怒りがほとばしりそうになる。凛麗を慰めたい気持ちが昂ぶって仕方がない。

「駄目ですよ」

ポンと肩を叩かれた。索骸《さくがい》だ。

「湿っぽい話は凛麗が望むところではありません。怒りの感情を発散したい気持ちはわかりますが、誰かの辛い過去を蒸し返していい権利なんて誰にもありませんよ」

すみません、と慌てて謝れば、索骸は穏やかな表情でうなずいてくれた。

「大丈夫。わたしも初めて事情を聞かされた時は、感情が乱れた覚えがありますから」

にっこり笑んだ索骸に、俺は苦笑を浮かべた。

——そうだ、忘れちゃいけない。

俺より前に凛麗の事情を知っている人たちがいる。索骸、玄冥《げんめい》、それに笵平。国のために犠牲になった少女の周りには、頼りになる大人がちゃんといて。

「索骸、お茶を淹れてくれないか！」

「ええ！　可愛い妹のために美味しいお茶を用意しましょう」

「今日のお茶はなに？」

「凛麗の好きなものにしましょうか。いつも頑張っていますからね」

「やったあ！」

彼らがいるからこそ凛麗は笑顔でいられる。三十年という長い年月に囚われて、がんじがらめにならずに済んでいるのだ。

「おお、幽求。来ていたのか」

玄冥がやってきた。盆を手に持っている。

「よかったら食ってみないか」

盆の上には、さまざまな料理が載っていた。

薄く焼いた小麦粉の生地に、色とりどりの炒合菜《チャオホーツァイ》――炒め物だ。

「春餅《シュンピン》だ！」

思わず顔を輝かせると、玄冥は嬉しそうに顔をほころばせた。

「立春はとうにすぎてしまったがな。いい青ニラが手に入ったから作ってみた」

春餅は、小麦粉で作った皮でさまざまな炒め物を包んで食べる料理だ。思わず顔をほころばせていれば、玄冥が手際よく巻いてくれた。具材に選んだのは、鮮やかな緑が印象的な青ニラと、火焔《かえん》ほうれん草の炒合菜。景気よく噛みしめれば、むっちりもちもちした生地の甘さに、ピリリとした青ニラの辛みが絡み合って絶品だ！

青ニラは春の味。これを「咬春《ヤオチュン》（春をかじる）」という。

「美味しい。ありがとうございます、玄冥さん」

春を満喫できた気がして、気分よく礼を言った。

「そうか、それはよかった！」

玄冥は傷跡が残った顔に喜色を浮かべている。感慨深げにしみじみと言った。

「祝部の一員として頑張ってもらわねえといけないからな。おれはおれなりにお前らの補佐をしていくつもりだ。期待してるぞ、幽求」

　力強く肩を叩かれると、頬が熱くなった。なんだかくすぐったくて仕方ない。顔を真っ赤にしてしどろもどろになっていると、なぜか索骸まで参戦してきた。

「おや、玄冥ばっかりズルいですよ。わたしだってふたりを支える立場なんですから」

　麻の袋を押しつけてくる。なんだろうと覗いてみれば、胃薬が入っていた。

「体調が悪い時はすぐに言いなさい。そこらの医官より腕がいい自覚はありますから、たちまち治して差し上げます」

　確かに索骸の腕は確かだ。何度か処方してもらったが、彼の薬を飲んで症状がよくならないことはなかった。ありがたい。

「ありがとうございます。おふたりとも。感謝しています」

　深々と頭を下げる。彼らには世話になりっぱなしだ。

　ふたりは互いに視線を交わすと、どこか照れ臭そうに笑った。

「あなたに辞められたら困りますからね」

「だなあ。凜麗が悲しむ」

　じんわりと胸が温かくなった。笵平にも似たような言葉をかけられたが、まるで印象が違う。人徳という奴だろうか。我が国の丞相様が食えなすぎるせいもありそうだが。

　――出世のためだけじゃない。この人たちに報いるためにも頑張ろう。

　心からそう思わせてくれる祝部はとても居心地がいい。

「あ、三人だけでズルいなあ。私も交ぜておくれよ」

書類と格闘していたはずの凜麗が割り込んできた。ニコニコしながら俺たちを眺めて、とたんに真面目な顔になる。

「ところで諸君、そろそろ新しい事件の話を始めてもいいかな？」

ドキリ、心臓が小さく跳ねた。

——さっそくか……！

自然と背筋が伸びる。凜麗は、先ほどまでとは打って変わった雰囲気を帯びている。

「実に怪力乱神的な事件が起きていると女官から訴えがあった。高位の妃嬪《きひん》が被害に遭っているようでね。ずいぶんと騒ぎになっているようだ」

「あ、あの」

「なんだい？　幽求くん」

「ひとつ疑問なのですが。後宮内には実際に怪力乱神が出没しているわけで……。女官や妃嬪の中には、いいところのお嬢さんも多いんですよね？」

「もちろんだ。皇帝の妃にふさわしい教養を持った女たちだからね」

「じゃあ、どうして後宮にいるんです？　なにかあったら大変じゃないですか。おおやけに怪力乱神の存在は伏せられているとはいえ、化け物が跋扈《ばっこ》している後宮に、大事な娘を送り出す家族なんているでしょうか」

危険を冒してまで後宮にいる理由とはなんだろう。それが不思議だった。

「確かにそうだね」

凜麗は呆れ混じりの笑みを浮かべた。

「たとえどんな危険があろうとも、彼女たちは後宮にいなければならないのさ。皇后の座を得るためにね。だって、異性が皇帝しか存在しない場所なんて他にないだろう？」

――つまりは不貞を疑われないため？

背筋が凍った。そんなにも皇后の座というのは魅力的なのだろうか。

顔色をなくした俺に、凜麗は小さく肩をすくめた。

「ゾッとするよね。すごくわかるよ。人間の欲は、時に命の危険すら凌駕《りょうが》するらしい。結果、今の後宮には怪異をものともしない剛の者が多いんだ。女同士の争いも熾烈《しれつ》を極めているそうでね。今回の事件に関わっている妃嬪も、いろいろと被害を受けているようだよ。まあ、寵姫ともなれば当然だろうけど」

「寵姫……？」

首を傾げた俺に、凜麗は瞳を輝かせて言った。

「そう。今回の被害者は寵姫だ。現皇帝が最も愛する少女が、よなよな魂だけで城を抜け出しているそうだよ――」

寵姫離魂事件。

俺たちが次に臨むべき事件だった。

――やってやろう。

素早く筆と竹簡を取り出した。気合いを入れて凜麗の話に耳を傾ける。

「現場に行く前に簡単に説明しておくね。適宜、必要な情報を収集しておくように」

「はい！」

人面瘡《じんめんそう》も彭侯《ほうこう》も問題なく解決できた。きっと今回も上手くやれるに違いない。怪力乱神に関するすべての知識を持っている凜麗がいれば、たとえ怪異であっても脅威にはならないはず。そう——思っていたのだ。

まさか、事件が思わぬ展開をみせるだなんて。

この時の俺は想像すらしていなかった。

＊

「わざわざご足労いただきまして、ありがとうございます」

俺たちが訪ねると、出迎えてくれた女官が深々と拱手《こうしゅ》した。

後宮の中でも最も皇帝の住まいに近い立地にある宮殿だ。豪華絢爛《けんらん》な建物には、花を題材にした装飾が多く、欄干も木製の格子窓も、煉瓦造りの門に飾られた石格子にもさまざまな花が施されている。主人が花好きなのだろうか。あちこちに生花が飾られていて、花の匂いでむせ返るほどだった。

——ここまで一貫してるとさすがにすごいな。

濃厚な花の匂いに頭がくらくらする。そっと口鼻を袖で押さえれば、

「花の香りは苦手でございますか」

どこか淡々とした口調で訊ねられた。

顔を上げれば、先ほどの女官が気遣わしげにしている。

「いいえ。大丈夫です。祝部の幽々《ゆうゆう》と申します。こちらは上司の凜麗」

「よろしく」

凜麗が軽く拱手をすれば、女官も応じた。

「李氏《りし》様の筆頭女官、楊蘭《ようらん》と申します」

細身で高身長の女性だ。怪力乱神事件の対応に疲れ切っているのか、陰鬱な表情をしている。楊蘭はキョロキョロと辺りを見回すと、小さく首を傾げた。

「今日はおふたりだけですか？」

「はい。他の者は別の仕事がありまして……」

索骸は女官や宦官《かんがん》への聞き込み、玄冥は宮殿周囲の探索に赴いている。現場へ来たのは、俺と凜麗だけだった。

「残念です。噂の人たちをひとめ見たかったのですが」

「う、噂の……？」

「はい。状元及第した新人さんと、美しすぎるという宦官を」

「は、ははは。すみません、ご希望に沿えなくて」

どんな噂が流れているのか。ゾッとしていると楊蘭はゆるゆるかぶりを振った。

「いいえ。むしろよかったですわ。少し前、李氏様を狙って宦官が忍び込んだのです。以来、宦官や男性官吏の姿を見ると女官たちが動揺するものですから……」

大変な事件があったらしい。競争が苛烈《かれつ》を極めているのは事実のようだ。さすがは皇后の座を狙って後宮に居残る人々である。目的のためには手段を選ばない。

「大変だったろう。護衛は足りているかい。必要なら范平丞相に私から頼もうか？」

「お気遣いありがとうございます、凜麗様。頻繁に侵入者が出るわけでなし、問題ありませんわ。それでその……主人は今、薬を飲んで眠っておりまして。祝部のみなさまがいらっしゃったら、寝室に通すように申しつかっております。よろしいでしょうか」

「ああ！　問題ないよ」

凜麗が快諾すると、楊蘭は安堵感を滲ませた。

「ご案内します。こちらへどうぞ」

コツコツと沓音《くつ》を立てて奥に進んでいく。

「……大きな宮なのに、ずいぶんと静かですね？」

蔡美人《さいびじん》の住まいですら、目に付くところに女官がいた気がする。だのに、寵姫の宮殿でありながらあまり人の気配がない。楊蘭は物憂げな笑みを浮かべた。

「大勢いた女官たちは逃げ出してしまいました。仕事は大事ですが命には代えられないと。あまり忠誠心が高い者が多くなくて。敵方に引き抜かれた女官もいたようです」

蔡美人のように、女官ともども一丸となってとはいかなかったようだ。今は少人数で宮殿を維持している。俺の生家の何倍もある土地と建物だ。苦労が忍ばれる。

「……君は逃げだそうとは思わなかったの」

凛麗が訊ねれば、楊蘭は健気に笑った。

「わたくしが？　冗談でしょう。主人にはとてもよくしていただきました。あのお方が皇后の座につくのを見届けるまで、死んでも死にきれませんわ」

見上げた忠誠心だ。感心していると、いちばん奥にある扉の前にやってきた。

「ここが主人の寝室です」

ゆっくりと扉が開いていく。扉の向こうからもれた光のまぶしさに目を眇めた。

「こちらが李氏様。現皇帝の寵姫。四夫人《よんふじん》のひとり徳妃《とくき》にあらせられます」

室内は濃厚な花の香りで包まれていた。中央には大きな寝台が置かれていて、周囲を埋めつくさんばかりに花が生けられている。多くは牡丹だ。艶やかな紅を幾重にも重ねてまとった百花の王は、寝台で寝息を立てる主人を静かに飾り立てている。他の場所なんて比べものにならない。ここが最も花の密度が高い。

――うわっ……！

寝台に横たわる妃嬪を目にした俺はたまらず息を呑んだ。

李氏は小柄な女性だった。磨かれた磁器のように透き通った肌は薄く、まぶたから青い血管が透けて見える。鼻筋は通っていて、口は小さい。ほんのり色づいた唇は熟れた果実を思わせ、緩やかに波打った髪は絹の褥《しとね》の上にふんわりと広がっている。作り物めいた美しさだ。言われなければ精巧に作られた人形と勘違いしてしまいそうなくらい。静かに寝息を立てているだけだというのに恐ろしいほどの存在感だ。自然と視線が吸い寄せられる。

——美は力だって索骸さんが言ってたな。

圧倒されていると、李氏がどことなく苦しげにしているのがわかった。眉を寄せて身じろぎしている。悪夢を見ているのかもしれない。

室内を眺めていた凜麗が楊蘭に訊ねた。

「この花は君が？」

楊蘭がかぶりを振る。

「いいえ。皇帝陛下から毎日贈られてくるのです。李氏様はもともと花がお好きなのですが、牡丹を最も好まれるので」

「そう……」

物憂げにまぶたを伏せた凜麗に、楊蘭がおずおずと訊ねた。

「起こしましょうか」

「いや」

凜麗はかぶりを振ると、楊蘭にまっすぐ視線を向けた。

「まずは君が事件のあらましを説明してくれる？　報告は受けているけどね、関係者の口からも聞いてみたい」

「かしこまりました」

緊張した面持ちになった楊蘭は、静かに語り出した。

「李氏様は寵姫にあらせられます。そのたぐいまれなる美しさから、後宮に来た時分より皇帝陛下のお目に留まり、あっという間に四夫人にまで上り詰めました。

皇帝陛下は李氏様にぞっこんで、毎夜のごとく足しげく通われ、数え切れないほどの贈物を下さいました。李氏様もそんな皇帝陛下を好ましく思っていたようで、お召しがある日は本当に嬉しそうにしていたのを覚えております。このままお子を成せば、李氏様こそ未来の皇后になるのだろうと、後宮ではまことしやかに囁かれておりました。

ですが――ある日を境に状況は一変しました。今から半年前。とある女官が、知り合いの武官からおかしな話を聞いたというのです。

李氏様にそっくりの女が、市中で他の男と所帯を持っている……と。後宮は大騒ぎになりました。不貞だと、多くの妃嬪から批判が集まったのでございます」

「ちょ、ちょっと待って下さい」

慌てて横やりを入れた。

「おかしいでしょう。顔が似た女性が市中にいたとしても不貞になるわけがない！」

こじつけにしか聞こえなかった。不貞疑惑を避けるために後宮に残っているというのに、こんな言いがかりをつけられたらなんの意味もない。これがまかり通れば、自分に似た人間すべてを排除しなければならなくなる。おぞましさに震え上がった。後宮に居座り、他人を蹴落とすことに躊躇しない奴らなら、やりかねないからなおさらだ！

楊蘭は哀しげにまぶたを伏せた。

「同感です。ですが――あまりにも瓜ふたつなんだそうです。李氏様はまれに見る美姫。おいそれと似た女がいるものか、と」

「まさか、李徳妃がこっそり後宮を抜け出しているとでも？」

「いいえ。それが現実的ではないのは、あなたもご存知でしょう？」

「確かにそうですが――」

後宮はぐるりと高い壁に囲まれている。外廷に通じる門には屈強な衛兵が立っていて、隙を突いて抜け出すなんて無理だ。そもそも後宮自体が宮城の奥まった場所にあるから、誰にも見とがめられずに出て行くことすら難しい。市中に至るまでの道のりは長く、男の足でもくたびれてしまうほど。後宮の姫君がそう簡単に踏破できるとも思えない。

「話に現実味をつけるため、魂だけが抜け出していると主張している……とは考えられませんか。怪力乱神に罪を被せているんです」

おそらく李氏は高潔な人だ。誰よりも美しく、性格的にも素行的にも文句をつけようがない。だから、その座を奪おうと考えた人物は怪力乱神を理由にした。瑕疵《かし》があると言いがかりをつけ、皇帝の愛情をそこなおうとしたのだ。

――怪力乱神が解禁されたら、こういう事件が増えるんだろうな。

ゾッとする。怪力乱神は存在を証明するのが難しい。そのくせ、人間に都合がいいような特性を持っている。だからこそ罪を押しつけるのに打ってつけだ。

「…………」

凜麗は無言で話を聞いている。怪力乱神を騙《かた》った人物たちにより母親が生贄《いけにえ》にされた少女が、いまどんな顔をしているのか——確かめてみる勇気はなかった。

「それで実際はどうだったの？　人間の仕業だったのかな。だったら私たちを呼ぶ理由はないよね？　内々に処理してしまえばいい」

いつになく凜麗の声がとげとげしい。楊蘭はそっとまぶたを伏せて首を振った。

「実は、噂が立ってからしばらくして状況が変わりました。三ヶ月ほど前の話です」

「まさか……」

「はい。李氏様の魂を見た者が続出したのです」

日が落ちても後宮が完全に眠りにつくことはない。灯籠に油を足す宦官が定期的に見回っているし、夜中まで針仕事をしている女官もいる。そんな者たちからいくつも目撃証言が出てきたのだ。ふらふらと夜着のまま出歩く美女。声をかけようとすると、霞《かすみ》のように消えてしまうそうで、まさに〝魂らしい〟行動だった。

「本当に李氏の魂で間違いないのかい？」

凜麗の問いかけに、青白い顔をした楊蘭はうなずいた。

「目撃者たちは李氏様だったと断言しております。信じたくはありませんが……」

楊蘭は物憂げに吐息をもらした。

「本当に不思議なのです。夜中に主人が寝室を抜け出した事実は一切ございません。筆頭女官である私が断言できます。ですが……後宮では不可解な事件が多いでしょう？　魂が抜け出すこともあるんじゃないかと、噂は信憑性を増していくばかりで」

瞳に涙が滲んだ。苦しげなまなざしはこんこんと眠り続けている主人に注がれている。

「李氏様はそれでも否定し続けました。自分が愛しているのは皇帝陛下で、他の誰でもない。たとえ魂が抜け出したとしても、他の誰かと所帯を持つなんてありえないと」

わずかに表情を緩める。牡丹の花びらに指先で触れて続けた。

「皇帝陛下も李氏様を信じて下さっています。だから、こうやってたくさんの花を贈って下さっているのですわ」

「ふうん。ねえ、李徳妃はどこか悪いの？　今も薬を飲んで寝ているって話だったけど」

凜麗の問いかけに、楊蘭は哀しげに首を横に振った。

「夜中に魂が抜け出すのであれば、眠らなければいいだろうとのお考えで、明るい時間に睡眠を摂るようにしているのです。医官に睡眠薬を処方していただいているのですよ。ですが――どうしても夜に眠ってしまう場合がありまして」

「その日は、必ず宮中をさまよう李徳妃の姿が目撃される……と」

「はい」

「そう……」

思案にくれていた凛麗が口を開いた。

「ともかく事情はわかったよ。李徳妃の症状には、いくつか特徴があるみたいだ。私の中の文献に訊ねてみよう」

凛麗が俺を見た。ハッと我に返って持ち込んだ荷物を漁る。取り出したのは、墨壺に筆、香炉——そして未使用の竹簡。


「さあ——怪力乱神をおおいに語ろう」


——かららららっ！

竹のぶつかる軽やかな音が辺りに響き渡る。香の匂いが立ち込める中、大きな瞳を細めた凛麗は、書籍の情報を書き写しながら思考を並行に走らせた。

「さて、魂が体から離れる……仮に離魂とでも呼ぼうか。六朝《りくちょう》時代に成立した志怪の書『捜神後記《そうじんこうき》』にそのものの記述がある。宋《そう》の時代、とある夫婦がいたそうだよ。目覚めた後、奇妙な出来事があってね。起きたはずの夫が、衾《よぎ》の中で寝たままなのに気がついたんだ。夫は外で活動しているというのに、だ」

「うわ……。魂だけ抜け出ていたって話ですか？」

「いや？　この場合は逆だね。魂を置いてけぼりにして、体だけが動いたって感じかな。横たわっている男をさすっているうちに、消えてしまったそうだから」

「そ、それで？　最後はどうなったんです？」

「間もなくして、夫は病に罹ったそうだよ。物の理屈もわからないような、ぼんやりした人間になってしまった……とある」

凜麗は、竹簡をポイと俺に向かって投げた。

「うん、非常に興味深いね！　『捜神後記』の話は、人々の間に息づいた価値観を表した説話だろう。幽々！　体から魂が離れると普通はどうなると思う？」

「ええと。死ぬんじゃないでしょうか……。本当に魂が存在するならば、ですけど」

「確かに実に怪力乱神的だね。誰も魂の存在を証明できないのに、確実にないとも言えない。興味深いよねえ。魂と体の関係について、まさに教えてくれている書物があるよ。葛洪《かっこう》の『抱朴子《ほうぼくし》』によれば――」

からららららっ！　新しい竹簡を取り出して筆を走らせる。

「『魂魄が別れ去ればすなわち人は病み、ことごとく去ればすなわち人は死す』とある。肉体からの魂の離脱が、病気の原因だと語っているんだね」

「なら、このまま放って置けば李氏様は……」

青ざめた顔で楊蘭がつぶやくと、凜麗はふるふるとかぶりを振った。

「結論を出すにはまだ早いかな。可能性は捨てきれないから、記憶に止めて置くべきだろうけどね。離魂してピンピンしていた事例もあるんだ。そっちの方が、今回の件に符合するんじゃないかな――これは唐《とう》代の作品だ。陳玄祐《ちんげんゆう》作、題して『離魂記《りこんき》』という」

たぐいまれなる美しさを持った倩娘《せんじょう》という娘がいた。倩娘の父は、甥の王宙《おうちゅう》に倩娘を嫁にやるとつねづね言っていた。ふたりは成長した後も密かに想いあっていたという。だのに、倩娘の父が娘を有望な幕僚にやると決めてしまったのだ。絶望した王宙は、逃げるように故郷を去った。ところが、遠く離れた地までやってくると、倩娘が王宙に追いついてきた。家族を捨ててきたのでそばに侍らせてくれという。ふたりは手と手を取り合って逃亡し、やがて蜀《しょく》にたどり着いた後、二子をもうけて幸せに暮らしていた。

「すごく情熱的な話ですね」

なんて劇的な恋だろう。大蒼国の常識に照らし合わせれば、娘が父親の言うことを聞くのは当たり前で、逃げて好きな男と所帯を持つなんて途方もない大冒険だ。

「本当にね！　まあ、そもそも父親が不義理をしたのが原因なんだけど。フフフ。ドキドキするねえ。ふたりは幸せになるのかな？」

スラスラと文章を綴っていた凜麗の手が止まった。驚きに目を見開いている。

「——おっと。倩娘は故郷を捨てたままなのが嫌だったみたいだね。帰りたいと王宙に泣きついたようだよ。ふたりは連れ立って故郷に戻った。先だって王宙が倩娘の父に頭を下げたらしい。娘さんと勝手に結婚してごめんなさいってね。でも——」

王宙の言葉を聞いた父親は激昂したという。

『倩娘はここ数年は病床に伏したままだ。なぜ嘘をつくのか！』

「……まさか」

ポツリとつぶやいた俺に、凜麗はどこか高揚した様子で続けた。

「ああ！　倩娘は体を故郷に置いて、魂だけで王宙を追いかけたんだ！」

まさに魂と体の分離。離魂である。

「非常に興味深いんだが、故郷に置いていかれた体にも意識があったようだよ。倩娘の魂が戻ってきたと知るなり、残された体は嬉しそうに起き上がったそうだ。ふたりは再会したとたん、たちまち合体してひとつになった」

驚くべきことに、服だけがひとつにはならずに二重に重なっていたという。

「それから四十年間、倩娘と王宙は死ぬまで仲睦まじく過ごしたそうだよ。離魂が健康に影響をおよぼしたりはしなかったみたいだ」

「そうなんですね……！」

一転して楊蘭の表情が華やぐ。

「李氏様のお体になにかあったらと心配していたのです。よかった……」

目もとに滲んだ涙を拭っている楊蘭に、凜麗は小さく息をもらした。

「安心するのはまだ早いよ。今回の件は『離魂記』にすべて合致しているとは言いがたいだろう？　ねえ、幽々。君もそう思うよね？」

「ですね。李徳妃様の事例とは最も重要な部分がくい違っています。『離魂記』では体と魂で意思疎通が取れていましたが、今回は違いますよね」

李氏は、皇帝陛下以外と所帯を持つなんて考えられないと断言し、健気に皇帝への愛を主張し続けていた。一方、〝李氏の魂〟は、噂が立った後も市中へ足しげく通っている。

「市中の生活を知られた時点で計画は破綻しているんです。なのに、離魂をやめる様子はないんでしょう？　このままじゃ自身の立場が危うくなって、処刑だってありえるでしょうに。凜麗さん。魂だけが浮気した場合、罪はどうなるんでしょう」

「そうだなあ……。魂だけだろう？　皇帝陛下のお心次第だとは思うけど」

ううんと唸った凜麗はさらりと衝撃の事実を述べた。

「大昔に滅んだ王朝で、とある武官と妃嬪が密通していた話があってね。それが、よりにもよって皇帝のお気に入りの妃嬪で……嫉妬に駆られた皇帝が、武官は八つ裂き、妃嬪は生涯幽閉、武官と妃嬪の一族郎党を連座《れんざ》させたって聞いたな」

「……うっわ。連座って、罪の責任を取らされて血縁まで処刑される奴ですよね」

「それだけ愛が深かったんだろうね。皇帝の一存でなんとでもなるのが君主制の性《さが》だ。さて、李徳妃に対する皇帝陛下の愛はいかほどかな？」

部屋中を埋めつくす牡丹に苦笑する。皇帝の気持ちは証明するまでもなかった。

「とまあ、皇帝陛下の怒りを買いそうな行動は避けそうだけどね」

――そう、李氏の行動原理が理解できないのだ。俺は色恋沙汰にうとい。恋愛なんて縁のない生活を送ってきたからだ。とはいえ、命と恋愛を天秤にかけた時、どちらを優先するかは明白だった。死んでしまったらなにもかも終わりだからだ。

「恋愛に命を懸ける人も、いるのかもしれませんけどね……」

数年前、近所のおばさんが駆け落ちした事件があった。旅商人と熱烈な恋をして、そのまま彼についていってしまったのだ。荒野や砂漠を命懸けで渡る旅商人と、さほど裕福ではないが過不足なく暮らせて都に家を持っている夫。冷静に考えればどちらを選ぶかは明白だ。しかし、恋愛は人の目を曇らせる。秘密の恋となればなおさらだ。甘い、甘い蜜のような恋は、人の常識も思考能力も鈍らせてしまう。他人と周囲の迷惑をかえりみずに、自分たちの世界で完結してしまうのが恋愛至上主義者だ。

「それにしたって違和感があるんですよね。恋に溺れていたなら、なおさら」

ぽつりとつぶやいた俺に、凜麗もうなずいてくれた。

「わかる。恋愛命な人物であれば、バレた時点で皇帝に許しを請いそうだけどね。私の心はあなたにはない。愛している人のもとへ行かせてとかなんとか……」

「ですよねえ」

真実の愛に酔っているのなら、相手に操を立てるのではないだろうか。だのに、現実の李氏は違う。変わらず皇帝への愛を誓っている。

「チグハグですね」

「チグハグだねえ」

凜麗と顔を見合わせて唸ってしまった。

ふう、と凜麗が息を吐いた。能力の行使で疲労したのだろう。額には汗が滲んでいる。

「ともかく、現状でわかるのはここまでみたいだ。私の中の本は画期的な解決方法を語ってくれなかったようだね。他にも離魂の話はあるにはあるけど、どれも現象を伝えるだけで、原因にまでは言及してないようだし」

「そうですね。別の方向から事件を探ってみる必要がありそうです」

凜麗とうなずきあう。わからなければ更に情報を集めるだけだ。

遠慮がちに扉を叩く音がした。

「楊蘭様、そろそろお食事の頃合いかと」

「ああ！　もうそんな時間なのですね。入って下さい」

楊蘭が招き入れると女官が入室してきた。手にした盆には料理が載っている。

「申し訳ございません、凜麗様、幽々様。そろそろ主人を起こしませんと」

「ああ、そうだね――」

ふいに凜麗の視線が盆の上に落ちた。きらり、好奇心に目が輝き出す。

「うわあ。美味しそうだね。見慣れない料理がある。海老炒めかな。すっごくいい匂いがする！　緑の葉っぱのせいかな？　なあにこれ。青菜にしては細かい気がするけど」

「ちょ、凜麗さんっ!?　駄目ですよ。人のご飯に！」

料理に食いついた凜麗に慌てた。ぷうと凜麗の頬が不満げに膨らむ。

「別にいいじゃないか。玄兄様が喜ぶかと思って……」

「祝部の長官なんですから、浅ましいと思われそうな行動は避けましょうよ！」

「むむむ！　うちの助手は手厳しいなあ。これくらい大丈夫だってば」

凜麗が不満げに足を踏みならしている。「駄目です」と毅然とした態度で接していれば、楊蘭がクスクス笑っているのがわかった。

「私どもは構いませんよ。厨《くりや》にはいくらか料理があまっているはずです。李氏様の生まれ故郷の名物料理なんですが——ぜひ食べてみませんか？」

「わあ！　本当かい？　フフフ、嬉しいなあ。調理法も教えてくれたり？」

「もちろんです。とても滋養があるんですよ。お茶の葉を使った料理で、古代の皇帝陛下とも由縁がある料理なんです」

——まったく。状況がわかってるのかな。

李徳妃の命に関わるかもしれないのに、料理だなんだとはしゃいでいる場合じゃない。

「……誰……？」

鈴を転がすような声がした。

ハッとして振り返れば、寝台に横たわっていたはずの李氏が起き上がっている。

薄い色の瞳が不安げに揺れていた。目を覚ました姿は想像以上に幼い。警戒心をあらわにする姿は、彼女がどれだけ後宮で危険をかいくぐってきたのかを表している。

「やあ！　おはよう。びっくりさせてしまったかな。私たちは祝部。皇帝陛下により怪力乱神事件を解決するために作られた部署だよ」

凜麗が自己紹介すると、李氏はゆっくり目を瞬いた。わずかに警戒が緩む。

「そうなのね。あなたたちが——」

こくりと李氏の細い喉が上下する。居住まいを正すと凜とした様子で断言した。

「聞いてちょうだい。わたくしは誰とも知れない人と所帯なんて持っていないわ」

「へえ」

きらり。凜麗の瞳が好奇心で染まった。軽い足取りで李氏に近づいて訊ねる。

「聞いてもいいかな？　君は——魂から皇帝陛下を愛している？」

「……ッ！」

あまりにも直球すぎる問いかけに、じわじわと李氏の頬に赤みが広がっていく。

「そんなの答えるまでもありません」

キッとまなじりを吊り上げた李氏は、顎を引いて凜麗をまっすぐ見据えた。

「魂どころか。心も、体も、わたくしのなにもかもすべて、皇帝陛下のものだわ!!」

「——なるほど!!」

ぎゅうっと凜麗が李氏の手を握った。

キョトンと目を瞬いている彼女に、凜麗はうっとり目を細めて告げた。

「その言葉を聞けてよかった。任せて。祝部は怪力乱神で苦しんでいる人を絶対に見過ごさない。どんな異形だって退けよう。たとえそれが〝龍〟であったとしてもね——」

晴れやかな笑みを浮かべる。凜麗の言葉に欠片も迷いはなかった。

「君が健やかに過ごせる日を取り戻してみせるよ。待っていてくれる？」

じんわり頬を染めた李氏は、ほろっと表情をほころばせ、

「お願いするわ。期待して待っているわね」

春の陽だまりのような、温かな笑みを浮かべたのだった。

＊

李氏の宮殿を出た時にはすでに日が沈み始めていた。後宮から外廷に出た俺たちは、茜色が滲む空の下で立ち止まった。凜麗が大きく背伸びをする。

「う～ん。実に実りの多い時間だった。料理も美味しかったし！　満足だな」

「本当にうちの上司は……」

満足そうな凜麗とは裏腹に、俺はそっと胃を押さえるほかない。

あの後、李氏と夕餉《ゆうげ》を共にすることになった。根っからの庶民である俺にとってご馳走にありつけるいい機会だったが、上司の自由奔放さのせいで胃がキリキリしている。

「疲れ切っていた癖に。興味が向いたら暴走するの、なんとかなりませんかね……」

たまらず苦言を呈せば、心外という様子で凜麗が肩をすくめた。

「暴走なんて失礼だな、君は！　その場で解決できる疑問は残すべきじゃないよ。私は自分の正義に従ったまでだ。それに収穫はあっただろう？　いろんな話を本人から聞けた」

「まあ――そうなんですけど」

確かに、食事にかこつけてさまざまな話ができたのはよかったと思う。

李氏が後宮に来たのは神帝の死後、現皇帝の後宮ができてすぐの頃らしい。李氏は由緒ある家柄で古代王朝の王族の血筋を引いているという。まあ、家系の由来を多少盛って喧伝《けんでん》するのはよくある話なので、事実かわからないが。

「さっぱりした気質の美人さんでしたね」

ぽつりと感想をもらせば、凜麗も大きくうなずいた。

「本当に素敵な人だった！　皇帝陛下が好きなのがしみじみ伝わったよ」

彼女の身の回りには、皇帝からもらった品があふれていた。身につける衣服から装飾品、ちょっとした小物から家具まで。最上級の品でいっぱいだ。天子の寵姫である。想定内といえばそうなのだが、李氏自身も皇帝から頂戴した品を心から慈しんでいるようだった。興味を示せば、下賜品をもらった時のいきさつを説明してくれる。本人いわく「物品をもらえるのは嬉しいが、陛下と共にいられる時間の方がありがたい」そうで――。

「あれは、心の底から好いてますよね」

「よほどの役者じゃないかぎりね」

なのに、魂は市中の誰かと所帯を持っている。

凜麗と目を合わせて息を吐く。

――いったい、どういうことだろう？

思案に暮れていれば、駆け寄ってくる人物に気がついた。

「ああ、ずいぶん遅かったじゃありませんか！　心配したんですよ、凜麗！」

「腹は減っていないか。饅頭ならいくらか持っているぞ」

祝部のふたりである。索骸は凜麗に笑顔で駆け寄ってギュッと抱きついた。

「大丈夫でしたか。問題はありませんでしたか。誰かに不埒なことをされたりは」

「問題ないってば。兄様たちこそ首尾はどうだった？」

「言われたとおりに調査してきましたよ。報告を聞いて下さい」

索骸には李氏の魂を目撃した女官や宦官の聞き取りを、玄冥には李氏が住む宮殿周辺の調査を依頼していたのだ。居住まいを正した索骸がさっそく報告を始める。

「まずはわたしから。直近の目撃情報は数日前ですね。小雨が降っていたそうですが、李徳妃らしい女性が夜着のまま裸足でフラフラ歩いていたらしいです。話を聞いた女官は、あれは確かに寵姫だったと自信満々でしたね」

「女官が嘘を吐いている可能性はありませんか？」

「そういう風には見えませんでしたけど」

「本当ですか。李氏をよく思っていない主人に仕えている女官もいるはずですが……」

「ええ――」

きらり。索骸の瞳が妖しく光る。頬がほんのりと赤く染まった。艶めかしいほど真っ赤な舌が、ペロリと薄い唇の上を滑って行く。

「大丈夫。彼女たちには、嘘を吐く余裕なんてなかったはずです」

――なにをしたんだこの人ッ……!!

ゾゾゾゾッと悪寒が走る。深くは追及しないことにした。美形怖い。

「本当に李氏の魂かどうかはさておき、件《くだん》の人物を目撃した人間は両の指じゃ足りないくらいでしたね。話を聞くのにずいぶん時間がかかってしまいました。まだいくつか気になる点があったのですが……時間が足りず。凜麗、もう少し調査を続けたいと思っているのですが、別行動を許してくれませんか？」

凜麗はパチパチと目を瞬いた。

「別行動……？」

「ええ。明日には戻ってきますから」

索骸の申し出に、凜麗は満面の笑みを浮かべた。

「わかった。お願いするよ！　どんな報告が来るか楽しみにしてる！」

にっこり笑って快諾した凜麗に、じわりと索骸が瞳をにじませた。

「寂しい想いをさせてしまう兄を許して下さいねっ……!!」

先ほどまでの妖艶さはどこへやら、顔を真っ赤にして凜麗に抱きついている。

「すぐに調査を終わらせて帰ってきます。わたしがいなくともちゃんとするんですよ!?　ご飯をたくさん食べて下さい。食後の歯磨きも忘れずに。なにかあったら玄冥を頼って下さいね。幽求さんに意地悪されたら言って下さい。お仕置きしますから」

「アンタ、なにを言い出すんですか。なにを」

「大丈夫。活かさず殺さず、ギリギリを攻めるつもりです」

「お仕置きの範疇《はんちゅう》を超えてるでしょう!?」

「まあ、そういうことですから。凜麗を頼みましたよ、あなたたち」

ようやく愛しい妹を解放した索骸は、ひらひら手を振って去って行った。

——まったく。騒がしい人だ……。

索骸の後ろ姿を見送りながら小さく息をもらす。李氏の魂が出歩いているという話は事実のようだ。雨に濡れそぼった李氏が、薄着のまま出歩いている光景を想像して眉をひそめた。彼女の魂は、本当に愛しい人のもとへたびたび抜け出しているのだろうか。

「索兄様が……」

隣に立っていた凜麗がポツリとつぶやいた。

なんだろう。やけに嬉しそうだ。違和感を覚えていれば、

「次はおれに報告させてくれ」

索骸に続いて玄冥が話し始めた。李氏の宮殿の周りを詳しく調査してきたらしい。

「普通は入れない場所まで調査してきたぞ。大丈夫、誰にも見つかっていない」

——木の幹からはみ出そうな巨体で、どうやって秘密裏に行動したんだろう。

玄冥は得体の知れない部分がある。存在感がないと感じる時があるのだ。これが男性の姿のまま後宮を闊歩《かっぽ》するコツなのだろう。突っ込んで聞いてみたい欲求がムラムラ湧き起こるが、どうせろくな答えは返ってこない。口をつぐんでおく。

「庭に不審な物はなかったな。寵姫だけあってやたら金をかけてる印象だったくらいか?

不審な人物の出入りも確認できなかった。気になったのはこれくらいだ。李徳妃の宮殿に通じる道に埋められていたんだが……」

玄冥が取り出したのは、土で汚れた木彫りの人形だ。人の形をしていて、表面はボコボコと歪《いびつ》な形をしている。いかにも素人の手仕事臭い。

「うわあ。なんですか、これ……」

そろそろと手を伸ばすが、玄冥にかわされてしまった。

「やめておけ。おそらくまじないの一種だ」

「ま、まじない……!?」

ギョッと目を瞬けば、玄冥が人形の頭を捻った。ぽろりと頭部が抜ける。

——この臭い。

ぷんと木の香りがした。削りたてらしい人形の中は空洞になっているようで、薄汚れた布が入っている。麻の布に茶色い液体で文字が書き付けてあった。ミミズがのたくったような字だ。まったく読めない。

「おやおや。呪布《じゅふ》じゃないか！」

凜麗が驚きの声を上げる。布を受け取ると——にんまりと妖しく笑んだ。

「いやに本格的だね？　ご丁寧に血で呪文が書かれてる」

「血ッ……!?」

あまりのおぞましさに、ピョンと後ずさった。素早く玄冥の後ろに逃げ込む。

「も、もしかして。この人形のせいで李氏の魂が抜け出しているとか……？」

だとしたら恐ろしい。誰かの不幸を願って道具を作り、効果が出るように相手の住まいの近くに呪物を埋める。なんて執念だろう。およそ普通の人間の思考だとは思えない。

「執念を感じる品だよね。けど……」

しげしげと人形を眺めていた凜麗だったが、ポイと玄冥に向かって放り投げた。

「安心して。呪文も様式もめちゃくちゃだ。意味はないだろうね」

「よ、よかった……」

「とはいえ、李氏に呪いをかけようとしている人物はいるようだね。嘆かわしい」

「だなあ。いったい誰がこんなこと……」

玄冥が人形をしまい込んだ。無言で俺たちを見つめる。報告はここまでのようだ。

「現状、後宮で手に入る情報はこれくらいでしょうか」

ここまで調べても原因に行き着けなかったようだ。玄冥たちも残念そうだった。

「索骸の調べに期待するほかないな」

「そうだね。今日はもう遅い。残りは明日にしようか！」

――やっと仕事が終わった。

ドッと疲れた。女装で高位の妃嬪と夕食、最後には変な人形。散々な一日だった。

――いや、散々じゃない日なんて最近あったか……？

嫌な考えが頭を過《よぎ》ったが、必死に思考をそらした。考えたら負けな気がする。

浅く呼吸を繰り返して冷静さを取り戻す。今日の自分はちゃんと役に立てただろうか？

結論。結局は凜麗の知識だよりで、合いの手を入れていただけのような……。

――ああもうっ！　もっと活躍しなけりゃならないのに！

実力が追いついていない。なんともままならない現実に苛立ちが募った。

――俺にできること……そうだ。官舎に戻って離魂関係の本を読み込んでみよう。

すべては出世のためだ。残業だっていとわない。たとえこの胃を犠牲にしようとも……!!

「じゃあ。解散ということで――お疲れ様でした！」

元気いっぱいにきびすを返した瞬間、袖を引かれてつんのめった。

「いやいやいや。待って、待って！」

止めたのは凜麗だ。焦った様子の彼女は俺のそばに立って見上げた。

「これから時間はあるかい？　少し付き合ってくれないか！」

「えっ」

「お願い。索兄様がいない今が好機《チャンス》なんだ……！　玄兄様も一緒に。いいでしょう!?」

索骸がいない隙にどこかへ行きたいらしい。

――だから、さっき嬉しそうだったのか……。

それにしても、いったいどこへ連れて行くつもりなのか。

「別におれは構わないが。幽求はどうする？」

玄冥の問いに、思わずウロウロ視線をさまよわせた。

「う～ん。そんなに行きたいんですか？」

「前から行きたかったんだ！　なのに索兄様は駄目っていうし！　頼むよ……!!」

目を潤ませて返答を待っている凜麗に、とうとう折れた。

「仕方ありませんねえ」

「やったー!!」

凜麗が嬉しげに跳ねている。あまりのはしゃぎぶりに口もとがほころんだ。

――まあ、上司に付き合うのも仕事の一環か。

こうして、凜麗と仕事終わりの時間を過ごすと決めた。

――そういえば、帰宅ついでにどこかへ寄った記憶がないなあ……。

いつもまっすぐ家に帰って、すぐ寝落ちていたのだ。たまにはこんな日もいいだろう。

「幽求くん、行こう！」

「はい！」

劉《りゅう》幽求、官吏一年生。初めての退社後時間《アフターファイブ》。

なぜだろう。ワクワクが止まらなかった。

＊

「まるで夢の世界みたいだ」

頬を紅潮させた凜麗が吐息混じりに言った。

女装を解いた俺と凜麗たちがやってきたのは城下にある西市だ。日が暮れて人々が三々五々家路につく頃、市場は日中よりも更なる賑わいを見せていた。

大蒼国の市場には実にさまざまな品が並ぶ。

大小の国を呑み込みながら国を大きくしてきた経緯もあるが、そばに運河が流れている関係で、遠く西方諸国とも貿易協定を結んでいたからだ。特に大蒼国の絹や植物紙、螺鈿《らでん》をほどこした漆塗りの工芸品などは質がよく、遠方の裕福層に需要が高い。特産品を求めて、はるばる砂漠を越えて多くの商人がやってくる。仕入れた品を大量に携えて、だ。結果、市場にさまざまな品があふれ、どこか異国情緒すら漂う結果となったのである。

特に西市はその傾向が強い。都にはふたつの市が設けられていて、高官が大勢住まう地区に近い東市は比較的大人しい。上流階級向けに店舗を構えている商人がほとんどで、路面店などはあまりないからだ。密談するように高級品を取引するのが東市であれば、西市は正反対。混沌としているのが常だ。庶民が多く住まう地区に近く、外国人に寛容な風土なせいで、誰もがおおっぴらに商売をしている。ガラクタから隠れた名品まで、道端に異国の品を並べる露店がずらりと並び、さまざまな言葉が飛び交っていた。

「いらっしゃいマセ！　お嬢サン、ドウゾ見て行って！」

「これなんてどうだい、よく似合うと思うよ」

「おっと！　これ以上はまけられないネ！」

商人の景気がいい声が響いている。すすけた幌と木材で組まれた急ごしらえの露店からは砂漠の国の匂いがする。淡い光を放っているのは、紫や青の硝子を使った投光器《ランプ》だ。黄みがかった光に蛾が吸い寄せられ、小さな影が色鮮やかな織物の上に落ちていた。

「うわあ。うわあ。すごい」

感嘆の声をもらした凜麗は、露店の間を踊るような足取りで回る。

銀を使った装飾品を手に取って吐息をもらす。駱駝《らくだ》を物珍しげに眺めたかと思うと、象牙のカメオの美しさに見惚れ、乾燥させた果物を味見しては目を輝かせた。玄冥の手は凜麗が買い求めた品でいっぱいだ。今は見事な刺繍に夢中になっている。遠い国の女性が嫁ぐ際に持参するといういわれのある布地は、ため息がもれるほど素晴らしい出来だ。

「凜麗さんが来たかったのって、市場だったんですか」

「フフ、ただの市場じゃないよ。夜市に来てみたかったんだ。とっても綺麗だね。日中とは趣が違って——別世界に入り込んだみたい」

気になる品を見つけたのか、凜麗は店主と楽しげに値段交渉している。

「そう珍しくもないでしょうに」

都に住む人間からすれば見慣れた光景だ。わざわざ足を運ぶ必要を感じない。

苦笑をもらしていれば、笑顔の凜麗が俺の前に立った。

「珍しくもない？　本当にそう思う？　こんなに混沌とした場所の中心にいるのに？」

なにかを押しつけられた。象牙の宝飾品だ。

「あげるよ」

「えっ……あの」

動揺している俺をよそに、凜麗は不思議な笑みを浮かべている。

「世界は流動している。価値観を停滞させるなんてもったいない。よくよく周りを見てみたら？　思わぬ顔を見せてくれるかもよ」

俺に背を向けて再び露店に向かった。上司の小さな背中を見送って、手もとに視線を落とす。よくわからない動物が彫られている。鋭い牙や丸い背中は虎のようだが、ふさふさと立派なたてがみがついていた。こんな動物見たこともない。想像上の生き物だろうか。

「確かにそうかもなあ……」

しみじみつぶやいて景色をみやった。

いくつも連なった真っ赤な提灯が風に揺れている。食堂や妓楼からは煌々と明かりがもれていて、夜中だというのに昼間より明るい。妓楼から聞こえる妓女の笑いさざめく声、二胡の音色、店先で杯を片手に語り合う男たち……。日中では絶対に耳にできない喧騒が市場の中には満ちていた。確かに、見慣れた景色だと断じるにはいささか早計だ。いないと思っていた怪力乱神が実在していたのだ。世界は俺の知らない一面を持っている。たぶん……いま目にしている景色の中にさえ、想定外のなにかが隠れているのだ。好奇心旺盛でいる方が楽しいに違いない。そう、凜麗が言うように。

「凜麗が楽しそうでよかったなあ。だろ？　幽求」

玄冥が声をかけてきた。なにやらモグモグと口を動かしている。

「食うか？」

彼が口にしていたのは「爛和蚕豆《ランホーツァンドウ》」だ。この辺りの屋台でよく売られている庶民の味である。干したソラマメを水につけて芽をふかせ、花椒、八角、小茴香《しょううぃきょう》などの調味料と一緒に煮たもの。ソラマメ特有の春めいた緑色はそこなわれており、赤茶色をしている。歯ごたえがなくなる寸前まで柔らかく煮込んでいて、皮も食べられるのが特徴。酒のつまみというよりは子どもや年寄りの零嘴《おやつ》児だ。

「うわ。懐かしい。よく叔父さんに買ってもらってました」

ありがたく受け取る。口に放り込めば、ほろほろっと豆が溶けた。

美味しい。疲れた体に沁みるなあ……。

思わず目を細めると、玄冥は満足げにしている。

「腹がくちくなるのはいいことだ」

大きくうなずくと、困り顔で凛麗を眺めた。

「凛麗も食うかな。いや、ちょっとほっとくか。邪魔したら悪いしな。楽しくて仕方がないみたいだ。もっと早く連れてきてやればよかったなあ……」

ぽつりとつぶやくと「玄兄様！」と凛麗が手を振った。「おお！」と玄冥が笑顔で振り返す。微笑ましいやり取りだが、違和感を覚えずにいられなかった。

「あ、あの。玄冥さん、聞いてもいいですか。話を聞く限り、凛麗さんが目覚めてから三年くらい経っていますよね？　西市は常設市ですし、いつでも機会はあったのでは？」

玄冥が苦い笑みを浮かべた。

「そうなんだがなあ。索骸が許さなかったんだ」

ますます首を捻ってしまった。

「夜の外出は、確かに褒められた話じゃないですけどね。危ないですし。でも、さすがに厳しすぎやしませんか。見た目は幼いですが、実際はそうじゃないんでしょう？　三年も時間があったんです。どこにでも行けたのでは……？」

三十年間、ずっと昏《くら》い地下に閉じ込められていたのだ。逆に、もっと外の世界を見せてやりたいと思うのではないだろうか。だが、そう簡単にはいかなかったらしい。

「索骸の気持ちもわからんでもないんだ。目覚めたばかりのアイツは、普通に出歩けるような状態じゃなかったから」

「……え？」

ポカンと間抜け面をさらした俺に、ニッと白い歯を見せて笑う。

「これからも一緒にいるって言ってくれたからな。ちっと聞くか？」

反射的にうなずくと、玄冥はどこか遠くをみやって語り出した。

「幽求は賢いからな。おれらの間に血縁関係がないって察してるんだろ？」

「は、はい。あまり似ていませんし……」

「だなあ。おれなんか異国の血丸出しだもんな。索骸みたいな綺麗な奴と比べたら、骨格から違う。凛麗だってそうだ。三人とも生まれも育ちも違う。だけど、おれらはきょうだいになろうと決めた。お互いに支えあって生きていこうって決意したんだ」

玄冥と索骸が凛麗と出会ったのは、いまから三年前。禁書の封印が解かれ、少女が長い眠りから覚めた時だった。

「アイツと初めて会ったのは蓬莱山《ほうらいさん》だ。知ってるか？」

「し、知ってるもなにも！　お伽噺に出てくる場所じゃないですか！」

戦国時代、特別な術を使う方士によって開かれたという神山だ。仙人が住み、不老不死の妙薬があるとされていて、叔父が面白おかしく話してくれた。想像上の場所だと思い込んでいたのに――これである。世の中はやはり俺の知らないことばかりだ！

「実在したんですか、渤海《ぼっかい》の中にあるんですか、大きな亀の背中の上にあるって本当ですか、玄冥さんたちって仙人なんですか⁉」

興奮気味に訊ねれば、玄冥が苦笑をもらした。

「期待に沿えなくてすまんな。おれらは別に仙人でもなんでもない」

「え。だって蓬莱山から来たんでしょう？」

「それは間違いないが――蓬莱山《あそこ》は、世捨て人やら世間に馴染めない変わり者の吹きだまりでな。仙人もいるにはいるが、そうじゃない奴の方が大半だ。考えてもみろ。術を使えたなら、凛麗だけに負担をかけている理由がない」

じょじょに冷静さが戻ってきた。

「……確かにそうですね。すみません」

「構わんさ。こっちも紛らわしい自覚はある」

肩を落とした俺に、玄冥は茶目っけたっぷりに言った。

「まあ、海の中にあるかどうかは内緒にしてやろう。いつか自分の目で見に行けばいい」

「は、はいっ！」

思わぬ冒険の予感に胸が高鳴った。体がホカホカしてすごく楽しい。

「お前は素直でいい奴だ」

砂漠色に焼けた瞳が細くなった。厳《いか》つく、鋭い眼光を持つ彼の態度は、誰にでも平等に優しい。特に凜麗に向ける態度は、兄というより父親みたいだ。

「……とまあ、おれと索骸はもともと蓬莱山にいたんだ。それぞれ、事情があって蓬莱山に逃げ込んだ。アイツは、妹に特別な思い入れがあるみたいだ。詳しくは知らんがな」

「けっこう親しいように見えたんですが」

「仲がいいからこそ、深い事情までは訊ねない。普通、そんなもんじゃないか？」

返事に詰まった。日々家に閉じこもって机に向かっていた俺には、心底気を許しあった友人はまだいないからだ。

「まあ、その話はいいだろ」

玄冥は、ポンと大きな手で俺の肩を叩いた。気まずい思いをしているのを察してくれたのだ。あまりにも大人な反応に苦笑した後、思い切って訊ねてみた。

「じゃあ、どうしておふたりが凜麗さんの兄になったんです？」

血の繋がりはない。生まれた場所も育ちも違う。だのに義兄弟の契りを交わす……。

禁書関係の仙人じゃないのなら、凜麗と共にいる理由に興味があった。

「そりゃあ――」

玄冥はポリポリと頬の傷を掻いた。気まずそうに視線を泳がせて口を開く。

「あんな状態のアイツを放って置けなかったから」

俺は目を丸くした。

「えっと。それはどういう……？」

「目覚めたばかりのアイツは弱りきってた。人間としての矜持《きょうじ》もなにもない。生まれたての赤ん坊よりも真っ白。ひとりじゃなにもできない人形だった。だから、術を施した仙人がいる蓬莱山に運ばれてきたんだ。笵平が命をながらえさせてくれって言ってな……」

頭の中に大量の情報を詰め込まれ、三十年間を眠りに費やした少女は、起き上がることはおろか、声を発することも、食べることもできなくなっていた。

「薬師の索骸と、料理人のおれが世話人に選ばれるのは当然だろ？　凜麗は、時間をかけてゆっくり人間に戻っていったんだ――」

だから、外の世界に出かけるなんてもってのほかだった。

玄冥は苦笑を浮かべながら頬の傷を指でかいた。

「筋肉が衰えきっていて、歩けるようになるまで本当に大変だったんだぞ。記憶も混濁しててな。言葉もわからなくなってたんだ。一から教えるところから始めて——まわりにいたのが男ばっかりだったせいか、変な口調がしみついちまったけどな」

「だから男の子みたいな口調なんですね」

「そうなんだよ。まあ、本人は気にしてない。むしろ気に入ってるみたいだ」

クックッと喉の奥で笑う。凜麗と過ごした日々が、玄冥にとって悪くなかったのだろう。細められた瞳はどこまでも優しい。

「最初は、本当におれらがコイツの世話をするのかって戸惑ったなあ。事情を聞いてびっくりだぜ。国のために自分を捧げたってんだから見上げた根性だ。なのに、風が吹けば飛んでいきそうなくらいに弱っちくて。記憶力はすげえが普通の女の子でよ……。だんだん愛着が湧いていって——自然と守らなきゃって思ったんだ」

やがて義兄妹の契りを結ぶ。誰より大切に思っていたからだ。

「アイツが大蒼国で働くって言い出した時は、本当に驚いた。無理だって説得したんだがな。頑として聞かなくて。だからおれらはここにいる。一度守ると決めたんだ。とことん付き合ってやろうってな」

そこまで言うと、玄冥はニッと不敵に笑んだ。

「おれは一度言い出したら聞かない男なんだ」

玄冥の言葉がじんわり胸に沁みた。なんてかっこいいんだ。漢《おとこ》として憧れる。

「すごいですね。凜麗さんも、おふたりも」

「すごいって?」

「血が繋がっていても、不仲なきょうだいなんてゴロゴロいますよ。なのに、三人はとっても仲がよくって。……うん、なんか――」

俺にもこんな兄がいたら。自分も凜麗のように可愛がってもらえたのだろうか。

「ちょっぴりうらやましいです」

ぽつりと本音をもらした俺に、玄冥は何度か目を瞬いた。

「ははっ」

厳つい顔をほろっとほころばせて、大きな手で頭を撫でてくる。

「お前もうちの子になるか?　おれはいいぞ。弟もほしかった」

「……!　な、なに馬鹿な話をしてるんですかっ!」

顔を真っ赤にして抗議すると、玄冥は呵々《かか》と大笑した。

「ねえ、なんの話をしてるんだい?」

気がつくと、いつの間にか凜麗が目の前に立っていた。手には大量の包みが握られている。

アレコレと気になった品を買い求めたようだ。

「お前が蓬莱山にいた頃の話だよ」

荷物を持ってやりながら玄冥がそう言うと、凜麗の頬が鮮やかに色づいた。

「え。恥ずかしいじゃないか。やだなあ。許可を取ってからにしておくれよ」

「すまん、すまん。大丈夫だ、あの話は隠しておいたから。まだ歩き慣れていないお前が、転んだ拍子に馬のフ――」

「うわあああああっ!!　玄兄様の馬鹿！　今話したら意味がないだろうっ!?」

「ワハハハハハハ！」

顔を真っ赤にした凜麗が、玄冥の分厚い胸板をポカポカ叩いている。じゃれあうふたりを眺めて笑んだ。仲がいいと言ったのは嘘偽りない本音だ。彼らが時間をかけてじっくり信頼を築いてきたのを感じる。凜麗とふたりの兄。会話を通じて、彼らの背景が少しわかった気がした。幼い上司が、大蒼国を救おうとどれだけの決意を持ってやって来たのかも。

「……もういい。それより目的の店を見つけたんだ。早く行こう」

気が済むまで叩き終わったのか、凜麗は目の端に浮かんだ涙を拭って言った。

「目的の？」

首を傾げると、凜麗はふふんと得意げになって笑った。

「――決まってるじゃないか。李徳妃の魂がいるというお店だよ！」

＊

目的の店は西市の一画にあった。

赤い提灯が軒先に掲げられた店内には、ところ狭しと卓が並んでいる。椅子に座ると背中が触れ合うくらいの距離だ。人気店のようで、それほど古くない店舗は大勢で賑わっていた。

皿が触れ合う音と雑談の声で店内はひどく騒がしい。

「……結局、仕事じゃないですか」

通された席に座って思わずボヤいた。凛麗は小さく肩をすくめている。

「索兄様は私抜きで来る気まんまんだったからね。だから今日しかないと思って。例の子はここの看板娘だそうだよ！　とっても楽しみだね……！」

どうしても自分で調査したかったと語る凛麗は、最後に気になる発言をした。

「――それに。私の推測が正しいのなら、早いに越したことはないだろうし」

「推測？」

首を傾げた俺に、「まだ憶測の段階だから黙っておこう」と凛麗はニコニコ笑っている。なにを企んでいるのだろう。ため息をこぼしていると、玄冥が険しい表情をしているのがわかった。間断なく周囲に視線を走らせ、ピリピリした雰囲気をまとっている。

「どうしたんです？」

「いや――」

すうっと細めた瞳には、言い知れぬ緊迫感が漂っていた。

「なんでもない」

――絶対になにかありますよね……？

嫌な予感がする。顔を引きつらせていれば、店員とおぼしき老婆が声をかけてきた。

「いらっしゃい。おやおや、可愛いお嬢ちゃんがいるじゃないか。注文はどうする？」

「そうだなあ……ここの名物料理はなんだい？」

「ああ、それはね――」

「はいはい、ちょっとごめんなさいね！」

老婆が口を開きかけた瞬間、すぐ横をひとりの女性が歩いて行った。

「えっ……」

呆気に取られて思わず声を上げる。凜麗や玄冥も女性に視線が釘づけだ。

「おまちどおさま。熱いからね。気を付けてよ！」

彼女も店員のようだ。料理を卓に置いた女性は、客に愛想を振りまいている。

ふわりと長い髪が宙を舞った。ゆるく波打った髪が提灯の明かりを反射してきらきら輝いている。華奢な女性だ。細っこい体のどこにそんな力があるのか、盆の上には大量の皿が載っていた。実に存在感がある。顔は見えないが、後ろ姿だけでも美しいとわかった。まさしく大輪の牡丹。たぶん、彼女が李氏の魂と言われている女性だ。

――本当にそっくりなんだろうか。

ドキドキしながら女性の顔が見える機会をうかがう。

「明娘《めいじょう》！　酌をしてくれよ」

ひとりの客が声をあげた。

「ええ？　追加料金をくれるなら考えるけど？」

「「ブハッ!!」」

彼女が振り返った瞬間、俺と凜麗はそろって噴き出した。

「お前たち、大丈夫か……？」

玄冥が戸惑っている。俺と凜麗は顔を見合わせ困惑の色を浮かべた。

「……ぜ、ぜんぜん違いますよね……？」

「ああ。あれはどう見ても別人だ」

明娘は、どこからどう見ても李氏には見えなかった。後ろ姿にすっかり騙されてしまったが、彼女のような作り物めいた美しさはない。あえて共通点を探すならば、髪の色や身の丈が同じくらいだろうか。とはいえ、美しい女性には間違いない。彼女のはつらつとした雰囲気に、頬に散ったソバカスが合っている。

「これはどういうことですか……！」

「わ、私にそれを訊くのかい!?　知らない。わけがわからないよ！」

凜麗が悲鳴に近い声を上げた。明娘を李氏の魂だと言い張るのはいささか厳しい。あれは他人である。俺たちの中で意見が合致した。

「じゃあ、どうして後宮で騒動になってるんです？」

「いや、まだ断定するには早い。店の看板娘がもうひとりいるのかもしれないし……」

額を付き合わせてボソボソやっていると、ふいに影が落ちた。

「お客様？　ご注文もまだなのに、ずいぶんと賑やかでいらっしゃいますね？」

「ヒッ……！」

顔を上げれば、明娘が俺たちを見下ろしている。

「ちなみに、ここの看板娘はあたししかいませんけど、なにか？」

「い、いいいいいい、いや。すみません、ほんと……」

ペコペコ頭を下げる。確かに迷惑だったかもしれない。とりあえず謝っておこう。

「注文……」

ひとりアワアワしていれば、明娘が深々とため息をもらした。

「なんだい。脅して損した。コソコソやってるから、〝アイツら〟と同類かと思ったのに」

「……アイツら？」

首を傾げれば「なんでもないよ」と明娘が朗らかに笑った。

「ともかく！　店に来た以上はなにか食べて行っておくれよ。注文を迷ってるなら、うちの名物料理なんてどうだい。龍井蝦仁《ロンジンシアレン》！　都じゃ滅多に食べられない味さ！」

明娘は、故郷の味だという料理のいわれを請われてもいないのに語り出した。

「龍井蝦仁には、皇帝陛下があまりの美味しさに感激したっていう逸話があるのさ」

明娘の故郷は茶葉の名産地だ。中でも龍井茶《ロンジンちゃ》は極上で知られているという。ある日、お忍びでやって来た皇帝が、宿で川蝦《かわえび》の塩炒めを注文した時に、持参した茶を淹れてくれと店の者に頼んだ。その時、注文した男の常着の下に、皇帝しか着用を許されない龍の文様を見つけた店員は、おおいに震え上がった。動揺のあまり、青ネギと間違って龍井茶の茶葉を鍋に入れてしまったのだ。出来上がったのが川蝦の茶葉炒め。ひとくち食べた皇帝は、「これはまさしく龍井蝦仁！」と名付けた……らしい。

「皇帝陛下が褒めるほどの美味しさ！　天子様公認の絶品料理。どうだい。食べなきゃ損ってもんだろ？」

にっこり。牡丹ほどではないが、満開の花を思わせる可愛らしい笑顔だった。こりゃあ間違いなく看板娘だ。この愛嬌で、どんな料理だって言われるまま頼んでしまう。

「アハハハハ！」

お腹を抱えて笑い出した凜麗は、満面の笑みを浮かべて言った。

「じゃあそれを頼むよ。他にもいくつか見繕ってほしい」

「やった。毎度あり！」

調子よく返事をした明娘に、凜麗は手を差し出した。

「お姉さん、面白いなあ。気取ったところがなくて好感が持てる。私は凜麗。君は？」

「明娘。見たとおり、しがない酒楼の看板娘さ！」

握手したふたりは、顔を見合わせてにっこり笑いあった。

「──やっぱり、ちっとも似てないね」

ぽつり、凜麗がつぶやく。

「なんだって？」

困惑の色を浮かべた明娘に、凜麗は不敵な笑みを浮かべた。

「君も大変だね。〝アイツら〟だっけ？　店に迷惑をかけている輩でもいるのかな。客商売なのに大変だ。ねえ明娘。お酒も料理も好きなだけ持って来てくれていいからさ。〝アイツら〟の話を聞かせてくれないかい？」

子どもらしくない発言に、明娘は虚を突かれたようだった。俺たちに視線を投げる。うさんくさそうに俺を眺めた後、玄冥に視線を止めた明娘は、会得がいったようにうなずいた。

「なるほどね。もしかして——注文だけじゃなくてお掃除もしてくれるのかい？」

「それはどうかな。話の内容次第だけど」

「あらまあ。言うねえ」

にこりと笑んだ明娘は、空いた席に座って優雅に足を組んだ。

「看板娘を独り占めするんだもの。高くつくけど？」

「大丈夫。経費で落とすから」

「ウフフ！　さっすが!!　姐《ねえ》さん、お店でいちばん高いお酒を持ってきて。料理も！」

笑顔を交わしたふたりは、額を突き合わせて小声で会話を始めた。

——よくわからないうちに話が進んでいる……。

俺は呆気に取られるほかなかった。なにが〝やっぱり〟なのかも、〝アイツら〟がどう事件に関与しているのかすらわからない。

「……それは本当かい？　いやあ大変だったね」

「そうでもない。ここらじゃよくある話さ」

女性陣は楽しげに話し込んでいる。なにを話しているのだろう。内容を聞きたいが、店内が騒がしくて聞き取りづらかった。その間にも料理と酒がじゃんじゃん運ばれてくる。あっという間に満載になった食卓を眺めて困惑してしまった。

「げ、玄冥さん……俺はどうしたら？　そ、掃除？　これからお掃除するんですか？」

酒楼なのに？　下働きでもするのだろうか。ええ……ちょっとやだなあ。

わけがわからなくて泣きそうだった。凜麗がなにをしたいのかすら把握できない。話も聞こえないし！　なんかご飯いっぱいくるし！　自分の未熟さに泣きたくなった。チビチビと酒を飲み始めていた玄冥は、憐憫《れんびん》のこもったまなざしで俺を見つめ――。

「お前って、官吏のくせに権謀術数とか苦手そうだよなあ。ま、とりあえず飯にしろや。腹いっぱい食って大きくなれば、そのうちわかるようになる」

「いや、俺は大人ですから。これ以上、成長しませんからね!?」

「おっ。これなんか美味いぞ」

「あ、美味し……ってそういう話じゃなくってえ!!」

詳しく説明してくれる気はないらしい。仕方がないので料理に舌鼓を打つ。美味だった。龍井蝦仁なんて、蝦はプリプリ、お茶の葉は本当にいい香りで――。

「……ん？」

なにか記憶に引っかかった気がして首を傾げた。だが、すぐに思い出せない。

「兄ちゃん、古酒なんてどうだい。神帝が生まれた年に作られた貴重な品だよ。こっちの料理もおすすめだ。辛味噌をつけて食べてごらん」

「は、はあ……」

勧められるままおおいに飲んでおおいに食べる。蚊帳の外に置かれてしまったから、これくらいしかやることがない。

――俺は助手なのに！

ムシャクシャしていた。酒に弱い事実を忘れるほどには頭に血が上っていたのだ。

そうして、貴重だという古酒の瓶が空になった頃。

「う～ん……」

「ゆ、幽求くんっ!?」

飲み過ぎた俺は、意識を手放すはめになった。

＊

俺が次に意識を取り戻したのは、一刻ほど経った後だ。

「うう……」

ズキズキと痛む頭をさすって起き上がった。知らぬ間に外に出ている。冷たい夜風が頬を撫でていった。西市の中心から少し離れた場所のようだ。遠くに煌々と町の明かりが見えて、そこだけ夜の気配が薄い。

「やあ、お目覚めかな。幽求くん」

ふと声をかけられて顔を上げれば、なにかに腰かけた凜麗がいた。

大きな、とても大きな月が出ている。

青白い月光は少女の表情を包み隠し、ほんのりと輪郭だけを浮かび上がらせていた。

「す、すみません。飲み過ぎたようです。ここは……？」

周囲を見回すと、なんともうらぶれた雰囲気に驚いた。裏路地のようだ。すえた臭いが鼻を突く。どうしてこんな場所に？　必死に記憶を探っていると凜麗が話し始めた。

「幽求くん！　李氏の魂の話だけどね――」

「は、はい」

仕事の話が始まったので、慌てて居住まいを正す。

「明娘は李氏の魂なんかじゃないね。普通の人間だ」

「でしょうね……」

ズキズキ痛む頭をなだめながら返答する。美しく溌剌《はつらつ》とした女性だったが、あまりにも似ていない。姉妹だと言われても首を捻ってしまいそうだ。

「あの、凜麗さん。俺たちがまだ行き着いていない文献で、魂と体が別の容姿を持っている記載があったりはしないんでしょうか」

万が一にでも間違いがあっては困る。俺の問いかけに凜麗は満足そうに笑んだ。

「そこに気づくなんて！　やっぱり君は優秀だなあ。大丈夫、それはない」

よくよく見れば、地面に竹簡がいくつも転がっている。俺が寝ている間に、脳内の文献をあらかた調べていたらしい。杞憂だったようだ。

「店の常連にも話を聞いてみたよ。開店したのは半年くらい前。奇しくも離魂事件の噂が立ち始めた頃だね。だけど……明娘は看板娘だ。毎日のように店頭に立っている」

「魂が目撃されているのは毎日じゃないですもんね」

「そうなんだ。とんでもない矛盾だろう？」

「ですね……」

ため息をもらす。

「じゃあ、別人で確定ですね」

凜麗の瞳がすうっと細くなった。

「だね。怪力乱神を利用して、誰かが李氏をはめようとしているんだ」

こくりと唾を飲む。あまりの状況に更に頭が痛くなってきた。

「設定がずさんすぎませんか。誰かが確認しに来たら一発で種がわかってしまう。むしろ、今まで放置されてきたのが不思議なくらいですよ。寵姫なんでしょう？　皇帝陛下がもっと早く手を回していれば……」

あの花に埋もれるようにして眠る少女は、醜聞に苦しむ必要はなかったのだ。

必死に訴えかける俺に、凜麗は肩をすくめた。

「公的には怪力乱神なんていないんだ。魂を捕まえに行けなんて命令は出せないんだよ。皇帝陛下は手をこまねくしかなかったんだ。祝部ができるまでね」

思わず言葉を飲み込んだ。そうか、怪力乱神禁止令の影響がこんなところにまで。皇帝が怪異を理由に他人を動かせない穴を突いた作戦とも言えた。こういう事態が想定できたからこそ皇帝は祝部を設立したのかもしれない。俺たちの仕事内容には、きっと怪力乱神を利用する輩を排除するという意味も含まれている。

——ますます大変な部署だな……。

「怪力乱神のせいにするなんて。まったく、なにを考えているんだか」

思わずボヤいた俺に、凜麗は小さく笑った。

「怪力乱神禁止時代を生きてきた君には理解しがたいだろうね。私だって馬鹿馬鹿しいと思うよ。だけど、大昔からこういう奴は大勢いたんだ。曖昧な存在は、現実を生きている私たちと違って責任を取らなくてもいいからね。罪をなすりつけるには最高だ」

くしゃりと凜麗が顔を歪めた。

「ああ！　まったくもって後宮の人間は変わらないね。反吐《へど》が出る」

彼女は実際に母親を殺されたのだ。天女と呼ばれた美姫。凜麗の母親は必要もないのに大河に身を投げた。怪力乱神を利用した奴らによって母親を奪われてしまったのだ。

——そうだ。彼女は母親を殺されたんだ。誰より大切であっただろう相手を。

ぎしりと胸が軋んだ音を立てた。ぎし、ぎし、ぎし。歪な音が体の奥から聞こえる。母親を奪われた心境を思うと、叫び出したい気分になった。

そうだ。凜麗は俺に似ている。

大切な人を理不尽に奪われて、歩むべき道を他人に決められてしまったのだ。

『あなたはだあれ？』

嫌な記憶が蘇る。青白い、冴え冴えとした月光のような鋭さのある記憶だった。

「……うう」

息が詰まってどうしようもなくなる。あまりの痛みに息をするのも難しい。

思わずうつむいていると、

「ああ。ごめんよ。そんな辛い顔をしないでおくれ、幽求くん」

小さな手が伸びてきた。いつの間にか凜麗が眼前に立っている。冷たい手のひらが頬に触れると、びくりと身をすくめた。

「君が私の痛みを感じる必要はないんだ」

慈しむような声に体のこわばりが取れていく。そろそろと視線を上げて、上司の苦しげな表情にたまらず言葉をつむいだ。

「犯人を摘発してやりましょう」

絶対に許せない。怪力乱神との共存を目指す祝部にとっても、俺にとってもだ。

「もちろんさ！」

凜麗は朗らかに請け負ってくれた。

磨き上げた黒曜石のような瞳の奥には、ごうごうと怒りの炎が灯っている。

「私はね、怪力乱神で泣いている人間を放っておかないが、怪力乱神を都合良く利用する奴は大嫌いなんだ」

　はっきりと断言して、可愛らしい顔に不釣り合いに不敵な笑みを浮かべた。

「さあ。怪力乱神を不当に悪用する輩をやっつけてやろう！」

　――うちの上司は強いなあ……。

　じわじわと憧憬に似た感情がわき上がってきた。

　小さな姿が頼もしく見えて仕方がない。最初は凜麗が上司な事実に不安だったのに。こんなにも強い人だなんて思いもしなかった。

　――俺も負けていられない。

　いまだ気分は悪かったが、グッとこらえて顔を上げる。

　俺も役に立ちたい。自分にできることをしなければ。

「これからどうしましょうか」

「まずは証拠固めだ。祝部が介入したせいで事態が進み始めているようだし」

「俺たちのせい？　それはどういう……？」

　首を傾げれば、凜麗の瞳がいたずらっぽくきらめいた。

「君も言ってただろ？　ずさんな計画だって。今まで破綻せずに済んでいたのは、我々のような捜査機関がなかったからだ。だから、あやふやな事象を言い訳に好き勝手話を作れた。でも、これからはそうもいかない。真実は白日の下にさらされ、誰かが意図的に仕組んだものと断定されるだろう。となれば、怪力乱神事件だからと手をこまねく必要はなくなる。すぐにでも皇帝陛下による犯人捜しが始まるよ」

「あ……」

「犯人は焦っているはずだ。祝部が事件の捜査を始めた事実は後宮内で広まっている。噂になるくらい美しい宦官が、あちこち事情を訊ねて回っていたならなおさら、ね」

「さ、索骸さんですか!?」

「索兄様の美しさは他に類を見ないからね！　自慢の兄だ」

ふふん、と胸を張った凜麗は楽しげに続けた。

「犯人はどうすると思う？　すべての証拠を隠滅しようとするに違いない。たとえば……西市にいるという寵姫の魂とされる娘、とか。殺して死体を隠してしまえば、後はどうとでもなる。庶民は李徳妃の姿なんて知らないし、後宮の人間は酒楼の娘の顔なんて知るよしもない。瓜ふたつだったたって証言くらいでっち上げられそうだ！」

ぞくりと怖気が走った。

人間の命をなんだと思っているのだ。しかも無関係の！

とはいえ、後宮の人間ならやりかねないという確信もあった。

「だから、早めがいいと言っていたんですね」

あらかじめ想定した上で行動していたのだろうか。なかなかあなどれない。

「明娘さんは大丈夫でしょうか……」

思わず遠くをみやると、凜麗が茶目っけたっぷりに言った。

「大丈夫だよ。お掃除はしておいたからね！」

――どさり。近くから鈍い音が聞こえた。

「おう。幽求、目が覚めたのか」

振り返れば玄冥がいた。やけに爽やかな笑顔を浮かべている。

「大丈夫か？　お前、酒に弱いんだなあ。今日はいっぱい水を飲めよ！」

「あ、ありがとうございます。あの。それで、今までどこに……？」

おそるおそる訊ねると、とたんに玄冥の表情が険しくなった。

「おっと。ゴミがまだ残ってた。悪いな幽求、しゃがんでろ」

「えっ！　あ、はい!!」

なにも考えずに素直に従う。玄冥が巨躯をひるがえした。上着が広がり、内側に刃が仕舞われているのがわかる。玄冥は素早く何度か腕を振るった。路地裏の暗がりの中からいくつか悲鳴が上がる。何人かが倒れる音がして生唾を飲み込んだ。月を覆っていた雲が流れていく。青白い月光が路地裏に差し込んできて――。

「……ッ！」

目の前に広がった惨状に、声にならない悲鳴を上げた。

「おい、大丈夫か？」

けろっと美丈夫が手を差し出してくるが、座り込んだまま動けない。

「ど、どういうことです？　なんでこんな――」

まっ青になって脂汗を流している俺に、玄冥はグッと親指を立てた。

「大丈夫だ！　殺してはいない!!」

「そういう問題ですか!?」

思いっきり突っ込んでから、ゆっくり息を整えた。ともかく状況を確認せねば。

俺たちの周囲には数人が倒れていた。玄冥に倒された人々だ。誰も彼もが薄汚れた服を着ている。見るからに堅気じゃない。気がついていなかったが、石塀の近くには、すでに捕えられていた人々の姿もあった。縄でグルグル巻きにされ地面に転がっている。

ああ、確かあそこは——。

「凜麗さん、アンタなんてものに座ってたんですか……」

「いやあ。玄冥に見張ってろって言われて」

ペロッと凜麗が小さく舌を出した。

まったくもう。うちの上司と先輩は本当に行動が読めない！

「こ、この人たちはなんなんですか？」

「明娘を殺せと依頼を受けていた奴らだ。いつでも始末できるように、ゴロツキを何人か店に張りつかせていたんだろうな。〝アイツら〟なんて呼ばれて警戒されるくらいに」

「あっ！　それで！」

明娘の話を思い出す。こんな物騒な雰囲気の奴らじゃ警戒したくもなるだろう。

「店に張りついていた奴はこれで全部だな。別の場所に頭はいるだろうが」

「気づいてたんですか？」

「おお。店の前にいただろ。服の下にやたらでかい得物を隠した野郎どもが」

嘘だろ。ぜんぜんわからなかった。

「得物って……いつ覗き見したんです……？」

「見なくてもわかるだろう。足さばきが平時と変わるからな」

――なんなんだ平時って！

どういう人生経験を積めば、帯刀しているかわかるようになるのだろう。

「大丈夫かい？　幽求くん」

凜麗が声をかけてくれた。震えが止まらない俺とは違い、上司に動揺は見られない。

「みなさん、今までどんな修羅場を潜り抜けてきたんですか……」

ブチブチ言いながら立ち上がった。凜麗は「えへへ」と照れ笑いを浮かべている。

「おれはあんまし荒事は好まねえんだけどな。索骸と違って」

「うわあ。なんだか索骸さんに会うのが怖いなあ。はは、はははは……」

正直、頭が痛かった。祝部の面子を深掘りしたらとんでもない過去が出てきそうだ。

とはいえ――今の俺たちにそんな時間はない。

「まあ、証拠が集まったと考えたらいいのかな……」

小さくつぶやけば、凜麗がニカッと笑った。

「ふふふ、そう言ってくれると助かるよ。失望されたらどうしようかと、君が目を覚ますまで頭を悩ませちゃったからね」

「そう思うなら、暴力的なのは勘弁して下さい。こちらいままでずっと勉強づけで、荒事はよくわからないので！」

「善処する」

　にこりと笑んだ凜麗に苦笑した。絶対に懲りてない。

「この人たちから話を聞けば、犯人に繋がる証拠が見つかるはずですよね？」

「ああ。少なくとも依頼を出した人間は知れるはずだ。索兄様も追加の証拠を集めてくれているし、数日以内には犯人がわかるだろう」

「そう……ですか」

　ぽつり。冷たい雫が空から落ちてきた。気がつけば頭上が雲に覆われている。月明かりがなくなった世界は、より深い闇の中に沈もうとしていた。

　――犯人が見つかれば、事件は一段落する。李氏は平穏な日々を取り戻すだろう。けど……犯人の今後は？　犯行を暴かれた人間はどうなってしまうのか。

「人を陥れて、自分の望みを叶えようだなんて」

　馬鹿馬鹿しい。馬鹿馬鹿しすぎる。命をドブに捨てるようなものだ。

「凜麗さん。この世でいちばん怖いのってなんだと思います？　怪異？　それとも……」

　凜麗が薄い笑みを貼りつけて言った。

「馬鹿だなあ。人間に決まってる」

ぽつり。ぽつり。

雨が地面に新しい文様を作り出す。俺はそっとまぶたを伏せた。

――人を裁かなくちゃいけないなんて。

自分から摘発しようと言ったものの気分が重い。

さあさあと鳴り始めた雨音に包まれながら、俺は胃の辺りをゆるゆるとさすった。

＊

夜半から降り始めた雨は、一向に止む気配を見せなかった。日をまたいでもまったく衰えをみせない。国中をしとどに濡らし、水の気配が辺りに充ち満ちていく。春の雨は恵みというが、どんよりとした空模様はそれだけで心を暗くする。黒々とした雲は春雷の訪れを予感させて、みなの心をざわつかせた。

夜市を訪れた翌々日。

日が昇ってから官舎に集まった俺たちは、「離魂事件」解決に向けて動き出している。

「わたしに黙って夜市に行くなんて。本当に信じられない！」

「ごめんってば。私がわがままを言ったんだ。幽求たちを責めないでおくれよ」

やっと捜査から戻ってきた索骸をなだめた凜麗は、薄暗い部屋の隅に視界を投げた。

「笵平も情報提供ありがとう。仕事が早いじゃないか」

「いや──当然さ。凜麗のためだ。手を抜くわけにはいかない」

笵平は、いつもどおりに応接椅子の上で足を組んでいる。今回は彼にも調査を手伝ってもらった。独自の人脈を使って捜査してもらったのである。

そして彼らがもたらした情報は、俺たちをとある結論へと導いた。

「──犯人はあの人しかいない」

凜麗は物憂げに息をもらす。

「手間をかけたね、助かったよ」

「ふふん。当たり前でしょう。わたしがわざわざ調査に赴いたのですから」

「まあ、これくらいは簡単だよね。なにせ僕は丞相なんだし」

得意げなふたりに笑みをこぼした凜麗は、俺たちに視線を向けた。

「じゃあ犯人を懲らしめに行こうか──」

それぞれが動き出したところで、飄々とした声が室内に響く。

「あれ？　〝怪力乱神をおおいに語ろう〟って奴はやらなくていいの？」

横やりを入れたのは笵平だ。意味深な視線を凜麗に注いでいる。

「今回は必要ない。曖昧な存在なんて関わっていないんだから」

すべては人間の仕業だ。ドロドロとした思惑が起こした業の塊のような事件。

暗い表情で語った凜麗に、笵平は大仰に肩をすくめた。

「そうだろうか？」

「……なにを言いたいんだい？」

「別に。人間が起こした怪力乱神えん罪事件……まあ、すべてが間違っているとは言わないけどね。――ただ、これだけは覚えておくんだ。君が怪力乱神を語る時は来る」

「根拠は？」

「ないさ。勘だよ。意外とコレが当たるんだ！　今まで何度も助けられた」

ふざけた雰囲気をかもした笵平は、すぐさま真面目な顔になった。

「怪力乱神が渦巻く後宮で起きた事件だよ。心づもりをしておいて損はない」

笵平は凜麗の前にひざまずいた。視線の高さを合わせて小さく微笑む。

「困ったら、すぐに言いなさい。いつでも手助けするから」

片眼鏡越しにじっと凜麗を見つめる。

「僕の大切な凜麗。頑張っておいで」

凜麗は、ほんのりと頬を染めた。

「……わかったよ、笵平」

深々と拱手する。祝部の一同も凜麗にならった。

「報告を楽しみにしているよ！」

笵平が手を振っている。

雨音が室内に満ちる中、なぜだか笵平の言葉がやたら印象に残った。

＊

「お食事の準備ができました」

女官が告げると、楊蘭は「ごくろうさま」と鷹揚《おうよう》に返事した。

盆を置いた女官が李氏の寝室を辞するのを待って、そっと視線を上げる。

分厚い雲が垂れ込め、世界は薄い紗に覆われたように霞んでいた。格子窓越しに外をみやると、白くけぶって隣の宮殿の影すら見えない。土と水の臭いがそろそろと窓から室内に忍び込んでくる。生々しい雨の臭いに楊蘭は顔をしかめた。

対照的に李氏の部屋の中は華やいだ香りでいっぱいだった。牡丹は皇帝陛下の寵愛の証。艶やかに咲き誇る深紅の花のひとつに目を留めると、ひとひらの花弁が落ちているのに気がついて、そっと目をそらした。

――どんなに美しかろうと、花はいつか散るものだわ。

ほうと息をもらして、懐に忍ばせた書簡に意識を向ける。今朝届いたばかりの書簡には、楊蘭が待ち望んでいた報告が書かれていた。李氏の魂とされる女性の殺害報告だ。父親からの計画を進めろという指示でもあった。正直、気は進まない。だが、計画さえ完遂できればすべてが終わるのだ。

――そう。二度と怯えて暮らす必要がなくなる。

罪悪感をまぎらわすようにこめかみを指で解《ほぐ》し、寝台ですやすや眠っている主人をみやった。漆塗りの飾り戸棚に手を伸ばす。取り出したのは細工箱だ。手慣れた様子で手順どおりに開けていく。箱の底板をそっと持ち上げた。中から現れたのは薬包だ。薬房司に処方してもらった薬を少しずつ拝借してより分けておいたもの。飲ませれば、今夜も李氏はぐっすり眠るだろう。

――薬を使うのは最後。『離魂』が起きるのも今日で終わり……。

さあ、計画の仕上げを始めよう。

「ごめんなさいね」

自然と謝罪の言葉を口にした。盆に載った汁物の蓋に手をかける。

「そこに隠してあったんだね。どおりで見つからないはずだよ」

「……ッ!!」

瞬間、楊蘭は弾かれたように振り向いた。

さあさあと雨音が響いている。薄暗い部屋の中でひとり身を潜めていた凜麗は、楊蘭に「ごきげんよう」と笑顔で声をかけた。

「ど、どうしてあなたがここに?」

楊蘭の顔色があせていく。凜麗は詠うように言葉をつむいだ。

「びっくりした? まあ、君の反応はわかるよ。いるはずのない人物を目の前にしたら当然の反応だ。……あ、誤解しないでほしい。私は幽鬼じゃないし魂でもない。生身の人間だ。

人間がそうそう離魂なんてするはずがないからね」

皮肉った発言に、ひくりと楊蘭の口もとが引きつった。

更に笑みを深めた凜麗は、寝室の扉に目を向ける。

「もちろん部下や兄様たちもいるよ。君とお話がしたくってね——。ああ！ 淑女の寝室に異性を招くのは多少気が引けるけど、今は非常時だからね。構わないだろう？」

寝室の扉が開いた。ゾロゾロと祝部の面々が入ってくる。もちろん俺もそのひとりだ。ひりつくほどの緊張感が部屋の中に満ちていた。自然と表情が強ばる。

「なんの御用でしょうか。お約束はしていなかったはず。非常識にもほどがあります。どうぞお帰り下さい。私は主人の食事の支度をしなければ」

拒否反応を示した楊蘭に「そうはいかないよ」と、凜麗は指を突きつけた。

「離魂事件の犯人は君だ。そうだよね？」

とたん、楊蘭は引きつった笑みを浮かべた。

「なんの話でしょう。私にはさっぱり——」

「わたくしの前でも同じことを言える？」

鈴を転がすような声が室内に響いた。ぎしりと寝台が軋んだ音を立てる。

「李氏様……」

眠っていたはずの主人が起き上がっているのを見て、楊蘭はますます顔色をなくした。

「お、お眠りになっていたはずでは？」

「今日は薬を飲まなかったの。眠りたくなかったから」

衣服の乱れを直した李氏は、凛とした様子で筆頭女官である楊蘭に語りかけた。

「あなたを信用して身の回りの世話を任せていたのに。とんだ裏切りだわ」

冷え切った視線を注がれ、楊蘭は勢いよくかぶりを振った。

「誤解です！　この人たちになにを吹き込まれたのです？　李氏様が後宮に来てから、ずっと誠心誠意仕えてきたつもりです。なのに私より祝部の人たちを信じるのですか」

「確かにそうだけれど……」

李氏が口ごもった。

「わたくしだって、あなたを疑いたくはないわ」

美しい顔がみるみる曇っていく。大きな瞳に涙をたたえる姿はどうにも痛々しい。

「……では、私を信じてくれますよね？」

主人の態度を見るやいなや、うっすらと笑みを浮かべた。ゆっくりと近づいて行く。

「そこまでです。寵姫に近づけさせませんよ」

楊蘭と李氏の間に素早く割り込む。俺は顔色をなくした楊蘭に淡々と告げた。

「証拠は挙がっているんです。観念して下さい」

「なんの話です。私が何をしたと言うんですか」

凜麗とうなずきあって、俺は楊蘭に向けて言い放った。

「では、語らせていただきます。怪力乱神じゃなく――事件の真相を」

――かららららっ！

事件のあらましを書き記した竹簡が軽快な音を上げる。ここは凜麗の力を借りるまでもない。助手である俺の出番だ。

「今回はさほど難しい事件ではありません。離魂の偽装が目的と考えれば簡単です」

玄冥からある品を受け取る。まずはひとつめの証拠だ。

「問題はふたつ。李徳妃の魂と思われる人物が後宮で目撃されている件。それと市中で李徳妃そっくりな人物が存在していた件。ひとつめは楊蘭さんが隠し持っていた薬と――これで説明ができます」

柔らかな光沢がある夜着だ。上質な絹が使われているのが見るだけでもわかった。見方によっては真珠色にも思える夜着には、特徴的な文様が刺繍されている。

「不思議だったんですよ。後宮の夜の闇はとても深い。明かりが隅々まで届くわけがないのに、目撃者たちは見間違えではないと断言していた。それは特徴的な品を身につけていたからです。李徳妃を愛するあまり、皇帝陛下はご自身にしか許されていない印を下賜品に刺繍していた――そう。龍です」

「……ッ」

ぎしりと楊蘭の表情が強ばった。

「現皇帝陛下の御代において、他に龍入りの下賜品を与えられた者はいないそうです。ならば、龍が刺繍された夜着をまとった人間を寵姫だと思うのは必定。夕餉に眠り薬を混入して李徳妃を眠らせたあなたは、下賜品をまとって人目に付きやすい場所をさまよいました。頃合いを見て闇に紛れれば――離魂の完成です」

「……濡れ衣よ！」

楊蘭が勢いよく叫んだ。

「下賜品？　宮殿で働いている女官なら誰でも盗み出せるわ。ここには皇帝陛下からの贈り物なんてあふれているもの！　食事に薬を混ぜ込むのもそう。私以外にもできる。誰かが李氏様をはめようとしたのよ。だから私じゃない。私じゃないわ……！」

「しかし、あなたは現に薬を混入しようと――」

「これは私の持病の薬よ！　勘違いしないで!!」

目を血走らせて否定し続ける楊蘭に、索骸があからさまにため息をついた。

びくりと身をすくめた楊蘭に、ゾッとするほど美しい微笑みを向ける。

「あくまで自分の犯行ではないと。確かに一理あるかもしれませんね。この夜着も、宮殿の裏にある倉庫から見つけましたから。誰でも立ち入れる場所でしたよね？」

「じゃ、じゃあ……！」

パッと表情を明るくした楊蘭に、索骸は淡々と事実を突きつけた。

「調査の過程で、李徳妃の魂が目撃された場所で足跡を見つけたのです。雨でぬかるんでいたようでくっきり残っていました。実に不思議なのですよ。李徳妃にしてはずいぶん大きい。背が高い……あなたくらいの方の足跡に見える。比べてみても？」

すうっと索骸の瞳が細まっていく。まるで感情を感じさせない声で告げた。

「足形まで合致したら——言い逃れはできませんでしょう？」

「ヒッ……」

楊蘭が尻もちをついた。必死に足を隠してかぶりを振る。索骸は苦笑を浮かべた。

「簡単には認めてはくれないようですねえ、凜麗」

「ああ。索兄様——」

凜麗が楊蘭に近づいて行った。震えている彼女を哀しげに見下ろす。

「後は李徳妃そっくりの女性が市中にいた件。問題にするまでもない。彼女は別人だ」

「で、でも、李氏様と瓜ふたつなのでしょう？　こんな美しい人は滅多にいないわ！」

「楊蘭……あなた」

李氏の表情が曇る。楊蘭は離魂に関して否定的だったはずなのに、なりふり構わなくなったのか、自分が肯定的な発言をしている事実にすら気づいていない。

「同じ顔の人間がそうそういるはずがない。だから魂が抜け出したに決まって——」

楊蘭が固まった。大きく目を見開いてなにかを見つめている。

「あらま。こんなべっぴんに間違われただなんて！　いやはや光栄だねえ」

扉の前に明娘がいた。ニヤニヤ笑って楊蘭を眺めている。

「彼女こそ李氏の魂とされた女性だ。どうだい？　瓜ふたつかな？」

――違うよね？

凜麗の瞳がそう物語っている。楊蘭は絶句したままだ。明娘の容姿を自分の目で確認すらしていないのだろう。妃嬪同様、彼女もおいそれと後宮から出られない立場である。

「…………」

明らかな矛盾を突きつけられ、楊蘭はもはやなにも言えない。

「――それと、明娘の店に張りついていたゴロツキどもだがな」

黙って様子を見守っていた玄冥が口を開いた。困り顔で頬の傷を掻いている。

「丞相に協力してもらって探りを入れた。資金の出所は楊家だったぞ。お前さん高官の娘なんだってな。父親の関与も疑われている。笵平丞相が兵を向かわせていた」

「お、お父様が――？」

呆然と玄冥を見つめている楊蘭に、凜麗は切々と語りかけた。

「もうやめようよ。計画はボロボロじゃないか。どう言いつくろっても君が犯人なのは明白だ。罪を認めてしまおう。これ以上あがいても苦しくなるだけだ」

「…………」

カタカタと震えている楊蘭の姿に胸が重くなった。

彼女の犯行はどこまでもずさんだ。後宮という閉じられた世界だからこそ成立していただけで、事件の全貌を俯瞰《ふかん》できる人間が現れればとたんに破綻する。だというのに、犯行が明るみになった場合を考えるとめまいがする。相手は皇帝の寵姫だ。どんな罰が待っているかわからない。場合によっては、高官の父親もろとも一族郎党が破滅なんて事態もありえる。あまりにも無謀ではないだろうか。

――どうして離魂事件なんて企てたんだろう。

李氏を追い詰めたはてに、楊蘭が得られる利益がまるで見えてこない。

「楊蘭。理由を聞かせてくれないか。怪力乱神にこじつけて相手を陥れようだなんて馬鹿馬鹿しいよ。たまたま計画を思いついたんだろうけど――」

「……たまたま？」

楊蘭がポツリとつぶやいた。青ざめた顔を上げて、空虚な笑みを浮かべる。

「たまたまなわけがない。これは必然だった」

楊蘭のまとう雰囲気がガラリと変わる。舌打ちをして全員を睨《ね》めつけた。あまりにも開き直った態度に誰もがたじろぐ。

「私、騙されたのね。女が死んだっていう報告も嘘。なのにおめおめと薬を取り出したりして。馬鹿みたい。だから言ったのよ、絶対に無理だって。でも、お父様が――」

かくりとうなだれる。ギリギリと奥歯を噛みしめた楊蘭は掠れた声でつぶやいた。

「すべておしまいだわ。なにもかも」

ぽたりと涙の雫が落ちた。涙は次々と数を増やしていき、床に新たな染みを作っていく。彼女を待ち受ける未来を考えれば気の毒でしかない。一同が声をかけられずにいると、ひとりの人物が駆け出した。

「楊蘭……！」

李氏だ。大きな瞳に涙を滲ませて楊蘭の手をギュッと握る。

「どうして相談してくれなかったの!?　なにか事情があるのなら頼ってほしかった」

彼女もまた頬を濡らしていた。李氏は楊蘭を大切な友と思っていたそうだ。なのに、手ひどく裏切られてしまった。それでも楊蘭を信じようとしている。美しい友情だった。

「あなたの真意を教えて。お願い、できるかぎり力になりたいの」

「……離して!!」

楊蘭が李氏の手を振り払った。固まっている李氏を楊蘭は睨みつけている。

「相変わらずお人好しね。すぐ人を信じて。寵姫の癖に……本当に間抜け」

涙を拭った楊蘭は、引きつった笑みを浮かべて李氏に言った。

「力になりたい？　だったら、死んでくれない？」

「は……？」

「さっさと首を差し出せって言ってんのよ！」

部屋の中に沈黙が落ちる。それが無茶な願いであるなんて誰もが理解していた。

「無理でしょうね」

なにも言えずにいる李氏を嘲笑《あざわら》った楊蘭は、ゆらりと立ち上がった。

「あー……失敗した」

天井を見つめてポツリとつぶやく。

「本当にずさんな計画よね。いつバレるかってハラハラした。だけど、皇帝陛下だけを騙せたならそれでよかったのよ！　もう少しで計画は完遂できたのに」

近くにあった牡丹を手折った。李氏を見つめて歪んだ笑みを浮かべる。

「アンタが死ねばすべて丸く収まったのよ」

「……ッ！　う、そ。嘘よ……」

大粒の涙がこぼれた。ぽろり、ぽろぽろこぼれる感情の欠片を楊蘭は見もしない。

「楊蘭。君の目的はいったいなんなんだ。なんで李徳妃を陥れようとする？」

凜麗が訊ねると、楊蘭は場の雰囲気に似つかわしくない緩んだ笑みを浮かべた。

「私がほしいのは李一族の死よ。李氏だけが死んだんじゃ駄目なの。古代の皇帝陛下みたいに、寵姫の一族郎党を連座《みちづれにころす》させたくなるくらいの罪をねつ造しなければ。不貞なんて打ってつけでしょう!?　愛情は簡単に憎しみに変わるもの」

「君が恨んでいるのは、李徳妃じゃなくて一族そのもの？」

「そう――なのかしら。よくわからないわ。そもそも恨んでなんかいないから」

予想外の発言に、誰もが顔を見合わせた。一族郎党を殺しつくそうと策を弄したというのに、どういう意味だろう。

「変よね。そんなの私自身がいちばんよくわかってる。だけど……そうするしかなかった」

哀しげに眉をひそめ、じっと李氏を見つめる。

「ごめんなさいね。しょうがなかったの。生き延びるためには必要だった。ああ――三年前、後宮に来なければよかったのかなあ。女官にさえならなかったら……」

「三年前……？」

――禁書の封印が解かれた時期……？

なにか関係があるのだろうかと、凜麗と顔を見合わせる。瞬間、閃光《せんこう》と共に耳をつんざくような轟音が辺りに響き渡った。

「うわッ！」

突然の春雷に思わず身をすくめた。

そろそろと目を開けて、楊蘭の異変に気がつく。

カタカタと全身が小刻みに震えていて、心配になるほど顔色が悪い。

楊蘭が耳を両手でふさいでいる。

「……嫌よ……」

「楊蘭さ――」

「いやああああああああっ!!」

声をかけようとすると、楊蘭が脱兎のごとく駆け出した。硬直している一同の隙を突いて、寝室の外に出て行ってしまう。

「追いますよ。玄冥、幽求さん！」

「私も！」

「凜麗はそこにいなさい！」

「嫌だっ！　一緒に行く……!!」

結局、祝部全員で後を追った。寝室は長い渡り廊下に繋がっていて、庭に通じる扉が開いているのに気がついた。雨の濡れるのもいとわず外に出ると、再び春雷が轟く。

「……楊蘭さん!!」

雷光から目を庇いながら叫べば、楊蘭が庭の真ん中で佇んでいるのがわかった。

辺りは強風が吹き荒れ、風に煽られた霧状の雨が世界を白く染めていた。水たまりができた地面は池のようで、膝下まで水で浸かってしまっている。

「待って下さい!!」

絶対に逃がすまいとザブザブ水をかき分けて進めば、立ち止まった楊蘭がこちらをじっと見つめているのに気がついた。

「ねえ、あなたたち」

ずぶ濡れで青白い顔をした楊蘭が声をかけてきた。

「祝部は怪力乱神で苦しんでいる人を絶対に見過ごさないのよね？　相手が〝龍〟だったとしても……助けてくれるんでしょう？」

雨音がうるさいくらいなのに、不思議と楊蘭の声は耳によく響く。

「もちろんだ。それが私たちの仕事だから。どんな相手だろうと……たとえ〝龍〟が相手だろうと!!　なんとかしてみせるッ……！」

凛麗が必死に声を張り上げると、楊蘭がわずかに目を見開いた。気の抜けたような笑みを浮かべてぽつんとつぶやく。

「そっか」

――なんだ……？

悪意なんて欠片も感じられない素の反応に、困惑するほかない。

さっきまであんなに怒りをほとばしらせていたのに。今の彼女はまるで――。

なにもかも諦めてしまったような。

「じゃあ……私も助けてほしかったなあ」

ぽろり、大粒の涙が楊蘭の瞳からあふれ――雨に紛れてわからなくなった。

――ピシャッ……！

三度《みたび》春雷が鳴り響く。瞬間、俺は我が目を疑った。

楊蘭の肌に魚の鱗のような文様が浮き上がっているのが見えたのだ。

ふいに楊蘭が振り返った。まるで誰かが声をかけたかのようだ。雨が降り注ぐ庭に誰がいるわけもない。不思議に思っていると――。

「きゃっ……」

突然、楊蘭の左肩から先が消え失せた。

「――楊蘭さんッ!!」

絶叫すると、体をよろけさせた楊蘭は、ゆっくりと振り返って口を動かした。

「助けて……」

苦しげに顔を歪めて言葉をつむぐ。

「死にたくない」

瞬間、楊蘭の頭が消失した。ぷしゅうと鮮血が噴き出す。楊蘭の体が半月状にえぐり取られていく。人が饅頭に齧り付いた時のように。

ばくん。

ばくん、ばくん。

ばくん、ばくん、ばくん。

……ばくん。

ほどなくして楊蘭の姿が完全に消え失せてしまった。服の切れ端すら残らない。

残されたのは地面を濡らす赤い液体だけだ。

「え……」

腰が抜けてぺたりと尻もちをついた。雨音がざあざあと鳴り響く中、薄れゆく楊蘭の名残を呆然と眺めて、ふと脳裏に浮かんだ恐ろしい考えに頭を抱える。

――喰われた……？

相手の姿は見えなかったが、そうとしか思えない。断言はできなかった。証明だって無理だ。だけど……喰われたとしか表現しようがない。

「う、うわあああああっ！」

恐怖に駆られて悲鳴を上げた。楊蘭を喰い殺した犯人が近くにいるかもしれない。

「どこだっ！　どこにいる……‼」

意味もなく両腕を振り回した。ドクドクと心臓が高鳴っている。姿の見えない獣を探して視線をさまよわせるも、相手が見えずに途方に暮れた。

──このままじゃ、みんな食い殺されてしまうかもしれない。どうすればいい……⁉

「……あ」

そうだ、頼りになる人がいるじゃないか。誰よりも怪異に詳しい上司が！

凜麗ならなんとかしてくれるはずだ。無意識に表情が緩む。勢いよく凜麗がいるはずの場所を振り返れば、己の甘さをすぐさま思い知る羽目になった。

「ゆっくり息をしろ。凜麗」

「大丈夫、大丈夫ですから。わたしたちがついていますよ」

兄ふたりが凜麗に寄り添っている。腰まで水に浸かった凜麗は、彼らに体を預けて呆然と虚空を見つめていた。

──それだけではない。

「嘘だ……」

凜麗はなにかに怯えているようだ。か細い体を抱きしめてガタガタ震えている。

それはとても弱々しく、凜麗の年齢から考えれば、至極当然の反応だった。

頭を強く殴られたような衝撃に見舞われて、唇を強く噛みしめた。

──なにを考えていたんだ、俺はッ……!!

上司だからと凜麗に甘えきっていた自分に今さらながらに気がつく。

確かに凜麗は普通じゃない。誰よりも怪力乱神の知識を持っていて、どんな時だって自由気ままに過ごす少女。想像もできない次元にいる人だ。

だけど──玄冥も言っていたじゃないか。

『記憶力はすげえが普通の女の子でよ……』

「……ッ!!」

奥歯を噛みしめて。ふらつく足を叱咤しながら立ち上がった。

「俺の馬鹿野郎!!」

出世したい、活躍したいと言う癖に、少女におんぶに抱っこ。なんて情けない。

──ともかくここから離れなければ。

「三人とも！　逃げま──」

声をかけようとして、彼女がなにかを凝視しているのに気がついた。

──いったい、なにを……？

凜麗の視線を追いかけて振り返る。

土砂降りの中、雨でけぶった世界の向こうで──なにかがうごめいた気がした。

ピシャッ……！

再び春雷が鳴り響いた瞬間、雨の向こうに巨大な影を見た。

ぬかるんだ地面を巨大な生き物が這い回っている。体は鱗に覆われていて、はるか頭上に光る目が見えた。視界いっぱいに広がるそれの全容は知れない。雨で白くけぶった世界はどこまでも曖昧で、地面を這い回る巨軀を覆い隠してしまっていたからだ。

だが、〝それ〟がなにかは自然と理解できた。

怪力乱神が禁止された大蒼国では、ほとんどの怪異の名前は忘れ去られているが、その怪異だけは俺ですら名を知っていた。

「龍……？」

神話の中の存在。古来瑞獣《ずいじゅう》とされ、皇帝の象徴たる獣は――。

《――我に贄を捧げよ》

不吉な言葉を残し、やがて雨の向こうに姿を消したのだった。

数刻後。無事に逃げおおせた俺たちのもとに、衝撃的な報告が入った。楊蘭の父親を含む楊家の人間ことごとくが、目に見えない化け物に食い散らかされ、わずかな血液だけを残してこの世から消えたというのだ。

『これだけは覚えておくんだ。怪力乱神を語る時は来る』

笵平の言葉が、頭の中で繰り返し鳴り響いている。今回の事件に怪異は関係ない――そう思っていたのに。じわじわと恐怖が体を浸食していく。正常な心が鋭い破片でえぐり取られていくような感覚だった。

「ハハッ……」

同時に、俺は自分が昂ぶっているのを感じていた。

「龍だ。龍！　龍がいた……！」

神とも呼ばれる怪異が確かに存在していた!!

「あれを退治できれば」

ぽつりとつぶやいて顔を上げる。そこに鏡はなかったが、いままでにないほど自分が歪んだ笑みを浮かべているのに気がついていた。

四章　生贄事件

「仙姿玉質とはまさに君のことだね。沈黙すら美酒に等しい。酔ってしまいそうだ」

大蒼国《だいそうこく》人にしては薄い瞳が、俺をまっすぐに見つめていた。

薄暗い部屋だ。ちらちらと灯籠の明かりが揺れて、食卓に並んだ豪勢な食事をほの明るく照らしている。格子窓の向こうからは二胡の音色と、誰かが笑いさざめく声、さあさあと降り続く雨音がもれ聞こえてきていた。ここは都にある高級酒楼だ。上級官僚御用達の――ようやっと官吏《かんり》になったばかりの俺が、来られるような場所ではない。

黙したまま視線を落とせば、白粉で染めた手があった。艶やかな文様がほどこされた酒器には、なみなみと酒が注がれている。上等な酒だ。透き通った水面には、見惚れるほどの美女が映っている。祝部《しゅくぶ》の虞美人《ぐびじん》。そう噂される人間だった。

視界にゴツゴツとした手が入ってきた。俺の手をギュッと握りしめる。やたら体温が高い。汗で少し湿っていた。

「避けられていたと思ったのに」

視線を上げれば熱っぽい視線と交わった。垂れ目で目もとにほくろがある。男――崔仲《さいちゅう》は興奮気味に言った。

「僕の気持ちを受け取ってくれないか。大丈夫、苦労させたりはしない。女官として立派に勤めを果たしている君なら、妻に迎えても誰も文句は言わないだろう。たとえ家格が釣り合わなくとも問題ない。誰にも邪魔をさせたりは」

「待って」

おしゃべりな同輩の唇に指を当てた。ぴくん、崔仲の体が小さく跳ねる。

「いまは、そういう話をしに来たんじゃない。わかる？」

妖艶に笑めば、みるみるうちに崔仲の顔が赤く染まっていった。

「そ、そうだったな。そうだった……」

ゴソゴソと袂を探る。取り出したのは一通の書簡だった。

「ありがとう」

素早く受け取って胸元にしまう。もう用はないと言わんばかりにそっぽを向いた。

「つれないな。でも、そこがいい」

クスクス笑った崔仲は、不思議そうに首を傾げた。

「でも……どうしてそんな情報を？」

ちろりと視線をやる。再び頬を染めた同輩に、にこりと笑みを向けた。

「目的のために必要なんです」

＊

市中から祝部の官舎に戻ってきた俺は、室内に入るなり蛙が潰れたような声を上げた。

「うげえ」

机の上にかつらを放り投げて、素早く女装を解いていく。

「勘弁してくれよ。なんで気づかないんだ、アイツは。その目は節穴か」

文句を言いながら着替えを終えた俺は、室内の灯籠に火を入れていく。黄みがかった淡い光が視界に灯ると室内の全貌が見えてきた。がらんとした部屋の中には誰もいない。夜に沈んだ窓の外はどこか不気味で、雨の奏でる音だけが響いている。

「ふう……」

椅子に腰かけて深く息を吐いた。崔仲にもらった書簡を取り出して、中身を確認する。しばし黙考。強烈な眠気が襲ってきたが、目もとを押さえてこらえた。今は睡眠よりも時間が惜しかった。

──そうだ。絶対にものにするんだ。せっかく好機が巡ってきたんだから。

そのために女装だってしたのだ。色仕掛けで同輩を利用するなんて罪を犯しもした。

──なりふりなんて構っていられるか。

気合いを入れて書簡に向かう。山と積んだ書簡が崩れ落ちる。けたたましい音が鳴ったが無視をした。黙々と文字を追う。今の俺にはそれくらいしかできなかったからだ。

後宮のど真ん中に龍が出現してから数日。

大蒼国は連日の雨に見舞われていた。降り続く雨はいっこうに弱まる気配がない。あちこちで川が崩れているそうで、工部の連中が忙しくしているようだ。

三十年前の大水を経験している老人たちの中には、かつての再現だのと騒ぎ立てる輩もいるらしい。だが、いまだ怪力乱神《かいりょくらんしん》禁止令が布《し》かれている国内において、現実主義に即さない発言は命取りである。おかげで、かろうじて混乱が起きていないのが状況だ。

雷鳴と共に後宮に龍が出現した衝撃的な事件は、皇帝陛下を動かすまでにいたった。妃嬪《きひん》たちの避難が始まる。名目上は雨による被害を避けるためだ。もちろん、怪異から逃がすためだが――事情を知らない輩たちは、各地で大水の被害が出ている国難に、情を優先するなんてなにごとかと避難の声を上げている。皇帝交代論が噴き上がり、どこそこの誰がふさわしいだの、いいやあっちの血筋の方が格上だのと大盛り上がりだそうだ。そのせいで避難は遅々として進まない。今も、後宮には大勢の女官と妃嬪が残っている。

……馬鹿馬鹿しい。

どこまでも政治的である。現皇帝陛下には一刻も早く確固たる地盤を築いてほしい。

結果、早期の解決を求めた皇帝陛下は祝部に勅命を下した。

『龍を退ける方法を調べよ』

おかげで我々祝部は普段よりもいっそう忙しく……なるはず、なのだが。

「凛麗《りんれい》さん、大丈夫だろうか」

誰もいない上席を眺めてため息をこぼす。

雨に打たれたせいか――それともあまりにも衝撃的な光景だったからか。凛麗は熱を出して寝込んでいた。今は城下にある家で休んでいるはずだ。ここ数日は顔を出してもいない。世話役である索骸《さくがい》や玄冥《げんめい》も同様だ。それだけ体調が思わしくないのだろう。

あの時、龍に怯える姿は尋常じゃなかった。

――祝部は龍ですら退けるって豪語していたのにな。

あれくらい巨大な相手だと、凛麗ほどの人でも恐ろしく思うのだろうか。

「女の子だもんな。当たり前だよな……」

三十年以上も封印されていて、俺よりも長い生を過ごしていたとしてもだ。禁書として過ごした時間が、普通の人間と同じ重みであるとは思えない。冗談めかして熟女なんて言っていたけれど、やはり凛麗は幼い印象だった。

「凛麗さんの代わりに俺がやらなくちゃ」

気合いを入れ直して、再び書簡に向かう。

「あれ……」

瞬間、視界が回り出した。体は動いていないはずなのに、なぜか世界が回転している。体勢を保っていられずに机にしがみついた。猛烈な吐き気に脱力感。このままじゃ落ちる、落ちてしまう、落ちるってどこに。でも――落ちるとしか言い表しようがない。

「ううっ」

もはや自分を支えきれなくなってしまった。ぐらりと体が傾ぐ。

「幽求《ゆうきゅう》さん！」

「幽求！」

力強い腕が俺の体を支えてくれた。心配そうな顔が俺を見下ろしている。

「なにをやっているのですか、まったく！」

「お前、飯は食ったのか。なんだその顔は。見られたもんじゃないぞ！」

索骸《さくがい》と玄冥《げんめい》だった。色男がそろって焦りの色を浮かべている。数日会わなかっただけなのに、故郷に戻った時のような安堵感があった。


「ふわあ……」

汁を飲み込んだ瞬間、思わず緩んだ声をもらした。

乳白色の鶏白湯の中に刻んだネギと麺が浮いている。棒状の麺ではなく、くにゃっとした可愛らしい形をした麺だ。「猫耳朶《マオアルドゥオ》」。名のとおり猫の耳のような形をしていて、むちっとした食感で柔らかい。薄味の汁にぴったりで、ぺこんと凹んだ部分にたまった白湯ごと噛みしめれば、じわっと滋味深い味が口の中に広がる。

「からっぽの胃に沁みますね……」

しみじみとつぶやけば、正面に座っていた玄冥のまなじりが吊り上がった。

「お前、飯をおろそかにしていただろう。馬鹿か。食わなかったら力が出ない。いずれ倒れるに決まっているだろうが!!」

「ご、ごめんなさい……」

玄冥の怒号はビリビリと鼓膜を震わせるようで、とんでもない迫力だった。こんなに怒った姿を見たのは初めてだ。次に、索骸にぎゅむっと頰を手で挟まれた。美貌の宦官《かんがん》も、玄冥に負けず劣らず怒りの感情をほとばしらせている。

「まったくですよ。ほら、このくま!! 何日寝てないんですか。肌はボロボロだし、目は充血しているし……。ああ、もう」

索骸の表情に苦々しさが滲んだ。

「馬鹿ですね。あなたは」

――ああ。俺を心から心配してくれているんだ。

「すみません」

申し訳ない気持ちで頭を下げれば、ふたりが顔を見合わせたのがわかった。

「これ以上は責めるつもりはありませんよ。原因はこちらにもありますし」

「凜麗が熱を出しちまったから……。すまんな、顔を出す暇もなかった」

「具合はどうですか?」

「ずいぶんと落ち着いた。一時はどうなるかと思ったが、もう熱もない」

「それはよかった……」

　ホッと胸を撫で下ろす。これで数日中には戻ってくるだろう。祝部は凜麗の部署だ。彼女がいなくては解決できるものもできない。早々の復帰はありがたかった。

　ならば俺がやるべき仕事はひとつ。凜麗が戻ってくるまでに情報を収集・整理する。

「じゃあ、もう少し頑張りますね」

　汁を一気に飲み込んで席に戻ろうとする。瞬間、がしりと腕を掴まれた。

「ちょっと待て。お前、さっきの話を聞いてたか？」

「えっ？　え、えっ……？」

　玄冥の瞳に殺気がこもっている。あまりの迫力に索骸に助けを求めようとして――。

「状元及第者《じょうげん》って、愚か者って意味でしたっけ？」

「うわあ。こっちも怖い！」

　思わず本音がもれた。索骸の眉間に深いしわが寄る。

「怖いだなんて。美貌を捕まえて失礼な」

「ちょっと座れ、幽求。話し合おう」

「いやいやっ！　怖いですって。目が。迫力がすごい。あっ。やめて腕が折れちゃう」

　なかば涙目になりながら応接椅子に座り直す。深々とため息をこぼしたふたりは、俺にぴしりと指を突きつけて言った。

「休みなさい、幽求さん。家に帰って寝るんです。睡眠不足は美の天敵ですよ！」

「そんで滋養があるもんをたっぷり食え。腹いっぱいになるまで戻ってくるなよ」

「「わかったな！」」

怒濤の攻勢に目を白黒させた。彼らの言う通りにするべきなのだろう。体が限界を訴えていた。休息が必要だ。それくらい俺だってわかっている。

でも——これだけは絶対に譲れなかった。

「できません」

かたくなに首を横に振ると、ふたりが焦れたのがわかった。俺を説き伏せようと口を開こうとしている。だが、話を聞いている時間さえ惜しかった。

「龍が出たんですよ。後宮の危機……しいては大蒼国の危機です。いま仕事をしなくていつするんですか」

だから仕事をする。体なんて二の次だ。

そう宣言した俺に、ふたりは困惑の色を浮かべた。

「どうして焦っているんです？」

「確かに、早急に対応は必要だろうが……お前が倒れたら元も子もない。だから」

玄冥の大きな手が伸びてきた。

「休め、幽求。いまはそれがいちばんだ」

指先が触れそうになった寸前、その手を跳ねのけた。玄冥が哀しげな顔をする。

「すみません。玄冥さん。休むわけにはいかないんです。被害者には悪いですが、すごい好機なんですよ」

感情が昂ぶっていた。体は確かに疲れ切っているのに、どんどん力があふれてくる。とんでもない熱量を持った力の奔流だった。疲労でカラカラになった体の中に、力なんて残っていないはずなのに。たぶん、それは俺の一番大切なもの《いのち》を燃やして作られている。

「龍なんて滅多にお目にかかれない怪異、退治できたらどうなると思いますか」

「それは……」

口ごもった玄冥に、俺は赤く血走ったまなざしを向けて言った。

「俺たちは英雄になれます。国を救った大英雄ですよ！　場合によれば歴史に名が残るかもしれない。俺は英雄になる。英雄なら、出世も思いのままですからね!!」

だから働き続ける。たとえ倒れようとも、この命が燃え尽きてしまおうとも！

〝あの人〟を取り戻すためなら。

俺は血反吐《へど》を吐いたって仕事を続けてみせる。

ふたりの表情に困惑が広がって行く。

「幽求さん。あなた、どうしてそんなに出世を急ぐんです？」

「彼には彼なりの理由があるんだよ」

返事をしたのは俺じゃなかった。いつの間にやら扉の前に人影がある。索骸の問いに答えたのは笵平《はんぺい》だ。彼の腕の中にはもうひとりの人物がいた。

「り、凛麗さん！　いいんですか、体調は！」

「大丈夫だよ。心配させてしまったね、幽求くん」

青白い顔をした少女上司だ。笵平に抱っこされた凜麗は、ぐったりと体を預けている。本調子ではないのが丸わかりだった。

「笵平丞相《じょうしょう》、どうして凜麗を連れてきたのですか」

索骸が渋い顔をしている。笵平は、ちらりと俺を見た。

「部下がね、驚きの報告をくれたんだ。凜麗が不在だっていうのに、新人くんがすごい頑張ってるって。女装して情報収集までしてるらしいよ？　報告する相手が不在じゃ可哀想だから、上司の凜麗を連れてこなくちゃって思って」

「うっ……！　なんでそれを」

「フフフ。僕には有能な部下がいるんだよね。君の行動ならたいがいは把握してる」

なんだ!?　どこかに間者でもいるってのか!?

キョロキョロ辺りを見回すも、それらしい姿はなかった。まったく油断できない。

うわあああ。女装でやらかしたのを知られていただなんて！　顔に火が着いたように熱くなった。脂汗を流していれば笵平はクックツ笑っている。

「別に責めてるわけじゃないよ。仕事に情熱を燃やせる人間はそれだけで素晴らしいと思う。やりすぎたらなんの意味もないけどね」

「はい……」

しゅんと肩を落とした。

「それに、君の家族がすごく心配していたよ？」

「はっ？」

すっとんきょうな声を出せば、笵平の後ろから見覚えのある顔が出てきた。

「幽求、なにしてんだお前」

「叔父さん！」

まぎれもなく俺の叔父である。俺に近づくと手に持った包みを押しつけた。

「何日も帰らないで。俺がどれだけ心配したと思ってる」

包みの中は着替えだった。思えばまともに着替えすらしていない。

「……ごめん」

小さくつぶやけば、叔父はニッカリと笑った。

「いい人たちじゃないか。迷惑かけてんじゃねえぞ、幽求」

「そ、そうだけど。どうして丞相閣下と？」

「少し前にうちに来ただろ？　その時に連絡先をもらったんだ」

「うわあ。本当に？」

抜かりない男である。家族まで掌握されているのか。

複雑に思っていれば、叔父が深く頭を下げた。

「みなさん、すみませんでした。コイツが心配をかけて」

「ちょっ……！　叔父さん!?」

慌てていると、渋い顔をした叔父が俺を見た。

「幽求、俺はお前の事情を知ってる。だからわかるんだ。無理をしてでもって気持ちもな。だけどお前、職場のみなさんにちゃんと事情を説明したか？」

ウッと言葉に詰まった。

「それは……」としどろもどろになった俺に、叔父は呆れ顔を浮かべている。

「なにしてんだ、お前。言葉たらずで相手を振り回すなんて失礼だろう。察してほしいだなんて思ってないだろうな。傲慢きわまりないぞ」

「ばっ……馬鹿を言わないでくれよ！　そんな風には思ってない！」

顔を真っ赤にして抗議した俺は、次の瞬間にはしょんぼり肩を落とした。

「だって……これは、子どものわがままみたいなものだろ」

あくまで俺個人の問題で、普通ならここまでこだわる必要はないとも思う。祝部のみんなに知ってもらう価値があるのかさえわからない。

「馬鹿はお前だろ」

叔父が俺の肩をポンと叩いた。

「忘れてたのか。そのわがままを叶えるために、状元及第までしたんじゃないか。すげえと思うぜ。だったらわがままを突き通せよ。わがままを叶えるためになんでもしろよ」

ポン、ポン。叔父の手は俺の肩を何度も叩いている。

「大丈夫だよ、お前なら。できるよ」

「……っ！」

涙腺が熱を持つ。くしゃりと顔を歪めれば、目の前に小さな影が立った。

「幽求くん」

凜麗だった。青白い顔が淡い灯籠の明かりに照らされて光って見える。瞳はどこまでも純粋な色をたたえていた。黒曜石のまなざしの中には、俺への信頼が垣間見える。

「私は君のわがままを知りたいよ」

そっと手を取る。小さくて柔らかな上司の手は、びっくりするほど温かかった。

「大切な部下だからね。教えてくれる？」

奥歯を噛みしめて泣くのをこらえる。

集まった面々を見回せば、誰もが真剣な顔をしていた。

「わかりました」

大きく深呼吸をする。そして胸の中に秘めていた秘密を口にした。

「俺は――母親を取り戻したいんです」

＊

「自分は母の温もりを知りません。優しさも、笑う顔も、なにもかも知りません。死んだわけじゃないんです。今も家にいるはずです。だけど――母は俺を見てはくれません。笑いかけてはくれません。名前を――呼んではくれないんです」

母の瞳はいつだって透明だ。遠くをみやって目の前の現実を直視しようとしない。

あの人は自分が見たいものだけを見ている。その中に俺という存在は含まれていない。

「すべては不幸な事故がきっかけでした」

俺には兄がいた。兄は誰よりも優秀で才能に満ちあふれ、十四歳以下の子どもを対象とした童試《どうし》で、堂々の一位を獲得するような天才だ。劉《りゅう》家は長らく科挙合格者を輩出していなかったから、兄への期待はすさまじかった。そんな兄がどんな顔をしていたのかは知らない。あの人が生きていたのは俺が生まれる前だからだ。

「母は誰よりも兄に期待していました」

姑との関係が悪かったのも一因だと思われる。有能な子を成さねばお前に価値はない。嫁いだ時から、ずっとそう言われていたというから。

叔父が俺の話を引き継いだ。

「姉さんは、ほんとに長男に入れ込んでいたよ。童試の結果が出た時はそりゃもう嬉しそうだった。うちの子はきっとすごい官吏になる。どこそこへ配属されて、どこそこへ栄転して……って、口癖みたいに言ってた」

期待に応えるように、兄も実力をつけていったらしい。

俺が母の胎に宿ったのはちょうどその頃だった。

「幽求の兄も母親の妊娠を喜んでいたよ。責任感が強い奴だったから、弟か妹のためにも官吏にならなくっちゃって、ますます張り切って勉学に励んでいたのを覚えてる」

希望にあふれた穏やかな日々だった。誰もが未来に期待を寄せていたのは間違いない。

「でも……兄が初めての科挙に臨んだ日」

科挙の会場は家から遠く離れていて、父が馬で送っていくことになった。親戚一同で見送ったという。臨月を迎えて大きなお腹を抱えた母も、試験をやりきった息子が誇らしげに帰ってくるのを信じてやまなかった。だが――。

「試験が終わった後も父と兄は帰ってこず、数日後には遺体になって戻ってきました
賊に襲われたという話だった。ふたりの遺体は見るも無惨な状態だったという。

『い、いやよ。いやあ!!　いやああああああああああっ……!!』

「あの時の姉さんの悲鳴。今も忘れらんねえよ」

叔父がしみじみとつぶやいた。

大切な家族を失った母の悲しみは如何ばかりだったろう。だのに、姑は「ふたりが死んだのはお前の行いが悪いせいだ」と八つ当たりをした。見ていられずに親戚が苦言を呈するほどには、姑と母の関係は悪化していったという。

「母は衰弱していきました。家にいたくなくて出かけることも多かったそうで。母の帰りが遅いと、姑はますます怒り狂いました。ある日……母にこう言ったそうです。『二度と帰ってくるな。人殺しは死んでしまえ！』」

ひとつ息を吐くと、俺は努めて淡々と続けた。

「母はその通りにしました。近くの池に身を投げたんです」

幸い命は取り留めたが、そのまま産気づいてしまった。二人目だったおかげか、翌朝にはすんなりと生まれたらしい。元気いっぱいな男の子。俺が生まれた瞬間だった。

だが、母は生まれたばかりの子を見てこう言ったのだという。

『あなたはだあれ？　どこの子かしら……』

「母は――」

こくりと唾を飲み込んだ。唇が震えて上手く言葉がつむげない。

「俺を自分の子だと認識できませんでした」

妊娠していた記憶自体を失っていたのだ。母の中に残った記憶は、優秀な息子が夫と共に科挙を受けるために出かけていった――それだけだった。

「母の時間は、兄と父が出かけた日で止まってしまったんです。俺は見知らぬ子。たとえ腹が空いて泣いたとしても、乳を吸わせようともしませんでした」

誰もが母の異変を憐れに思い、俺は叔父と近所の人々によって育てられた。母を追い詰めた姑は、大勢から「人でなし」と罵られて、いつの間にか姿を消していたという。

「……俺は」

ゆっくりと息を吸った。唇が震えて喉がひりつく。

「一度も母に名前を呼ばれたことがありません」

絞り出した声はひどくみっともなかった。母はいつだって虚空を見ていて、近くにいる俺をかえりみない。ひび割れた唇がつむぐのは、死んだ兄への優しい言葉だけだ。

『あなたの大好きな餅菓子を用意したのよ。一緒に食べましょうね』

母の他に誰もいないはずの部屋の中から、クスクスと笑い声が聞こえる。叔父や親戚たちに母への接近は禁じられていた。俺を見ると母が取り乱すからだ。俺は死んだ兄に容姿がそっくりなのだという。母は兄のようで兄でない俺を心の底からいとった。

とはいえ、年端もいかない子どもだ。母親の温もりは恋しく、いつか自分を見つけてくれるんじゃないかと、たびたび母の姿を隠れて見ていた。一度も報われたことはない。母を見つめる時間で得られたのは、胸にぽっかり穴が空くような絶望だけだ。

――なんでお母さんは宙に向かって笑っているの？　なんで俺には優しくしてくれないの。なんでお母さんは俺を見てくれないの。なんで、なんで、なんで――。

母と自分の間には見えない壁がある。幼いながら俺はそう悟った。

「だから、出世したいんです」

振り絞るように言葉をつむいだ俺に、凜麗は苦しげに問いかけた。

「君は母親を取り戻したいんだよね？　出世になんの関係が？」

「関係はあります。母は優秀な……誰よりも優秀な兄が大切でした。なら、俺が優秀であると証明できれば、きっと変わってくれるはず」

瞬間、遠い日の光景が蘇ってきて息が詰まった。思わず首を掻きむしる。

あれは俺が科挙の勉強に励んでいた時の記憶だ。勉強していた俺の後ろ姿を見て、母は愛する息子が帰ってきたと勘違いしたらしい。

『ああっ！　帰ってきたのね……！』

だが、そこにいたのは死んだ兄ではなく俺だ。母は逆上して首を絞めてきた。

――あの感触、息苦しさ、血走った母の顔はいまも忘れられない。

忌々しい不幸な出来事。だからこそ夢想してしまう。俺の首を締めた母が、にっこり笑って俺に話しかけてくれる日を。

「俺が死んだ兄より優秀だと気がつけば、母は名を呼んでくれるはずなんです！」

状元及第した時は心底嬉しかった。天子様に認められた。それもいちばんだ！　母もきっと認めてくれるはず。でも――駄目だった。母の瞳は虚空を見つめたままだ。ならば出世すればいい。誰よりも早く。誰よりも高みに上り詰めれば……！

『幽求。頑張ったわね』

優しい顔をした母は、俺を抱きしめてくれるはずだ。

＊

涙を浮かべて語り終えた俺に、凜麗はそっと息をもらした。

「そこに救いはあるのかい？」

「わかりません」

迷うことなく答えた。

「無事に出世したとして、母親が我が子だと認めてくれる確証は？」

「ありません」

「母親も若くないだろう。君の名を一度も呼ばないまま死んでしまうかもしれない」

「わかっています」

強く口を引き結ぶと、思いの丈を全部詰め込んで叫んだ。

「だとしても出世したいんです！　そうでもしないと、俺の心は救われない!!」

「…………。そう、か」

凜麗の瞳がゆらゆら揺れている。哀愁を帯びたまなざしからそっと視線を外した。

「ですから、止めても無駄です。この機会を絶対に逃したくないので」

「幽求……」

祝部の面々を見回せば、誰も彼もが苦虫をかみつぶしたような顔をしていた。

――やっぱり話さなかったらよかったな。

同情なんていらない。俺は俺なりの事情で行動しているだけで、出世自体は別に咎《とが》められる行為でもなんでもない。自己満足だと自覚しているのだ。別に誰かにどうこうしてもらおうとは思っていなかった。

祝部の官舎の中に雨音が満ちている。鳥の声すら聞こえない夜はいやに静かだ。

「やろう。龍をやっつけよう」

瞬間、柔らかな凜麗の声が辺りに響き渡った。

「え……？」

思わず間抜けな声を出せば、少女上司はニッと不敵に笑む。

「おっと、勘違いしたら駄目だよ。もともと仕事だしね。だけど、君の望みが叶うならなおさら急ぐべきだ。部下が喜ぶ姿を見たいのは上司として当然だしね！」

小さな手で俺の手を握る。

瞳をきらきら輝かせた凜麗は、どこまでもまっすぐに俺を見つめた。

「君のわがままは了解した。さあ、龍を退けて英雄になろう。大丈夫。私がついてる！」

凜麗は、なにひとつとして俺の言葉を、想いを否定しなかった。馬鹿馬鹿しいとも。現実を見ろとも言われない。笑わない。同情も、叱咤《しった》も、ごまかしもしなかった。

「一緒に頑張ろう」

彼女が口にしたのはそれだけだ。

――ぽろり。

感情の欠片が瞳からこぼれた。秘密を明かしたせいで感情のタガが外れてしまったみたいだ。涙が止まらない。心が震えて、目の前の小さな上司の存在が尊くて仕方がない。

「い、いいんですか」

「上司の私が言うんだからいいんだよ」

「無理するなって言われても無理しますよ」

「未曾有の危機が迫ってる。無理をしなくちゃいけない時だってあるさ。そもそも、私が寝込んだのがいけないんだ。焦ったよね。いっぱいいっぱいになったろう。ごめん」

「いいえ、あんな状況だったんです。体調を崩したって仕方がないですよ」

涙をぬぐう。泣いている場合じゃない。部下としてきちんと報告しなければならない。

そうだ。俺は祝部の一員。凜麗の助手なのだから。

「おっ、俺、まだまだ未熟ですけど、いろいろと調べたんです。情報をまとめて、書簡の内容を精査して……たぶん、それなりにいいところまでいけていると思います」

「それは本当かい!?」

「はい。俺はあなたの助手ですから」

こくりとうなずいて、少し痩せたように見える凜麗に言った。

「事件を紐解くための準備は整っています。だからお願いです。体調が悪いのはわかっています。もう数日は休養した方がいいとも思います。でも……俺だけじゃ真実にたどり着けない。どうか怪力乱神を語ってくれませんか」

「幽求さん!?」

いままで静観していた索骸が荒ぶった声を上げた。

「凜麗は弱っているんです。あれはとても体力を使います。無理をさせては――」

「わかった。やろう」

即答した凜麗に、索骸が驚愕《きょうがく》の表情を浮かべた。

「安請け合いしてはなりませんよ、凜麗。自分の体調はいちばんわかってるでしょう!」

「うん。そうなんだけどね」

はにかみ笑いを浮かべた凜麗は、悪戯《いたずら》っぽく目を細めた。

「部下がこれだけやってくれたんだよ。上司の私がやらないわけにいかないじゃないか」

打てば響く。まさしくそんな発言だった。

――ああ。祝部に配属されて本当によかった。凜麗の部下になれてよかった。

俺は同輩の中でいちばん幸福な新人に違いない。

「あれ……？」

瞬間、強烈な眠気に襲われた。体が傾《かし》いで立っていられない。

「さすがに体力の限界かな」

凜麗が支えてくれた。彼女は俺の背中に手を回すと、ポン、ポンと優しく叩く。

「明日、目覚めたら始めよう。ふたりで怪力乱神を語るんだ！」

とろとろと意識が沈んでいく。凜麗の体は柔らかくて温かい。

――母さん。俺、絶対に活躍してみせるからな……。

母親の温もりってこういう感じなのだろうか。

眠りに落ちる直前、そんなことを思った。

＊

翌朝、目覚めた後は実に忙しかった。

なにがというわけではないが――。

「ほら。精がつく飯をたんと作ってきたぞ。食え、食え！」

玄冥にお腹がいっぱいになるまで食事をさせられ、

「ちょっとそこに直りなさい。わたしがいいというまで動いてはなりませんよ」

索骸に全身くまなく確認される。やまほど薬を処方され、飲みきるまでは一歩も動くなと厳命されもした。凜麗は、そんな俺を嬉しそうに眺めている。

「君はみんなに愛されてるね」

認めたいような認めたくないような。くすぐったい言い方をされて苦笑してしまった。

前日とは比べものにならない賑やかさ。つい先日までひとりだったのが遠い昔のように思える。仕事はひとりでやるものじゃない。そんな気持ちにさせられた朝だった。

「始めようと思います」

笵平が合流した後、俺はみんなの前に立った。凜麗がいないあいだ、女装までして収集した情報を今こそ開示する時だ。不安がないわけではない。間違っていたら捜査はやり直しだ。だけど――きっと大丈夫。凜麗の表情を見ていたら、なぜだかそう思った。

「では……怪力乱神を語らせて下さい」

――かららららっ！

情報をまとめておいた竹簡が、軽やかな音を立てた。

「事件後、皇帝陛下より『龍を退治せよ』という勅命が下った関係で、祝部にはたくさんの情報が寄せられました。中には、楊蘭の父親の証言もありました。『化け物から脅されている』と取り調べの最中、はっきりと証言したそうです」

「化け物？　……龍のことかな」

笵平が首を傾げる。

「それに関して父親はなんと？」

「詳しく聞き出す前に亡くなってしまったようです。ですが、別の証拠を用意しました。楊蘭さんの日記です。こちらにも化け物らしき怪異の記述があります」

彼女の死後、私室が徹底的に捜索された。私物や衣服、こまごまとした日用品まで、あらゆるものが祝部の官舎に持ち込まれ、その中にこれも入っていたのだ。

「どうも、三年前から龍らしき異形の接触を受けていたようです」

「禁書の封印が解かれた頃だね。神帝の死後、現皇帝が即位して新しい後宮が作られた時期でもある。女官の募集がさかんにされていた。楊蘭もその時期にやってきたんだな。そして、封印から逃げ出した怪異にちょっかいを出された……というわけか」

楊蘭の日記には、後宮に来た頃からの出来事が書き連ねてあった。

几帳面な性格だったのだろう。毎日びっしりと記録されている。

「当たり障りのない内容が多いようだが……」

「ときどき、奇妙な記述がありますね？」

玄冥と索骸は顔を見合わせた。

『後宮に来てからというもの、ときどき変な声が聞こえる。私に話しかけているようだ』

『今日も声が聞こえた！　気味が悪い。部屋になにかいるのだろうか』

『他の人間には聞こえないみたい。私の耳が変なの？』

『少しずつ声がはっきりしてきている。なにを伝えたいのだろう。怖い』

自分にしか聞こえない声に楊蘭は頭を悩ませていたようだ。不安だったのだろうが、怪力乱神禁止のご時世、誰にも相談できずにひとりで抱え込んでいたらしい。

「これは……龍の声かな」

凜麗の問いかけに俺は「おそらく」とうなずいた。

「彼女にだけ龍の声が聞こえたようです。たまたま選ばれたのか――それとも龍となにかしら因縁があったのか。ここを見て下さい。今から一年前の記述です」

『信じられない。例の声は自分を龍だと名乗った』

衝撃的な出だしから始まる日記。その日、とうとう楊蘭は龍の声をはっきりと聞いたらしい。乱れた筆致で出来事を綴っている。

『龍は李《り》一族の命を差し出せと言い出した。生贄《いけにえ》に捧げろと――。早くしないと、かつてそうしたようにお前の一族を喰ってやるとまで言い出した。お前たち一族には義務があると。

戸惑う私を龍は嘲笑った。人を惑わして遊んでいるみたいだ。龍は瑞獣《ずいじゅう》と聞くけど、アレは悪い存在だ。どうして私が主人を殺さないといけないの』

「かつてそうしたように。楊蘭と龍はどこかしら繋がりがあったようです。ですが、彼女はこうも言っていました。李一族に死んでほしいが、恨んではいないと」

「つまり……直接恨みを抱けるほど近しい関係ではない？」

「〝かつて〟というくらいですから、時間的にも隔たりがあるんじゃないかと思ったんです。答えは数日後の日記にありました」

『どうして私がこんな目に？　過去の因縁なんて関係ない。先祖の尻拭いをどうして私がしなくちゃならないのよ』

「……先祖？」

首を傾げた凜麗に、俺はゆるゆるとかぶりを振った。

「詳細はわかりません。楊一族の誰かが生きていたなら違ったのでしょうが……」

楊蘭の父親以下、一族の人間はすべて死亡してしまっている。確かめる術はなかった。

「先祖の代の因縁だから〝恨んでいない〟というわけか」

「だと思います。そもそも詳しい事情を知らなかったのかもしれない」

「まあ、楊蘭の父親は知っていたんだろうけどねえ」

笵平の飄々とした声が響いた。

「なにをです？」

「自分の先祖と龍の繋がりをさ。だからこそ荒唐無稽な娘の話を真摯に受け止めて、無理な計画を押しつけたんだ」

「……そうかもしれませんね。なんにせよひどい話です」

事情を知っていた父親は、追い詰められたはてに娘に頼った。娘ひとりに一族の運命を背負わせたのだ。残酷な仕打ちと言わずしてなんと言おう。

「きっと、あの時も楊蘭さんは龍の声を聞いたんでしょうね」

雨の中庭の中、彼女が誰もいない場所を振り返った姿は印象的だった。

楊蘭は謎の声に悩まされ続け、声に導かれるようにして離魂事件を起こしたのだ。

『じゃあ……私も助けてほしかったなあ』

楊蘭の泣き顔が思い浮かぶ。彼女は生き延びるためにいっぱいいっぱいだったのだ。

拳を強く握りしめた。爪が肌に食い込んで鈍く痛む。

「俺たちがあらかじめ龍の存在を把握できていたら、彼女を救えたんでしょうか」

たとえば楊蘭が父親ではなく、祝部に相談してくれていたら？

「どうだろう。実績が足りないかな。こういう事件ならなおさら」

凜麗の言葉はまぎれもない事実だった。祝部は立ち上げたばかりの部署で、知名度もない。命が懸かった場面ですんなり頼ってくれるとは思えない。

「もどかしいですね」

思わず険しい表情になっていれば、凜麗が声をかけてくれた。

「幽求くん。いまできることをやろう。ね？」

「………。はい」

苦々しく思いながらもうなずきを返す。過去を嘆いても仕方がない。未来にしか希望はないと俺自身がよくわかっているはずだ。

「ともかく、疑問点を解決しようと思いました。気になったのは『先祖』という部分です。同輩に頼んで楊蘭さんと李徳妃の身元を調べてもらいました。どちらも龍と因縁がある以上は共通点があるはず、と思ったんですが……」

ふたりの出身地はバラバラだった。経歴を見ても特に似た部分はない。あえて言うなら父親が高官で都に屋敷を構えている点くらいだが、この程度ならゴロゴロいる。

「住む土地が変わった可能性も考えられますし、簡単な経歴からは共通点を見つけられませんでした。困っていると、あることを思い出したんです」

「あること？」

「最近、別々の場所で同じ料理を口にしたな、と思いまして。龍井蝦仁《ロンジンシアレン》です」

川蝦《かわえび》の茶葉炒め。プリプリした食感とお茶の香ばしさが楽しい一品だ。

明娘《めいじょう》の店で提供されたのを覚えている。そしてもう一箇所――李氏の宮殿でもだ。

「あっ！　私がわがまま言った時の！」

「そうです。楊蘭さんは龍井蝦仁を『主人の故郷の料理』と言っていましたよね？　そして明娘さんの店の名物料理も同じでした。不思議ですよね。たまたま選ばれただけだと思っていたのに共通点がある。むしろ、そういう共通点があるからこそ、明娘さんは事件に巻き込まれたんじゃないかと思ったんです」

　凜麗のまなざしがきらりと光る。

「つまり、李徳妃の故郷にこそ事件の発端があるのかもしれない？」

「はい！　俺はそう考えました」

　すると、玄冥が嬉しそうに話に入ってきた。

「もしかして、李徳妃の故郷は長江《ちょうこう》の近くか？」

「玄冥さん、よくご存知ですね」

「龍井蝦仁って言ったら西湖《せいこ》の名物料理だからな。本場の味を食ってみようと、足を伸ばしたことがある。あの辺りは龍の伝承が多くてな、かつては洞窟信仰が活発だったんだ。龍のおかげで水が湧き出たっていう、黄龍洞《こうりゅうどう》なんてものもある」

「……龍。まさか」

　驚きの表情を浮かべた凜麗に、俺はこくりとうなずいた。

「李徳妃と明娘の故郷には、龍の伝承がたくさんあります。ならば、彼女たちを悩ませる龍との因縁も、西湖を舞台に描かれていると考えるのが自然じゃないでしょうか」

　おそらくこの推察は当たっている。普通はここまで偶然が重なったりしないだろう。

「それと、李徳妃は古代王朝の王族の血筋だって言っていましたよね。先祖の話なので、関係があるんじゃないかと思いました。長江周辺にあった国といえば越《えつ》です」

越は春秋《しゅんじゅう》時代に栄えた国だ。

「龍の伝承。越。生贄を捧げよ、という龍の言葉。先祖の因縁。これらの要素を含んだ逸話があったとしたら――かぎりなく今回の事件の真相に近いのではないでしょうか」

はっきりと断言して、小さく息をつく。

「……と、思ったんですが」

かくりと肩を落とした。

「すみません、凜麗さん。ここで手詰まりになってしまいました」

祝部に保管された書簡をあらかた漁ってみたが、該当するような記述は見つけられなかった。すでに文書化された文献ではないらしい。となれば俺の力がおよぶのはここまでだ。凜麗に頼るしかない。

「それと――楊蘭さんの日記に、まだ気になる記述が残っているんです」

再び日記に視線を戻す。

最後の日付――一昨日の日記は、こう締めくくられていた。

『苦しんでいるのは私だけじゃない。失敗は許されない』

「……〝苦しんでいるのは私だけじゃない〟……。もしかしたら、龍が接触している人間が他にもいるのかもしれません」

「なんだって」

凜麗たちはハッとした様子だった。龍の李氏に対する執着はただごとではない。楊蘭以外にも脅している人間がいるのではないか。

「龍の行動も不可解です。楊一族を食い殺す力はあるのに、なぜみずから手を下さないんでしょうか。こんな回りくどいやり方、とても効率的には思えないです。たぶん、他の人間がやらなくちゃいけない理由があるんです」

なんとなしに外をみやる。雨に濡れて、木々の緑がまぶしいくらいに色濃く見えた。いつもはやかましいくらいの鳥の声すら聞こえない。しとしとと雨音が響く世界は、不気味なほど静まり返っている。龍は雨雲すら自在に操ると言われている。もしも龍が降らせた雨だとしたら、このままでは国が大打撃を受けかねない。一刻も早く事件を解決しなければ。

「凜麗さん。俺の語りはおしまいです」

竹簡をしまう。希《こいねが》うように両手を掲げた。手のひらと拳を合わせ深く頭を垂れる。

「俺にできる精一杯はやったと思います。この先は——どうかよろしくお願いします」

粛々と告げれば、凜麗が俺に近寄ってきたのがわかった。そばに立って顔を覗き込む。ニカッと太陽みたいに笑って、ポンポン勢いよく肩を叩いた。

「頑張ったね。本当に頑張った！　素晴らしい助手だよ、君は!!　あとは私に任せてくれたまえ。大丈夫、安心してくれよ」

くるり。小さな背を俺に向けた。踊るように組紐が宙を舞う。

「私は君の頼れる上司だからね。真実に到達してみせよう！」

パンと手を打った。

「索兄様、玄兄様！」

「「応！」」

声をかけられたふたりは素早く準備を始める。香炉に火が入った。白い煙が辺りに漂い始める。索骸は凜麗の脈を測っている。筆に墨を含ませた凜麗は――にんまりと笑った。

「さあ、怪力乱神をおおいに語ろう！」


――かららららっ！

凜麗の瞳が妖しく光ると、竹簡が楽しげに鳴った。

「さてさて。今回の事件の要点をまとめようじゃないか。龍に請われて離魂事件を企んだ楊蘭。標的となったのは李徳妃。そして李家に連なる人物たちだ。楊蘭は先祖の因縁に巻き込まれたと書き残している。先祖――つまり遠い遠い過去にまで遡る必要があるようだ。今、私の中の知識に訊ねるべきはみっつ。

ひとつ、李氏や楊蘭と龍の因縁を明らかにする物語はなにか。

ふたつ、龍が接触している他の人物は誰で、元凶である龍はどこにいるのか。

みっつ、なぜ龍はみずから李一族に手を下さないのか。

実にわかりやすい。幽求くんがまとめてくれたおかげだね。自慢の部下だよねえ」

いつもどおりの凜麗節に心が躍った。すうっと目を細めた凜麗は、脳内の知識を探っているようだ。ゆっくりと息を吐き、やがて一冊の本を選び出した。

「……実はね、幽求くんの話にぴったりと符合する文献があるよ。東晋《とうしん》の文人、干宝《かんぽう》が書き残した『捜神記《そうじんき》』だ。その中の一節――題をつけるなら、そう……『祭蛇記《さいだき》』。かつて東越の閩中《みんちゅう》に長さ七、八丈、太さ十囲《とかか》えもある大蛇がいたそうだ。大蛇は夜な夜な夢に出てきては、十二、十三歳の少女を生贄に求めたという」

「……大蛇、ですか？」

思わず首を傾げた。

「今、問題になっているのは龍でしょう？　蛇は違うんじゃないでしょうか」

至極まっとうな疑問に思えたが、凜麗は肩をすくめて続けた。

「いや？　そうでもないんだよ。聞いたことはないかな、蛇はいずれ龍になる。蛇だけではないね。龍は他の生物から変化する瑞獣なんだよ。たとえばそう――『登竜門《とうりゅうもん》』。『後漢書《ごかんじょ》』、李膺伝《りようでん》だ。科挙を突破した君ならわかるんじゃないかな。幽求くん」

あっと声をもらす。

うかつだった。嫌というほど暗記した漢書の中に、龍に関する記述があったなんて！

「立身出世のための関門……鯉の滝登りですね？」

「そうだよ！　言葉の由来は黄河《こうが》の上流にある竜門という急流だ。乗り越えられた鯉は龍になるという。他にも龍とされる動物はいくつもある。『白沢図《はくたくず》』には、羊や犬、鶏なんかの龍に手を出したらどうなるかが書かれているね。『羊ありて一角が頭のてっぺんに当たれば龍なり。これを殺せば雷に打たれて死ぬ』。実に恐ろしいね。『龍化虎変』というくらいだ。龍は虎と共に変化のさまが予測つかない生き物の代表格なんだよ。なら蛇を龍としても問題ないだろう。いや、むしろ……」

ぴたりと凜麗の筆が止まった。意味ありげに口もとを引き上げる。

「今回の龍は、龍になりそこないの蛇なのかもしれない」

――かららららっ！

「再び『祭蛇記』に戻ろう。この物語を事件の原点と私が考える根拠はふたつ。ひとつめは、物語の中で何人かの少女が生贄に捧げられた点。九年間で九人の乙女が命を散らしたそうだよ。だが、そうこうしているうちに大蛇の要求にふさわしい少女がどこにもいなくなってしまった。そんな時に白羽の矢が立てられたのが――李寄《りき》という聡明な少女だ」

「李……まさか」

驚きの声を上げた俺に、凜麗はニッと微笑みを浮かべた。

「まあ、根拠とするにはまだ弱いかな。李という名前はそんなに珍しくもない。では、もうひとつの根拠――。李寄は物語の最後に、越の王の夫人になっている」

越はまさに李氏の出身地にあった国。彼女は古代王朝の血筋であるという。

「じゃあ……！」

色めき立った俺に凜麗は大きくうなずいた。

「そうだ。李徳妃は李寄の末裔だろう。しかも『祭蛇記』は少女が大蛇を退けた英雄譚だ。

物語の中には、大蛇への対処法も退治した時の状況も描かれている――つまり」

　ぱちりと片目をつぶって、凜麗は顔いっぱいに喜色を浮かべた。

「私の推測が正しければ、後宮を悩ます龍は退治可能だ！」

「本当ですか！」

「すっげえ!!　龍が倒せるかもしれねえ！」

　祝部の面々が沸き立つ。俺は思わず凜麗に駆け寄った。

「すごい。すごいです。凜麗さん！　俺が数日かけてたどり着けなかった事実に、こんなにも簡単に行き着くなんて！」

「君の下調べがあったからこそだろ？　私ひとりじゃ、こんなに簡単に行くわけがないさ」

　疲れが滲んだ顔をほころばせた凜麗は、俺に親愛のこもったまなざしを向けた。

「幽求くんがいてくれたから私の知識が輝くんだ。やっぱり君が助手でよかった」

　じわじわと胸が温かくなった。そっと視線を上げれば、玄冥たちがニヤついている。

「まったく、不思議とうちの幽求は自分に自信がねえよな」

「少しくらい傲慢になってもいいくらいですけどね」

「なにを言うんだい。謙虚なところがいいんじゃないか。可愛くて」

「「確かに」」

　なにを納得しているのか。

　顔が火が着いたように熱くなった。

「と、ともかく！　ひとつめの謎を明かすのは『祭蛇記』だとわかりました。じゃあ、ふたつめ――龍の声を聞いている人物と、龍の居場所はどうなるんです？」

そうだ。いまだ後宮のどこかに龍の〝呪い〟で苦しんでいる人がいる。緩んだ気持ちを引き締めた。のんびり騒いでいる余裕なんてないはずだ。

「大丈夫。その人物に関しても目星が付いているよ」

凜麗が不敵な笑みを浮かべた。

「楊蘭の日記の内容を覚えているかな。日記の中で大蛇はこう言っていたんだ。『早くしないと、かつてそうしたようにお前の一族を喰ってやる』。これは大蛇と楊一族の因縁を表す重要な証言だと思わないかい？」

確かに気になる言い回しだった。まるで過去に同じことをしたような――。

「喰ってやる……あっ！　大蛇に喰われた九人の乙女……！　楊蘭は、生贄に捧げられて死んだ娘と同じ血筋だったりしませんか!?」

「正解！」

にっこり笑みをたたえて、凜麗はパンと手を打った。

「他に龍の声を聞いている人物がいるとするなら、楊蘭と同じ境遇だろう。龍は李一族の死を願っている。楊蘭という一手が失われた以上、龍が〝どこかの誰かさん〟を放置しておくわけがない。龍はその人のところにいるんじゃないかな」

つまり、今まさに龍の脅威にさらされている人がいる。

「誰なんです？　その〝どこかの誰かさん〟って。李一族とは違って、文献には生贄になった娘の名前すら出てきていないのに」

「なあに、大丈夫さ。たぶん……私たちは〝どこかの誰かさん〟と接触している」

「……え？」

ふいに凜麗が官舎の入り口に目を遣った。釣られて振り向けば、見知った人物がいる。

「王了《おうりょう》さん？」

彭侯《ほうこう》事件で知り合った宦官だ。彼は手のひらと拳を合わせ、うやうやしく拱手《こうしゅ》した。

「失礼いたします。先日、調査のご依頼をたまわった件で参りました」

懐からあるものを取り出す。彼が手にしていたのは歪《いびつ》な形をした木彫りの人形。李氏の宮殿に通じる道で見つかった呪物だった。

「まさか、これが？」

「――そうだよ。これは〝どこかの誰かさん〟が李徳妃に向けて仕掛けた罠。できそこないの……なんの意味もないガラクタだけどね」

耳もとで王了が報告を終えると、とたんに凜麗の顔が険しくなった。

「……そっか。やっぱり」

ぽつりとつぶやいた声はどこか哀しげだ。

「〝どこかの誰かさん〟がわかった。龍退治の準備に入ろうか」

一気に全員の表情が険しくなった。

「凜麗。本当に間違いないのかい？」

範平の問いかけにうなずく。

「ああ。間違いないよ。本当なら違ってほしかったけれど。……可哀想にね。こんな人形に命懸けですがらないといけないなんて」

うつむいて息を吐く。再び顔を上げると、どこか弱々しい笑みを浮かべた。

「とにかく、龍に接触されている人物ならいろいろな事情に精通しているはずだ。みっつめの謎は、あれこれ考えるよりも本人に確かめる方が早い」

意を決したかのように顔を上げた凜麗は、祝部の面々に向かって言った。

「やってやろう。後宮を闊歩《かっぽ》する龍を……怪力乱神を無力化しようじゃないか！」

「「応！」」

凜麗の言葉に、俺たちはうなずきあった。こうして、祝部の面々は巨大な敵に立ち向かうことになったのである。

＊

後宮にある宮殿の一画で、ひとりの妃嬪が一心不乱に作業にいそしんでいる。太陽は山際に顔を隠し、世界は濃厚な闇に満ちていた。濃厚な木の匂い。小さな燭台が置かれただけの薄暗い寝室で、妃嬪は小刀を手にひたすら木片を削っている。

――しょり、しょり、しょり。

部屋の中には木を削る音と雨音が満ちていた。床には大量の木くずが巻き散らかされ、お世辞にも綺麗な状態とは言いがたかった。ちらちらと蝋燭の火が揺れ、一心不乱に木の人形と向き合っている妃嬪が動くたびに、化け物とみまごうほどの大きな影が踊っている。

「……ッ！」

瞬間、妃嬪がうずくまった。痛い、痛い、痛い。焼けつくような痛みが全身を襲う。痩せ細った妃嬪の体は、いたるところが包帯でグルグル巻きにされていた。

「うう、ううう……」

悶えながら最も痛む箇所へ手を伸ばす。妃嬪の頭の中は嫌な予感でいっぱいだった。

「ギギャア……」

瞬間、耳にするのもおぞましい声がもれ聞こえてくる。妃嬪は弾かれたように顔を上げた。

「誰か。誰か来なさい!!」

「は、はいっ……！」

妃嬪の呼びかけにすぐさま女官が応じた。金切り声を上げて要求する。

「早く薬を持って来なさい。早く！　早く！　早く――!!」

「も、申し訳ありません。ご主人様！」

女官が床に這いつくばった。額を床に擦りつけんばかりに低頭する。

「薬はもうないのです。後宮中からかき集めましたが足りず……」

わなわなと唇を震えさせた妃嬪は「嘘よ……」と呆然とつぶやいた。

「そんなの嘘に決まってる。アンタも私を見捨てたんでしょう？　こ、こんな腫瘍だらけの妃嬪なんていらないって!!　だから、薬がないなんて嘘を言うんだわ!!」

激昂した妃嬪は、木彫りの人形を壁に叩き付けた。「おやめ下さい」と涙ながらに請う女官を無視して、刃物だろうが構わず投げ始める。

「早く。早く持って来なさいよ。私のために貝母《ばいも》を持って来て!!」

「「ギャギャギャギャギャギャッ!!」」

必死の形相で叫ぶ妃嬪を嘲笑うかのように、体じゅうに巣くった腫瘍が鳴いた。

「ひどいありさまだね」

「……ッ!?」

聞き覚えのある声がする。妃嬪はゆっくりと目を見開いた。彼女の瞳に映ったのは、行灯《あんどん》を手にした幼い少女だ。

「君を救えたと思っていたのに。ごめんね、蔡美人《さいびじん》」

哀しげにまぶたを伏せて、そっと囁くように告げる。

「〝どこかの誰かさん〟。君も楊蘭のように龍の声を聞いていたんだね」

妃嬪――蔡美人は、じわりと瞳に涙を滲ませ、

「見ないで。見ないでちょうだい……」

己の姿を隠すように、膝を抱えてしゃがみ込んだのだった。

女官を下がらせ、寝台に蔡美人を座らせた凜麗は、彼女の隣に腰かけて話しかけた。

「――今も龍の声が聞こえる？」

瞬間、蔡美人がびくりと体をすくめた。両耳を押さえてふるふるとかぶりを振る蔡美人に、凜麗は柔らかな笑みを向けた。

「そっか。なら……私と少し話さないかい？」

囁くように告げれば、蔡美人はそろそろと顔を上げた。

「どこまで知っているの」

「どこまでだろう。たぶんほとんど。だけど深いところまではまだ知らない」

「まだ……？」

「君が全部教えてくれるだろうと思ってるから。だから〝まだ〟」

驚きに目を見開いた蔡美人に、凜麗は囁くように言った。

「……楊蘭の件は知っているね？」

「知っているわ。た、たぶん……私より先に龍に喰われてしまった人」

ふいっと凜麗から顔をそらして首を振る。

「――私もきっと彼女の後を追うんだわ」

「グギャア」とくぐもった声が聞こえた。慌てて腕を押さえると、包帯の下で人面瘡《じんめんそう》が動いているのが見える。凜麗はたまらず眉根を寄せた。

「人面瘡……治ったと思ったのに。貝母は効かなかった？」

「あなたに看てもらった腫瘍は治ったのよ。だけど——次々に新しいのができて」

ぽたり。透明な雫が包帯の上に落ちた。

「……すべては李徳妃を呪った私への報いなの」

蔡美人は包帯の上をそっと撫でた。作成途中の人形を目にして眉根を寄せる。その顔は苦渋に充ち満ちていて、後悔の念が色濃く映っていた。

「呪いの人形を作ったのよ。小刀で肌を傷つけて、血で呪文を書いた布を入れたわ。最初はなんでもなかった。だけど……しばらくしたら傷が膿んできて」

膿んだ傷はやがて生き物のように鳴き出した。いまや蔡美人の体のあちこちには、いくつもの人面瘡が棲み着いている。

「人面瘡の完全な対処法を調べられなくてごめんね」

実のところ、凜麗たちは最初の事件の後も人面瘡の原因究明に努めてきた。だが、凜麗の中に収められた文献をいくら漁っても、人面瘡の原因はわからずじまいだ。とある書籍に一節だけ気になる記述があった。人面瘡は人の心に根を張る。誰かを呪った人の体に取り憑きやすい、と。それが事実なら——蔡美人に人面瘡が巣くうのは当然なのだろう。

「どうして呪いの人形なんて。龍に言われたのかい？」

「李一族を殺せと命令されたの。私の一族もろとも喰ってやると脅されて……。人を傷つけるなんて絶対に無理だった。だから呪物を作ったのよ」

はらはらと涙をこぼした蔡美人は、自嘲気味に笑った。

「でも、駄目ね。適当に作った呪物じゃ人は死なない。私も龍に喰われて死ぬんだわ」

「大丈夫さ。私たち祝部がついている。人面瘡だって治しただろ？」

凜麗の言葉に蔡美人は言葉を詰まらせた。すがるような目を少女に向ける。

「一時でも人面瘡から私を解き放ってくれたあなたなら、なんとかできるのかしら」

滲んだ涙を袖で拭う。気を取り直したように凜麗に訊ねた。

「――ねえ、どうして私だってわかったの。隠していたつもりだったのに」

「そうだな……」

指先で頬をかいた凜麗は、どうして蔡美人が龍の接触者と考えたのかを語った。

ひとつめの根拠は、蔡美人の宮殿に施された辟邪《へきじゃ》の札だ。

「君は謎の腫瘍に悩んでた。なのに、なんで窓に札を貼っているのかなって疑問だったんだ。呪術的な方法で対処するなら、包帯に呪文を書くとかしそうなのに」

まるで外部からの接触を避けたいようだった。だから龍の関与を疑ったのだ。

「それに、李徳妃の宮殿に通じる道に埋められていた木の人形。あれ、クスノキだよね。独特な匂いがするからすぐにわかったよ。もしかしてって思って、人形を見つけた後に王了くんに調べてもらった。そしたらね、後宮で切り倒されたばかりのクスノキの木材が、君の宮殿に運ばれたのがわかった。君がクスノキをほしがっていたという話も聞いたよ」

彭侯騒動があった木を、どうして切り倒さなければならなかったのか？

すべては蔡美人が望んだからだった。

「クスノキは仏像なんかにも使われる。だからかな、呪物の材料にはちょうどいい。血で書いた呪布《じゅふ》の文言も、君の宮殿に施された辟邪の札にそっくりだった。めちゃくちゃだけど、必死に願いをこめているのがわかった。切羽詰まってるんだなって思ったよ」

蔡美人の手を優しく包み込んで、真摯なまなざしを向ける。

「私たちは怪力乱神で苦しむ人を助ける部署なのに。気づくのが遅くなってごめんね」

蔡美人が顔をくしゃりと歪めた。

ポン、ポンと背中を叩いてやりながら、凜麗は残された疑問をぶつけた。

「教えてくれないかな。龍は、どうして君たちに李一族を狙わせるんだろう？」

「そ、それは――」

涙を拭った蔡美人は、訥々《とつとつ》と事情を語り始めた。

かつて一族のうちのひとりが、龍を自称する大蛇に生贄に捧げられたこと。過去に作られた因縁をたどり脅してきたこと。蔡美人の話は『祭蛇記』の大筋と合致している。

「最初はすごく反抗したの。過去に因縁があったとしても私には関係ないわ。でも――龍は許してくれなかった。完全に復活するために協力しろって」

「復活？　それはどういう意味だい？」

「わからない。とにかく李一族を殺せば復活できるらしいの。憎き娘の末裔の屍を生贄に捧げよって――。だったら、自分で行けばいいって言ったのよ。龍なんだからひと飲みにすればって。でも駄目なんだって。李一族の娘はなにをしでかすかわからないからって」

龍はずいぶんと慎重派のようだ。

――もしかして……。

『祭蛇記』は、生贄に捧げられた少女が、たったひとりで大蛇を打ち倒す話だ。少女に特別な力があったわけではない。機転を利かせて問題を解決した物語。たとえば、龍が今もなお少女を畏れていたとしたら？　李一族の持つ聡明さ、もしくは機転を怖がっていたとしたら？　だからこそ、他人の手を使って殺したがるのではないだろうか。

「そうか。龍にとって李一族は弱点なんだ。たったひとつだけ残された」

目が醒めるような思いだった。

怪異は己の正体がバレるのを極端に畏れる。正体を看破され、名を知られるとたちまち力を失うからだ。逆に知られていないうちは無敵である。『祭蛇記』には龍の由来や倒す方法が書かれていた。だが、大蒼国において『捜神記』をはじめとした書籍は、怪力乱神禁止令により失われている。つまり、ほとんどの弱点は失伝しているのだ。後は李一族を喰らうだけ。そうすれば、龍に対処できる存在はいなくなる。自由気ままに人間を喰らえる無敵の存在に戻れるのだ。

「……そうはさせるものか」

勢いよく立ち上がる。にこーっと笑んだ凜麗は、力強く蔡美人の手を引いた。

「ちょっ……!?」

動揺を押し隠せない様子の蔡美人に、無邪気に訊ねる。

「ねえ、龍をすぐに呼び寄せられる？」

「じ、自分から呼んだことなんてないわ。でも――」

こくりと唾を飲み込む。

「龍は私からそう遠くない場所にいると思う。声をかければ――あるいは」

「それでじゅうぶんだ」

蔡美人の手を引いて歩き出す。

「ど、どこに行くの？」

「部屋の外だよ。君に会わせたい人がいる」

扉に手をかけて押す。蝶番が軋む音を立てて開いていくと、すぐ外にひとりの女性が立っていた。女性は白を基調とした襦裙《じゅくん》を身にまとっている。絹の紗をかぶっているが、そのたぐいまれなる美貌は布越しにでもわかった。

「李氏様……!?」

呆然とつぶやいた蔡美人に、凜麗は大胆不敵に笑って言った。

「――さあ、行こうか。龍……もとい、大蛇退治だ!!」

*

黒雲垂れ込める空からは、絶え間なく雨が降り続いている。

かつて季節ごとにさまざまな祭祀が執り行われていた後宮には、忘れ去られた石の祭壇がある。木々で囲まれた祭祀場の中央に設置されていて、そばには先祖を祀るための立派な廟《びょう》が設えられていていた。怪力乱神禁止令が布かれた大蒼国においては無用の長物であるがために、まったく手入れもされず風雨にさらされている。あとは朽ちるのを待つばかりだった祭壇上に、今日は珍しく人影があった。

蔡美人だ。分厚い外套を頭からすっぽり被っている。顔色は紙のように白く、唇は紫に変色していた。視線は宙をさまよい落ち着かない様子だ。もうひとりは四肢を拘束されていた。李氏だ。くったりと力なく横たわる様は痛々しい。全身雨に濡れそぼっていて、雨を吸った衣服が肌にまとわりついている。生きてはいるようだ。

カタカタと小さく震えながら、蔡美人は虚空に向かって語りかけた。

「龍よ、どうか姿を見せて下さい。所望していた供物を用意いたしました」

ざあざあと雨が降りしきる中、蔡美人の声はあまりにもか細かった。しかし、雨音にかき消されたかと思われた声は、目的の相手に届いたらしい。

ゆらり、白くけぶった視界が揺らいだ。

《──娘よ。それは本当か？》

どこからともなく巨大な影が姿を現した。ずる、ずると地面を這う音がする。姿を見せたのは恐ろしく巨大な白蛇だ。人ひとりの両の腕ではとうてい抱えきれないほどの胴体は雪のように白く、雨で鱗がテラテラと光っている。瞳は血を思わせる色をしていて、淡く光を放っていた。チロチロと舌を出し入れする様は、舌なめずりを想起させて恐怖を誘う。

「あ、あのっ……」

巨大な生き物に射すくめられ、蔡美人は生きた心地がしない。乾ききった口内をなんとか湿らせ、必死に声を絞り出した。

「今までは手を出せずにいましたが、なんとか捕らえました」

手のひらに拳を当てて頭を下げる。硬く目をつぶって龍の返答を待った。

――ふしゅるるる……。

近くで耳障りな音がする。蔡美人は身をすくめた。

《足りぬ。李一族すべてを捧げよ。さもなくば、お前を一族もろとも喰ろうてやる》

「ヒッ……！　お、お待ち下さい！」

勢いよく顔を上げた。途端、眼前に大蛇が迫っている事実を理解して固まる。つうっと頬を体温で温まった雨が流れていった。ハッと正気を取り戻して必死に希う。

「それだけはご勘弁下さい。い、いずれ李一族すべてを捧げてみせます。今は李氏ひとりの命だけでどうかッ……!!」

このままでは楊蘭のように喰われてしまう――。

蔡美人は必死にすがった。なりふり構わず「絶対に成し遂げます」「約束を違えません」と言葉を連ねる。

《……まあ。ならばよい》
「本当ですか！」
　ホッと安堵の息をもらす。体から力が抜けて気が緩んだ。
　――瞬間、大蛇は蔡美人の耳もとで囁いた。
《だが、周囲に人間どもを潜ませている理由はなんだ？》
「……ッ!!」
　弾かれるように後ずさる。とたんに警戒の色を強くした蔡美人に、ふしゅるるると大蛇は笑い声のような音を立てた。
《馬鹿め！　なめるなよ。我を退治しようとでも思ったか!!》
「禍をもたらす大蛇を打ち倒せ。撃て――!!」
　茂みの中や建物の陰に潜んでいた兵士たちが姿を現した。笵平の私兵である。いっせいに弓が引き絞られた。白銀の軌跡が大蛇に集中する。だが、大量の弓兵に囲まれてもなお大蛇は怯む様子を見せなかった。
《ふしゅるる！　片腹痛いわ。そんなもので我を殺せると？　うぬぼれるな！》
　大蛇に降り注いだ矢の雨は、甲高い音を立てて鱗に弾かれてしまった。兵士たちから顔色が失せる。ニタリと笑んだ大蛇は、巨大な体を捻った。
「うわあああっ！」
　長い尾が宙を凪ぐと、兵士たちが次々となぎ倒されていく。

痛みに呻く兵士を満足げにみやった大蛇は、巨大な頭を蔡美人に寄せて言った。
《ほんとうに愚かな子よのう。我は、ただの武器では殺せぬ》
ちろり、長い舌が蔡美人の頬をなめる。
《倒そうなどと考えるなよ。怪力乱神の知識がことごとく奪われたこの国では、李一族さえいなくなれば我の敵はおらぬ！》
「あ、ああああああ……」
カタカタと震えだした蔡美人に、大蛇は深紅の瞳をにんまりと細めた。
《とはいえ――裏切りは見過ごせぬ。なあに、過去の因縁のある者はまだまだおる。お主も、お主の一族も。すべて喰らってやろう》
がぱりと大きな顎が開いていく。肉が腐ったような腐臭が鼻についた。ぬらぬらと光る蛇の口内のおぞましさに、蔡美人が言葉を失っていると――。
「誰も君を倒せない？　はたして本当にそうかな？」
どこか飄々とした声が響いた。

蔡美人の被っていた外套が落ちた。中から現れたのは小柄な少女だ。蔡美人の衣装の中に隠れていた凜麗は、巨大な蛇にも臆せずに矢継ぎ早に語り始めた。
「やあやあやあ！　やっと出会えたね、大蛇くんっ！　びっくりした？　さすがにもうひとりいるとは思わなかったろう。生贄を所望するような愚か者には、とうてい思いつかない作戦だよねえ。褒めてくれてもいいんだよ？」

《なんだ……!?》

　よほど驚いたのか、さすがの大蛇も口を閉ざしてキョトンと凜麗を見つめている。

「り、凜麗さん……」

「君は私の後ろに隠れていて」

　不安げな蔡美人をなだめて、凜麗は大蛇にまっすぐ向かい合った。恐ろしげな怪異を前にしても少女はひるまない。きらりと瞳を光らせ、大蛇にぴしりと指を突きつけて言った。

「ところで大蛇くん。君は先ほど誰も自分を倒せないと言ったね？　確かに一般的に考えればそうかもしれない。だって君の〝攻略法〟が書かれた本はすべて失われ、国内には怪異に対処できる道士や巫覡《ふげき》はどこにもいないんだ。巨大な蛇を前に、ちっぽけな人間はひたすら震えているしかできない──ように思える」

《フン。馬鹿らしい。それが事実だ小娘！》

　不快感をあらわに威嚇した大蛇に、凜麗は大胆不敵に笑った。

「ところがそうでもないのさ。ああ、自己紹介が遅れたね？　私は凜麗。祝部という怪力乱神専門の部署に勤めていてね。──実に君たちに詳しいんだ」

《祝部？　それがなんだって──》

　瞬間、ぴくりと大蛇が首をもたげた。

《これは……？》

チロチロと舌を出しながら、なにかを探るように視線を遠くに投げている。

大蛇の意識がそれた瞬間、凜麗は懐から竹簡を取り出した。

——かららららっ！

軽快な音が辺りに響き渡る。


「さあ。怪力乱神をおおいに語ろう！」


瞳をらんらんと輝かせた凜麗が、嬉々として語り出す。

「もちろん引くのは『捜神記』だ。第十九巻、李寄の物語。生贄に選ばれた李寄は実に利発な女性でね。父母を想ってみずからを大蛇に捧げる決心をした後も、けっして諦めようとはしなかった。彼女なりに対策を練ってから、大蛇くんのねぐらへ赴いたんだよ——」

話を大蛇はまるで聞いていない。石の祭壇のかたわらに釘付けだ。そこには、湯気が立ち上った菓子が用意されていた。炊いた米を丸めて蜜をかけた団子だ。

玄冥がニカッと白い歯を見せて笑った。

「できたてだぞ。どうだ、食ってみないか」

《あ、あ……》

蜜に誘われて集まる虫のように、大蛇が団子に近づいて行く。

大きな口を開けそうになったところで、ハッとしたように動きを止めた。

どうして自分は団子を食おうとしているのか。そんな場合じゃないはずだ。
《お前えっ！　いったいどうしてこれを!!》
威嚇音を上げた大蛇に、凜麗は心底嬉しそうに笑う。
「どうしてって……私が『捜神記』を覚えていたからだよ。そこには大蛇くんに関するすべてが——君がいかにして李寄に殺されたかの事実が描かれている。『捜神記』にはっきり書いてあったよ。君の好物が蜜をかけた団子だって」
《なにを……すべての本は燃やされたはずだ!!》
動揺を押し隠せない大蛇に、凜麗は己のこめかみをトンと叩いた。
「馬鹿だなあ。私は大蒼国にあった、ほとんどすべての本の内容を覚えているんだ」
《……!!》
大蛇が息を呑んだのが分《わ》かる。凜麗は悪戯っぽく笑むと調子よく続けた。
「困ったねえ。無敵だと思っていたのにね。慎重にことを進めていたのに残念だねえ！　哀しいね、悔しいね。なにせ君ら怪異は〝攻略法〟を知られたら後がない」
《黙れ。黙れ小娘ぇっ……!!》
大蛇が悔しげな声を上げる。しかし、凜麗を長い尾で薙《な》ぎ払おうとはしなかった。なにより団子が気になって仕方がない。怪異の特異性が原因だった。
「怪異はね、人間のように経験から学べないんだ」
ぽつりと凜麗がつぶやく。団子を丸呑みにしようと、じょじょに大蛇の口が開いていくのを眺めながら、歌うように言葉をつむぐ。

「いつまで経っても不変なのが怪異。姿を見せたなら必ず同じ現象を起こす。だから〝名を知られればたちまち力を失う〟。攻略法さえ知っていれば対処は簡単だからだ！」

たらりと大蛇の口からよだれがこぼれた。まるでなにかに抗うように体が小刻みに震えている。だが——動きが止まらない。ぱくりと団子を飲み込む。『祭蛇記』に描かれたとおりに団子に食いついたのだ。凜麗の瞳が輝きを増した。

「例にもれず君も同じようだ。さあ！　語りを再開しよう。李寄が用意した対処法。ひとつめは大蛇をおびき寄せるための甘い団子だ。ふたつめは——」

「お前たち、行けッ!!」

木々の間から鋭い声が放たれた。

「わんっ！　わん、わん、わんっ!!」

号令をかけたのは索骸だった。彼の声に合わせて藪の中から何匹もの犬が駆け出した。吠えながら大蛇をものともせずに襲いかかる。

「蛇食い犬だ。蛇を好んで喰らう犬たち！」

凜麗が意気揚々と叫んだ瞬間、大蛇の悲鳴が辺りに響き渡った。

《ぐわあああああっ!!　やめ、やめろおっ……!!》

団子に夢中になっていたせいで反応が遅れる。鼻先や胴体に噛みつかれて、大蛇は苦しげな声を出した。地面を転がりのたうち回って暴れる。犬が噛みつくたびに鱗は剥がれ、真っ白な大蛇の体は赤く染まっていった。

《くそっ！　くそったれ！　こんなはずはなかったのに。祝部!?　なんだそれは。聞いてないぞ。すべての書籍は焼かれたんじゃなかったのか……!!》

壮絶な姿をさらしながら、大蛇は必死に抵抗を続けた。何匹かの犬を丸呑みにし、巨大な体で下敷きにする。だが、犬たちの猛攻はまったく緩まない。大蛇は己の命が確実にすり減っていくのを感じていた。

――このままでは死んでしまう。嫌だ、嫌だ、嫌だ……！

石の祭壇の上に目を向けると、力なく横たわる李一族の娘がいた。ムラムラと腹の底から怒りがわき上がってくる。あの娘の一族さえいなければ、こんなやっかいな状況にならなかったのだ。口を開けて待っているだけで生贄の娘を毎年食えたはずなのに！

《道連れにしてやる……！》

怒りに駆られた大蛇は李氏へと迫っていった。祭壇の近くにいた蔡美人や凜麗たちをひき殺しかねないくらいの勢いだ。

「――凜麗！」

玄冥と索骸が焦った声を上げる。しかし、少女はどこまでも冷静だ。蔡美人と共に大蛇の進行方向からそれると、どこか嬉しそうに笑う。

「馬鹿だなあ。本当に君は愚かだね」

そして――我を忘れてひたすら李氏を目指している大蛇にすべてを語り終えた。

「大蛇くん。君は李寄に殺されたんだ。生贄にされた乙女の剣に傷つけられて！」
凛麗の言葉にも耳を貸さず、大蛇は大きな顎を開いた。
《あ、がッ……》
次の瞬間、苦痛の声を上げる。大蛇の喉もとには深々と剣が刺さっていた。四肢を拘束されていたはずの李氏が、隠し持っていた剣で攻撃したのだ。
《お、お前えええ……》
苦しげに唸る大蛇をよそに、容赦なく剣でえぐって勢いよく抜き去る。大量の血があふれて李氏の白い衣を濡らした。わずかに体を震わせ、どうと地面に伏せる。喉を串刺しにされた大蛇は、血で濡れた剣を手に肩で息をしている人間を見つめた。
《お、お前――李一族の娘ではないな》
「うっぷ……」
青白い顔をした李氏がふるふるとかぶりを振る。途端、頭に載っていた長髪のかつらが地面に落ちた。雨に濡れたせいで化粧が落ちてしまっている。どう見ても若々しい男性。李氏は女装した――劉幽求だったのだ。
「すみませんね。寵姫じゃなくって」
へらりと緩んだ笑みを浮かべる。瞬間、大蛇はわなわなと口を震わせ――。
《今度こそは龍になれると思ったのに。くそっ……くそおおおおおおっ……!!》
後宮中に響き渡るほどの絶叫を上げたのち、血の泡を吹いて動かなくなった。

しん、と辺りが不気味なほど静まり返る。その場にいた人間が固唾《かたず》を呑んで見守る中、ふらふらと近寄って行く人物がいた。

「さ、蔡美人。危ないですよ……！」

たまらず幽求が声をかけるも、やつれ疲れ果てた様子の彼女の足は止まらない。大蛇のかたわらでじいと見下ろすと——心から安堵したように言った。

「死んでます……」

ぽろり、透明な涙が蔡美人の頬を伝う。その場にいた人々は互いに顔を見合わせ、

「「わあああああ……ッ!!」」

拳を突き上げて、景気よく歓声を上げたのだった。


「はあああああ……」

俺は長い息を吐いて空を見上げた。いつの間にやら雨が上がっている。雲の切れ間からは数多《あまた》の星が顔を覗かせていて、ぴしょん、ぽたんと、名残を惜しむように雨音が夜空を賑わせていた。生贄を求めていた龍は死んだ。すべては終わったというのに体は落ち着かない。いまだ心臓は鳴り止まないし、小刻みに体が震えていた。雨を吸った衣装はやたら重い。長時間濡れたせいで体は冷え切ってしまっている。

「死ぬかと思った。怪異相手なんてもうこりごりだ」

剣を近くに放り投げた。体のあちこちが痛い。俺は運動が苦手だ。まぎれもなく文官気質

だと自負しているのに、大蛇にとどめを刺す役だなんて！

「まあ、知識以外は女装くらいしか能がないからなあ……」

まさか寵姫に囮《おとり》になって下さいなんて言えるわけがない。李氏役に立候補したのは俺自身だった。役に立ちたいと奮起したのである。

自分を李氏だと勘違いしてもらえるかは賭けだった。なるべく化粧で顔つきを寄せはしたものの、自信なんてなかったのだ。だが、化粧を施してくれた索骸は自信満々だった。彼いわく「美しさは作れる」だそうで――。

――化粧ってどんな顔にもなれるんだな。怖い。もうなにも信じられない。

とはいえ安心した。呪いを振りまいていた大蛇が動かなくなったのは事実なのだ。

「やった」

拳を握って笑みを浮かべる。俺の胸は達成感でいっぱいだった。

「幽求くんっ……!!」

ノロノロと視線を上げると、泣きそうな顔をした凜麗が駆けて来るのがわかった。ぎゅうっと苦しいくらいに俺を抱きしめて質問攻めにする。

「ごめんよ、大丈夫だったかい。怪我はない？　どこか苦しかったりはしない!?」

苦笑しながら「大丈夫ですよ」と答えれば、凜麗がほうと息をもらした。

「……君になにかあったらどうしようかと思った」

ひっく。小さくしゃくりあげ、情けない顔になって再び俺の首にすがりついた。

――心配してくれたんだ。

いつもは頼もしい上司の弱々しい一面に面食らう。小さく笑みを浮かべると、凜麗の背中をポン、ポンと叩いてやった。

「俺は役に立てましたか？」

体を離した凜麗は、ぐしぐしと涙を拭った。

泣き顔から一転、笑顔を浮かべて――。

「もちろんさ！」

晴れやかに断言した。

「凜麗さんも、体調が万全でないのにありがとうございます」

「当たり前だろ？　私は君の頼れる上司だからね！」

可愛らしい笑顔だった。晴れ渡った春の空のように透き通っている。

「幽求！」

「大丈夫ですか！」

索骸、玄冥も駆け寄ってきた。祝部の仲間たちの無事な姿を確認して、俺はようやく事件が終わったのだと実感したのだった。

終章　これからの物語

数日後。連日続いた雨模様から打って変わって、大蒼国《だいそうこく》は晴れやかな青天だった。

官舎の前で立ち止まる。すうっと息を吸って、ゆっくりと息を吐く。いつもよりきらびやかな礼服が陽光を穏やかに照り返していた。状元及第《じょうげん》した時にも身につけていた服だ。今日という特別な日を彩ってくれるに違いない。

「……よし」

顔を上げて官舎の中に一歩踏み出す。

「おはようございます！」

元気いっぱいに挨拶をすれば、祝部《しゅくぶ》の面々が挨拶を返してくれた。

「来ましたね、幽求《ゆうきゅう》さん。おはようございます」

「おお。今日も元気だなあ。いいことだ！」

美麗な笑みを浮かべて応えたのは索骸《さくがい》だ。隣には玄冥《げんめい》の姿もあった。彼らも普段より上等な装いだ。中でも凜麗《りんれい》は格別だった。

「幽求くんっ！　君が来るのを待っていたんだ……！」

索骸に髪を結ってもらっていたらしい凜麗は、半泣きになって俺を出迎えた。

「聞いておくれよ。索兄様ったら、私をむりやり飾り立てようとしてくるんだっ！」

凜麗が動くたびに、しゃらしゃらと珊瑚の髪飾りが音を上げた。なんともきらびやかな衣装である。翡翠色の襦裙《じゅくん》を、薄く織られた絹の披帛《ひはく》がひらひらと飾り立てていた。額の花鈿《かでん》は普段よりも手がこんでいて、贅沢に金をたっぷりあしらった首飾りを着けている。うっすら化粧を施された凜麗の様子は、どこの姫君だろうと思うほど。女の子なら大喜びしそうな恰好だが凜麗は不満らしい。

「私はね、いつもと同じでいいと思うんだよ。皇帝陛下に会うだけだろ？　普段着だって構いやしないいって言っているのに、玄兄様すら共感してくれなくて」

「いやいやいやいやいや！　さすがにそれは駄目でしょう!!」

慌てて否定する。皇帝陛下に謁見するのに普段着なんて絶対にありえない！

そう。今日、俺たちは皇帝陛下より報奨をたまわることになっている。後宮に巣くう大蛇を見事打ち倒し、寵姫である李氏《りし》を危機から救った件だ。畏れ多くも皇帝陛下の前に出るのだから、下手な恰好では行けない――はずなんだけど。

「たまに着るくらいならいいんだけど、正直、動きづらいんだよねえ……」

凜麗はブチブチ文句を言っている。どうにも気が進まないようだ。

――まったく。しょうがないな……。

凜麗の前にしゃがみ込むと、むくれている上司に笑顔を向けた。

「俺たち、大蛇を退けた英雄なんですよ。それらしい恰好をしなくてどうするんですか。それにとっても似合ってますよ。壁画の天女さまみたいです」

凜麗の頬がほんのり染まる。「そうか！」と可愛らしい笑顔になった。

「確かに、英雄がボロを着ていたら恰好がつかないものね。君にとっても晴れ舞台だ。多少の窮屈は我慢しようかな」

にんまり猫みたいな笑みを浮かべる。

「私は君の上司だからね。部下に恥をかかせるわけにはいかない」

くるり、俺に背を向けた凜麗は鼻歌を歌い出した。どうやら機嫌が直ったらしい。胸を撫で下ろしていれば、索骸が俺をじっと見ているのに気がついた。

「な、なんですか。そんなジロジロ見て」

「いえ。基本を押さえてはいますが地味だと思いましてねえ」

索骸が唇を尖らせた。ハッとなにかを思いついたように顔を輝かせる。

「幽求さん、よかったら女装を――」

「しませんよ!?」

すかさず言葉を遮った俺に、索骸は不満そうな顔を隠そうともしない。

「どうしてですか？　女装をしたから大蛇を討ち取れたのに。皇帝陛下の御前に出る際に、怪異を討ち滅ぼした衣装で臨むのはごくごく当然だと思いませんか！　陛下だって見たいはずですよ。祝部の虞美人《ぐびじん》とまで謳われた美女を……！」

「いやいやいや。なにを面白がってるんですか」

呆れかえっていれば、ニヤニヤした玄冥が話に交ざってきた。

「なに言ってんだ索骸。女装で行くなんて論外だろう。あんな美女だぞ。どうするんだよ、万が一にでも幽求の後宮入りが決まったら」

「縁起でもないこと言わないで下さいよ!?」

同輩に一目惚れされただけでも迷惑なのに、その上皇帝陛下にまで見初められたら……。

――やめろ。やめてくれ。それだけは絶対に嫌だ!!

拒否の姿勢を崩さない俺に、索骸はようやく諦めてくれた。

「面白そうだと思いましたのに……」

玄冥が、ポンと肩に手を置く。親指で己を指して言った。

「元気だせ、索骸。おれが着てやるから……」

「絶対に美しくないからお断りです!!」

金切り声を上げた索骸に、玄冥は「ガハハハハ!」と大笑いしている。本当に祝部の人たちは仲がいい。こんなに和気あいあいとしている部署は他にない。

思わず笑みを浮かべていれば、凛麗が壁画を眺めているのがわかった。部屋を見下ろすように天上近くに設置された天女図だ。壁画の女性の柔らかな瞳は、母のような慈愛をたたえて今日も祝部の面々を見守ってくれていた。

「……凛麗さん?」

「ん？」

幽求が隣に立つと凜麗が顔を向けた。どこか表情が硬いのに気がつく。

「凜麗さんも緊張してるんですか？」

凜麗は笑いながら首を横に振った。

「いや、そうじゃないんだよ。よくもまあ龍を倒せたなって感慨深かっただけ」

彼女にしては弱々しい発言だ。壁画に視線を戻した凜麗はぽつりと言った。

「相手が龍だってわかった時――本当は逃げ出したかったたんだ」

「……え？」

脳裏に、雨の中で龍と邂逅《かいこう》した時の様子が思い浮かぶ。

あの時、凜麗は呆然と雨の中を見つめていた。年相応に怯える姿は、確かに彼女らしくない。思えば、凜麗はたびたび〝龍〟の名を出している。思い入れがあるのかもしれない。

凜麗はポリポリと指で頬をかいて、少しバツが悪そうに笑った。

「ごめん。忘れてくれ。いろいろと事情があってね……」

瞬間、俺はたまらず手を伸ばした。

「――あのっ！」

小さな手を握って幼い上司を真摯に見つめる。

「いつか事情を聞かせて下さい。それで、俺が必要な時は遠慮なく言って下さいね。凜麗さんは俺のわがままを受け入れてくれました。だから俺も」

こくりと唾を飲み込んだ。心の中に浮かんだ感情をそのまま言葉に乗せる。

「凜麗さんの手助けをしたいです。いつだって味方でいますから」

まぎれもない本心だった。

じわじわと凜麗の顔に喜色が広がって行く。彼女はふんにゃり笑って、

「幽求くんを助手にしてよかった。君のそういうところが大好きだ！」

まぶしいくらい無邪気に言った。

「……ゴホン」

振り返ると、渋い顔をした索骸と玄冥がいる。

「好きだのなんだのと、聞き捨てならない言葉が聞こえてきたのですが」

「なんだなんだ。お前ら、もしかしてもしかするのか？」

ふたりの言葉に、俺たちは思わず顔を見合わせた。

「いや――」

苦笑を浮かべて、まるで打ち合わせたように言葉をつむぐ。

「凜麗さんは俺の大切な上司で」

「幽求くんは私の可愛い部下さ！」

官吏《かんり》になったばかりの青年に、幼いながら祝部長官の少女。

いかにも凸凹な俺たちは、同時に笑顔を浮かべたのだった。

＊

半刻後、春も終わりに近づく麗らかな空気の中、皇帝への謁見が行われた。謁見はあくまで非公式だ。怪力乱神《かいりょくらんしん》はいないものとされているからである。

大蛇から寵姫を救った件に関して、皇帝はおおいに感謝の意を表し、祝部の面々にはじゅうぶんな報奨を与えると約束した。特別に桃の木で作られた刀剣を全員に配り、新たなる禁書完成に向けてより努力するように激励する。

事件に関与した人間の処遇に関してはまだ未定だ。蔡美人《さいびじん》に関しては、龍に脅されながらも実際に危害を与えなかった件を考慮して、寛大な処置にすると約束してくれた。とはいえ後宮追放は免れず、美人の位はしばらく空席になるそうだ。

「劉《りゅう》幽求、よくやった。これからも期待している」

俺も皇帝陛下よりお褒めの言葉を授かった。品階《ほんかい》も上げてもらった。九品以下の流外より八品へ。深青の衣を身につけるのを許された。新人官吏としては異例の昇進だ。

謁見後、笵平《はんぺい》の厚意により酒楼で宴会が催された。関係者を招いての盛大な宴である。叔父や、なぜか崔仲《さいちゅう》も呼ばれていて「虞美人《ぐびじん》はいずこに」と始終ソワソワしていたっけ。

そんな中、酒宴を抜け出した俺はひとり家路を急いでいた。手には皇帝陛下から頂戴した桃の木でできた刀剣。押し抱くようにして家までの道のりを駆けて行く。

バタバタと家の中に駆け込んだ俺は、最奥にある離れを目指した。月が出ていたからか、夜だというのにいやに明るい。格子窓から月明かりが差し込んでいた。離れに到着した俺は、何度か深呼吸を繰り返してから室内の様子を探る。

「……。…………」

かすかに歌声が聞こえた。子守歌だ。夜になると母はいつもこうだった。いもしない兄のために歌う。幼い頃は、窓からもれ聞こえる母の歌声に何度涙を流しただろう。どうして自分のために歌ってくれないのかと、苦しい気持ちでいっぱいになったっけ。

──落ち込んでいる場合じゃない。

気持ちを必死に奮い立てる。離れの前に立って、中の母にそっと声をかけた。

「母さん」

ぴたりと歌声が止まる。心臓がバクバクと早鐘を打っているのを感じながら、扉の隙間から刀剣をそっと差し入れた。

「前に状元及第したって報告しただろう？　俺さ、祝部って部署に配属されたんだけど」

──母はちゃんと話を聞いてくれているだろうか。

不安に思いながらも話は止めない。本当は顔を見たかった。目を見て報告したかったが、母は俺を見たくないだろう。だから、扉ひとつ隔てたまま報告した。いつものことだ。

「すごく大変だったんだよ」

怪力乱神については伏せながらも、出来事をひとつひとつ説明していった。上司が少女だったこと。先輩たちが風変わりな人たちだったこと。すごく良くしてくれて、なんとか上手くやっていること。上司の凜麗は、幼いがすごい能力を持っていること――。

「詳しくは言えないんだけどさ。俺たちすごい手柄を立てたんだ」

はにかみ笑いを浮かべ、母と自分を隔てる扉に額を当てた。

「今日、皇帝陛下に謁見してきたんだよ。お褒めの言葉をもらった上に、特別な剣を下賜して下さった。期待しているって……言ってくれて」

じわりと涙腺が熱を持った。誇らしい気持ちで胸がいっぱいになっていく。

「昇進もしたんだ。新人としては異例だって。すごいだろう」

指先で扉を撫でた。硬くて冷たい。人の温もりには遠い感触。だけど、それがやけに愛おしい。母の温もりを知らない俺にとって、扉の温度は慣れ親しんだものだった。母と語る時はいつも扉越しだからだ。

「母さん。俺、頑張ったんだよ。少しは褒めてくれる？」

そっとつぶやいて室内に意識を向けた。衣擦れの音がする。眠っているわけではないのだろうが特に反応はなかった。きっと俺の話なんて耳に入ってなかったのだろう。

――これも駄目、か……。

状元及第に続いて、皇帝陛下からの下賜品すら母の心に響かなかったようだ。

――わがままが叶う日は遠いなあ。

落胆しつつも自分を奮い立たせた。これが駄目なら別の方向で訴えかけるだけだ。

「また来るね、母さん」

離れに背を向けて歩き出す。格子窓から廊下に差し込む月明かりがやけに寂しげだ。空に浮かんだ大きな月に視線を奪われた瞬間、奥の部屋からか細い声が聞こえた。

「頑張って」

「……ッ!?」

勢いよく振り返った。空耳だろうか。母の声が聞こえたような――。

慌てて扉の前に戻る。必死に中の母へと語りかけた。

「母さん？　俺だ。幽求だよ！　あなたの息子のッ……！」

だが、中の母はなにも反応を返さない。

――聞き間違いか……？

しばらく立ち尽くしていると、部屋の中から声がもれ聞こえてきた。

「……。…………」

母が再び子守歌を歌い始めている。

聞き間違えだったのだ。母が自分に声をかけてくれるはずがない。

肩を落としていると、ふと気がついた。

「いつもより声が優しい気がする」

勘違いかもしれない。ただの思い込みかもしれない。

母が自分のために歌ってくれている。そう感じた。

「……うう」

熱い雫が瞳からこぼれ落ちていく。扉に手を添えたまま、ズリズリと床にへたり込んだ。ポタポタと涙が床に染みを作っていった。俺は子どものように体を丸めると、

「もっともっと頑張るから」

母に向けて精一杯の言葉を投げかけた。

ほう、ほう。どこかで鳥が鳴いている。扉にもたれかかった俺は、そのまま母の声が聞こえなくなるまで子守歌に耳を傾け続けたのだった。

＊

状元及第し、祝部に配属された青年は、風変わりな上司と〝世話役〟のふたりに囲まれてこれからますます活躍していくことになる。

これは劉幽求という青年が、少しずつ成長していく物語だ。

了

あとがき

こんにちは、忍丸です。

この度は「後宮の禁書事情」を手に取ってくださり、誠にありがとうございます。

前作「わが家は幽世の貸本屋さん」の刊行を終えてから、ようやく新しい物語を届けることができました。貸本屋時代より続けて読んでいただいている読者様、そして本作で初めて忍丸作品に触れていただいた皆様に、この場を借りて感謝を申し上げます。


前作は現代あやかしでしたが、今回は中華あやかしです。いやあ、本当に楽しかった。なにがって調べ物がです。実は、前作を執筆中に日本人ならよく知っているおとぎ話が、時代によっては史実として扱われていた……という事実を知りました。

物語のタイトルは『浦島太郎』。諸説ありますが、いちばん最初は歴史書に記載されていたのです。その事実に行き当たった時、ふと古代中国もそうだったな……と思い出しました。

志怪小説と呼ばれ、日本にも伝来している物語もまた、雑伝に分類されて歴史書に記載されていました。ですが、摩訶不思議な——たとえば鬼神など——事象への認識が移り変わっていくにつれ、歴史書からは除外されてしまったそうです。大昔、人々にとって暗がりや得体の知れない事象は恐怖の対象でした。摩訶不思議な現象は理解の及ばない存在が起こしたに違いない……。そう信じて疑わない純さが古代の人々にはあります。すごくうらやましいな、と思いました。科学知識を持ってしまった私たちには叶わない価値観です。

結果「じゃあ、志怪小説を〝史実〟だと信じて疑わない物語を作ろう！」と思い立ち、筆を執ったのが、「後宮の禁書事情」なのでした。舞台となっている大蒼国は架空の設定ですが、作中に登場する書籍や作者、物語のすべては実際に存在しています。創作じゃないんですよ。ちなみに決め台詞だって「子は怪力乱神を語らず」からもじったりしていますし（笑）高校生の課題に採用された漢文も出てきます。興味が惹かれたら、ぜひ元ネタを探してみてはいかがでしょうか。

ここで御礼を。編集の佐藤さん、いつもありがとうございます。二作目も前作と同様によい結果になればいいなあといつも願っています。イラストを担当してくださった七原しえ先生！　本当に本当に素晴らしいイラストをありがとうございます！　見る度に惚れ惚れとしてしまいます。あなたの絵で本の表紙を飾るのがひとつの夢でした。

そして出版に携わっていただいた皆様、本作を手に取ってくださった読者様。

本当にありがとうございます。また出会えることを心から願っております。

寒空の下で金木犀が香る頃　忍丸

ことのは文庫

後宮《こうきゅう》の禁書事情《きんしょじじょう》

2022年11月26日　初版発行

著者　忍丸《しのぶまる》

発行人　子安喜美子

編集　佐藤　理

印刷所　株式会社広済堂ネクスト

発行　株式会社マイクロマガジン社
URL:https://micromagazine.co.jp/
〒104-0041
東京都中央区新富1-3-7 ヨドコウビル
TEL.03-3206-1641 FAX.03-3551-1208（販売部）
TEL.03-3551-9563 FAX.03-3551-9565（編集部）

ISBN978-4-86716-362-7　C0193